3302522997

OX	1/15	WR	AB 2/19	DI 2/20	WI 2/21
BA 02/22		CO 9/22		HE 3/23	SO 9/23
KI 4/24		HT 10/24			

To renew this book, phone 0845 1202811 or visit
our website at www.libcat.oxfordshire.gov.uk
(for both options you will need your library PIN
number available from your library),
or contact any Oxfordshire library

OXFORDSHIRE
COUNTY COUNCIL

Le bonheur pauvre rengaine

Du même auteur au Rouergue

Des impatientes, la brune, 2012 (Prix littéraire 2013 des lycéens et apprentis Rhônalpins, prix du 1ᵉʳ roman Baz'Art des mots 2013).

Du même auteur chez d'autres éditeurs

Les camarades des frères, trotskistes et libertaires dans la guerre d'Algérie, Éditions Syllepse, 2002.

Tourisme et travail. De l'éducation populaire au secteur marchand (1945-1985), Les Presses de Sciences Po, 2009.

Avant de disparaître. Chronique de PSA-Aulnay, Plein Jour, octobre 2013.

Graphisme de couverture : Olivier Douzou
Photographie de couverture : © D.R.
© Éditions du Rouergue, 2013
www.lerouergue.com

Sylvain Pattieu

b⌐

Le bonheur pauvre rengaine

la brune au rouergue

Pour ma petite Maman qui est partie
(elle s'est battue pour nous).

À la mémoire de Bicou et Malou
(pour tous les souvenirs des Castors des Aygalades).

Pour mes deux L, Laureline et Lucien
(dans mon cœur c'est La La La).

Pour mon frère et mon père (vous êtes toujours là).

Pour les nouveaux venus :
Charlotte, Esther, Gary, Inès, Jeanne, Lena, Paloma, Rachel.

Un pauvre oiseau qui tombe et le goût de la cendre,
Le souvenir d'un œil endormi sur le mur,
Et ce poing douloureux qui menace l'azur
Font au creux de ma main ton visage descendre.

Jean Genet, *Le Condamné à mort*, 1942.

Si je base ma cause sur Moi, l'Unique,
elle repose sur son créateur éphémère et périssable
qui se dévore lui-même, et je puis dire :
Je n'ai basé ma cause sur Rien.

« Saint » Max Stirner, *L'Unique et sa propriété*, 1845.

Prologue

Quand elle a regardé pour la première fois la ville, pour la première fois vraiment, dans sa totalité, de la Pointe rouge à la Joliette, habitations, collines, mer, îles, mêlées dans ses yeux, tout ça depuis la Bonne Mère où l'avait emmenée Yvette après lui en avoir tant parlé, alors à ce moment elle n'a pas pensé à la guerre, tout juste achevée, elle n'a pas pensé aux morts, à peine enterrés, les siens si semblables à ceux de tout le monde, elle n'a pas pensé à son père, ni à sa belle-mère, elle n'a pas pensé aux clients, certains beaux, d'autres écœurants, elle n'a pas pensé à Fredval qu'elle venait de rencontrer et qu'elle aimait déjà. Elle a eu le souffle coupé et une bouffée de bonheur comme jamais. Touchée par une beauté inédite pour elle, par un ciel bleu à inspirer les peintres. La ville lui paraissait belle d'en haut. Tout était possible. Elle voyait la vaste étendue du ciel et de la mer, elle voyait le blanc, de la roche, des façades, des vagues. Les yeux mi-clos, éblouie, éperdue, elle pensait contempler sa liberté. À demi aveuglée par le soleil, à demi aveuglée par l'espoir, si elle s'était retournée pourtant, elle aurait pu regarder de l'autre côté, déceler les massifs qui barraient l'horizon, chaînes de l'Estaque, de l'Étoile et de Saint-Cyr, mont du Garlaban, Puget et Marseilleveyre, enserrant la ville dans un amphithéâtre de tragédie. Elle aurait pu sentir la menace.

Marseille, pour elle une terre promise, une terre d'exil, comme pour tant d'autres, réfugiés, chassés par la guerre, immigrés venus des îles, Corse ou Antilles, d'Afrique du Nord ou de l'Ouest, d'Espagne ou d'Italie, marins échoués, dockers, soldats, aventuriers. Terre d'exil et d'espoir depuis les origines, on pourrait dire, depuis ces Grecs arrivés en navires, séduits par ces falaises éclatantes qui leur rappelaient le pays. Chassés de Phocée par on ne sait quelles rivalités politiques, guerres de faction, bannissement, ou par l'avancée des Perses. Une histoire de violence, déjà, de rapports de force. Empires contre empires, clans contre clans.

Elle ne connaissait pas la légende du marin Protis, elle ne savait pas le fracas des armes de ce temps, épées et lances brisées, lourds boucliers des hoplites, le bruit de son époque lui suffisait, artillerie et balles sifflantes des Allemands, des Français, des Britanniques. Peaux trouées, membres déchirés. On ne lui avait pas appris le terrible discours, rapporté par Thucydide, des Athéniens aux habitants de Mélos : « Vous le savez aussi bien que nous, dans le monde des hommes, la justice n'entre en ligne de compte que si les forces sont égales de part et d'autre ; dans le cas contraire, les plus forts exercent leur pouvoir et les plus faibles doivent leur céder. »

Tout est dit. Fort contre faible. Colon contre indigène. Riche contre miséreux. Homme contre femme. Malédiction, sans cesse répétée et éprouvée.

Ici aussi. Ici comme ailleurs.

Elle ne connaissait pas l'histoire des Athéniens et des Spartiates mais elle portait dans son corps, dans son âme, ces vérités intemporelles. Elle ne pouvait pas les effacer même si elle s'était laissée apaiser par la beauté du spectacle, l'enthousiasme d'un commencement. Un répit mensonger, un répit bienvenu, un souvenir doux, jamais teinté ensuite par l'aigreur ou par le regret, peut-être car elle avait manqué de temps. Le temps des souffrances, passées et à venir, n'a pas terni la simplicité heureuse de cet instant.

Depuis Notre-Dame elle voyait la rue de la République, là où elle allait vivre avec Simone. L'ancienne rue Impériale, sous Napoléon III, versant urbain du lyrisme colonial, de la grandiloquente porte vers l'Orient. Ouvriers mis en branle pour creuser cette saignée rectiligne, du Vieux-Port à la Joliette, port commercial où s'activaient d'autres ouvriers, encore, pour vider les bateaux des marchandises d'outremer, pour les remplir de produits nouveaux faits par ceux des usines. Ère industrielle, ère coloniale. Sueur et sang. Troupes fraîches débarquées après 1914, pour remplir les tranchées, les usines, les chantiers, tirailleurs exotiques, Russes indisciplinés, Indiens en turbans, travailleurs arabes, noirs ou annamites, marins britanniques et américains, pompons rouges, uniformes, bleus de travail. Des cocottes, aussi, pour le repos du guerrier.

Du haut de Notre-Dame-de-la-Garde, elle surplombait, pour une fois. Sentiment de beauté, sentiment de fierté, d'aller habiter là-bas, dans cette rue de la République, large voie, grands immeubles. Moitié bourgeoise moitié canaille, pourtant, proche des Vieux Quartiers, si denses, où elle aurait pu terminer, corps fatigué, rompu, brisé. Dans ce « Quartier réservé », réservé à la prostitution, filles à soldats, filles à marins, filles à soudards. Sexe vénal, ripaille, plaisirs multiples. Alcool, coups, exutoire.

À la place, un appartement bourgeois, avec Simone. À deux pas du Vieux-Port, à deux pas de la Cannebière et de la rue Saint-Ferréol, pas très loin de la gare Saint-Charles et de la rue de Rome. Très chic. 19 rue de la République. Une demi-mondaine de rue, entre deux mondes, ni complètement pute ni complètement bourgeoise, ligne de faille entre le sordide et le clinquant, immeubles haussmanniens et monde populaire.

Émerveillée, elle ne savait pas à quel point son temps était compté. Elle ne savait pas que le beau rêve était un tombeau. Elle ne connaissait pas la date fatale, le 25 septembre 1920, au petit matin. L'affaire de « l'Athlète et Nez-Pointu », pour les journalistes.

Le mistral soufflait sur la colline qui dominait Marseille, elle se tenait les cheveux, le soleil sur le visage, une sensation chaude malgré le vent, elle souriait, les pieds bien campés dans le sol.

La une des journaux, mais peu de traces dans les mémoires. Il ne reste qu'un gros dossier de justice, une liasse, 2 U2 1602, archives départementales d'Aix-en-Provence. Des procès-verbaux, des rapports, des lettres, quelques photographies. Des articles de journaux. Du papier jauni, cassant, à manier avec précaution.

Elle pensait ce qu'on pense quand on est jeune et qu'il existe au moins ça, cet avantage biologique et éphémère sur la fin, sur la dégradation, sur le pourrissement.

Un simple fait divers. Une pelote de trajectoires, de mauvaises rencontres, de tristes sorts. Des fils à démêler.

Les Athéniens ont pris et détruit Mélos, ils ont tué les hommes, réduit les femmes et les enfants en esclavage. La force a triomphé. Pour un temps, en un lieu, car ils ont fini par perdre la guerre.

Elle a échappé à la force, à la violence, à la mort, au destin, pour un instant, au pied de la Bonne Mère. Elle est passée dans le bon camp. La Vierge dorée au sommet du clocher a eu un air de Nikè, la Victoire.

J'aime à y croire, à ce répit, à ce petit morceau de temps suspendu. J'aime à l'imaginer. Même si je sais ce qui est arrivé.

Elle a vraiment existé, Yvonne Schmitt. Et Yves Couliou, Simone Marchand, Alfred Soggiu, André Robert, Albert Polge, Jeanne Lion, Cyprien Sodonou, Gabriel Simplon, Jean Pisano. Ils viennent, ils se bousculent. Fantômes dans un carton d'archives.

Ils disent un même récit.

Celui, tragique, des Méliens, recommencé. Empires, classes, hommes et femmes. Le sort des individus comme celui des nations, broyées par la force, broyée à son tour et à son heure.

PARTIE 1
Le meurtre

Yves Couliou

J'y suis allé à treize ans dans leur chiourme, moi, je faisais manœuvre, je nettoyais, un travail fatigant mais pas compliqué. C'était pas une grande et belle usine, elle était plutôt petite et j'ai été viré après une bagarre avec un plus vieux. Le père ça lui a pas plu, c'est sûr, j'ai eu droit aux coups de ceinturon et au martinet. C'était un Breton, un têtu, sévère, il me tapait mais il m'aimait et il avait raison, j'avais la tête dure et plus il tapait plus ça me durcissait. Lui était charpentier et il m'a appris un peu le métier, il voulait que je fasse pareil mais le temps a manqué. Il est mort j'avais quinze ans, je suis resté seul avec la mère, elle est retournée à Quimperlé, la sœur s'est mariée avec un épicier au pays, moi je suis resté à Paris.

Ma vie je suis allé la gagner à la grande usine, celle d'Aubervilliers, les allumettes, je suis resté dans le bois, somme toute. Je travaillais aux presses, des milliers de bouts de bois à rassembler, faut les tremper ensuite et boum ça peut faire des étincelles. J'y suis arrivé à la bonne époque, moi, aux allumettes, dans la nouvelle usine, la grande, avec des machines. Gouhault m'a raconté comment c'était avant, avec le phosphore tu pissais phosphorescent, et l'odeur aussi. C'est même l'haleine qui était phosphorescente, y paraît ! J'ai vu une vieille ouvrière des années 1890 avec la mâchoire bouffée, la nécrose phosphorée ils appellent ça, sa gueule tombait en morceaux, toute boursouflée, des trous, plus de dents. Elle a pas survécu longtemps, le mal chimique comme disaient les vieux, ça l'a tuée. Pourtant d'après Gouhault elle avait été belle avant, là je l'aurais même pas regardée en face, depuis j'en ai vu des plus dures aux Bat' d'Af' et à la guerre, mais j'étais jeune. Gouhault s'occupait du syndicat et il parlait tout le temps des grèves de 1895 contre le phosphore blanc.

Deux mois de grève de mars à mai, deux mois contre l'État parce que c'est lui qui dirigeait l'usine, il possédait déjà les tabacs, normal de gérer aussi les allumettes, non ? Ces fumiers, à l'époque, ils connaissaient le phosphore rouge, les allumettes suédoises, mais les allumettes blanches se vendaient mieux, pas besoin de frottoir, alors ils préféraient utiliser du phosphore blanc et vendre les poumons des ouvriers avec leurs foutues boîtes. La régie, elle préférait pourchasser les allumettes de contrebande qui payaient pas la taxe plutôt que protéger la santé des prolétaires. Les messieurs en haut-de-forme qui empochaient les bénéfices respiraient pas du phosphore, c'était du fric pour les politiciens, les ministres, c'est sûr, ils voyaient pas leurs dents et leurs gencives partir en morceaux. Moi, même on m'aurait payé j'y aurais pas bossé dans leur foutue tôle. Ceux qui étaient assez cons pour accepter de respirer le phosphore blanc avaient qu'à pleurer, y a toujours moyen de se débrouiller autrement dans la vie, la preuve.

Quand je suis arrivé en 1905 les grèves avaient fait leur effet, le phosphore blanc avait été remplacé par du rouge, mais c'était pas le paradis pour autant cette tôle, plutôt le contraire. On était presque sept cents, plus les chefs, et pas mal de femmes dans le lot. Sans Gouhault j'aurais tapé du contremaître, je suis pas fait pour recevoir des ordres, mais y m'a pris sous son aile, y comptait sur moi pour le syndicat et y disait toujours de garder ses forces pour l'action collective. J'y disais oui mais moi j'ai toujours voulu devenir patron, au fond. Y avait des machines, on avait reconstruit la boîte pour elles, pas pour nous les ouvriers, faut pas rêver. Les machines, c'était pour la pâte au « sesqui », le sesquisulfure de phosphore, c'était moins toxique c'est sûr mais faut pas croire, une machine ça permettait surtout du boulot en continu, deux millions et demi d'allumettes en dix heures, un progrès pour notre santé mais tu parles, s'ils avaient pu supprimer les ouvriers ils l'auraient fait. Il en fallait encore pour faire marcher les machines, pour produire toujours plus d'allumettes.

Gouhault avait peur que les machines remplacent les ouvriers, pour moi c'était égal de plus bosser dans cette tôle, mais Gouhault y tenait, il gueulait toujours contre l'État, les directeurs, les ingénieurs, mais au fond il y aurait fini sa vie dans cette usine. Moi ils auraient pu virer tous les ouvriers et nous mettre ailleurs, qu'est-ce que ça change, t'es un larbin tu restes larbin, mais je me suis quand même battu quand il fallait, pour le principe. J'y ai même adhéré à sa CGT, faut tout foutre en l'air qu'il disait, c'était le syndicalisme révolutionnaire, c'est là que je suis devenu anarchiste, moi l'anarchie ça me plaisait.

Il faut leur foutre au cul les bourgeois, ça oui, d'accord ! Et puis chacun doit pouvoir faire ce qu'il veut, enfin l'idée de Gouhault, c'était de montrer l'exemple : si on est une minorité prête à aller jusqu'au bout, les autres suivront. Moi, montrer l'exemple, c'est pas trop ça, mais je suivais Gouhault pour les grèves et surtout dans les bagarres. On était deux à tenir la baraque du syndicat, enfin deux, surtout Gouhault, mais il me faisait confiance. Je ramassais les cotises, les autres payaient, il fallait bien secouer un ou deux pleurnichards qui trouvaient ça trop cher. Des grèves, on en a fait quelques-unes, Gouhault parlait bien, il entraînait les autres dans la bagarre. Je me tenais près de lui et je voyais les femmes, les ouvrières, pendues à ses lèvres quand il parlait de grève générale, des patrons et de l'État. Ça j'aimais, les grèves, le syndicalisme, ça impressionnait les petites qui bossaient avec nous, une chance cette usine pleine de femmes, c'est pas partout. Avec elles c'était facile, Gouhault parlait, j'étais près de lui et elles me voyaient.

Faut dire j'étais pas le dernier quand il fallait aller à la bagarre avec la troupe, tu parles, c'était une usine d'État alors ils envoyaient l'armée facile. Y a pas eu de tirs chez nous, comme à Draveil ou à Villeneuve-Saint-Georges contre les terrassiers, mais des coups de crosse ça oui, j'y ai laissé deux dents, moi, à la porte de leur usine. Gouhault, les femmes il s'en foutait, lui sa femme c'était sa révolution, d'accord, mais moi allongé par terre, la gueule en sang, j'étais content de me faire éponger par Mariette. Je l'avais remarquée Mariette, des yeux de biche, des seins gros comme un cul, elle me plaisait. Ç'a été ma première, pas ma dernière, c'est sûr, elle avait mon âge mais plus d'expérience et après elle il y a eu Félicie et puis Marie et puis d'autres. Je voyais bien, Gouhault, ça le gênait, « Occupe-toi plutôt du syndicat », il me disait. Les femmes, il faisait avec, Gouhault, dans notre usine pas le choix, mais pour lui elles faisaient baisser les salaires et entraînaient des histoires. Des histoires y en a eu, la première fois que deux se sont battues pour moi j'ai regardé étonné et j'ai souri. « Tu sais, m'a dit Gouhault, t'es beau garçon mais fais gaffe, j'en connais des syndicalistes qui se sont fait avoir pour des histoires de bonne femme. » C'est vrai, je plaisais aux femmes, les yeux bleus et un sourire, et puis je savais quoi leur dire. Fallait voir comment le patron parlait à Gouhault pendant les grèves, des mots enjôleurs, des promesses, des sourires et des rires, ben moi avec les femmes je faisais pareil.

Il leur en faut pas beaucoup, je l'ai vite compris, je leur disais qu'elles étaient belles, les premières ça se faisait tout seul, puis j'en ai eu plusieurs en même temps, j'ai appris à dire ce qu'elles voulaient entendre. Tout ça, Gouhault ça l'intéressait pas, pas d'attache, pas de bonne femme ni d'enfant et ses parents morts depuis longtemps, son père même fusillé pendant la Commune, comme un chien. Les autres, ça leur faisait peur dans les grèves, ils lui disaient bien « C'est facile pour toi t'as pas d'enfant à nourrir », mais ils le respectaient quand même, c'était toujours le premier dedans, Gouhault. Quand la Sûreté est venue le prendre, ç'a été une belle bagarre, ils le cherchaient depuis plusieurs semaines, il le savait, alors il rentrait plus chez lui, il dormait chez des copains de l'usine, ils ont dû venir le cueillir à la sortie mais il s'est pas laissé faire. Ça faisait plusieurs jours qu'il se préparait, quand ils l'ont serré il a crié « À moi les camarades », il les insultait « Larbins des patrons, fusilleurs », on a été plusieurs à le protéger. Eux aussi ils avaient bien prévu leur coup, ça les a pas empêchés de le prendre et on l'a pas revu de longtemps, c'était l'époque où plusieurs du syndicat se sont fait arrêter.

Je l'ai eu mauvaise d'avoir pris des coups de canne quand d'autres ont pas bougé pour aider Gouhault. Son syndicalisme révolutionnaire, faut dire, y en a qui trouvaient ça trop dur.

Là je me suis retrouvé tout seul, sans Gouhault, et le syndicat sans lui c'était plus ça. Faire la grève et le coup de poing avec lui, je pouvais, mais m'occuper de la section tout seul, pas question. Je suis au service de personne moi, pas du patron mais pas des ouvriers non plus. J'avais plus de temps pour voir les filles et puis avec un peu de l'argent du syndicat je leur offrais à boire dans les rades d'Aubervilliers. Après tout, l'argent du syndicat pour les ouvrières, pourquoi pas ? Et puis y en avait qui payaient leur cotise et qui avaient pas levé le petit doigt pour défendre Gouhault, les salauds.

Le premier qui m'a demandé c'est Lefebvre, le petit Lefebvre, il avait pas connu la nécrose phosphorée mais sa gueule était bien abîmée pourtant. Il avait des petits yeux sales et l'haleine qui puait, autant dire que son zob il l'avait jamais trempé. C'était pas mon ami, je lui avais presque jamais causé. Il est venu me voir, il m'a offert un verre et il m'a dit : « Tu couches bien avec Antoinette ? » « C'est tes oignons ? », je lui ai répondu. J'ai serré les poings, j'aime pas qu'on se mêle de mes affaires mais il a continué avec sa voix de fille et m'a demandé si elle voulait pas coucher avec lui, il était prêt à me payer.

Ma première réaction, ç'aurait été mon poing dans sa gueule et puis j'ai réfléchi. Antoinette, elle me plaisait, mais j'en avais d'autres, et puis elle m'aimait bien, je pouvais la convaincre de faire ça pour moi. L'argent du syndicat, je pouvais pas taper dedans tout le temps et je commençais à préférer vraiment le bar que l'usine. Sur le moment j'ai pas réfléchi autant, je me suis dit tout simplement que je pouvais me payer un peu à boire et sans plus. Après seulement j'ai pensé à l'usine. « Ça va te coûter cher », je lui ai dit. Il était prêt à payer, ce con, avec sa gueule, s'il payait pas pour baiser, il avait seulement sa main pour se faire plaisir.

Antoinette ç'a été une autre histoire, j'ai commencé par lui dire « C'est pour un copain », mais copain avec Lefebvre, fallait pas pousser. Quand j'en ai eu marre de lui demander gentiment, je lui ai flanqué une gifle, elle a pleuré puis elle a fermé sa gueule en chialant doucement. Je l'ai prise dans mes bras et je lui ai refait mon cinéma, elle avait des hoquets et elle soulevait fort sa tête, mais finalement elle a dit oui, pas un oui franc, pas un oui d'homme, un oui de la tête. Je m'en foutais, ça suffisait, je suis vite allé chercher Lefebvre, on a fixé le prix et puis c'était fait.

Après ça, j'ai compris qu'y avait de l'argent à se faire. Y avait d'autres Lefebvre dans la tôle, ou des gars moins laids, mais qui savaient pas comment faire avec les femmes, ou d'autres qui voulaient tirer leur coup et puis c'est marre. Antoinette, faire ça avec Lefebvre, elle avait pas aimé, elle m'évitait, souvent absente à l'usine et puis au bout d'un moment on l'a plus revue. Faut dire ça avait parlé, Marie-couche-toi-là, c'est ce qu'elles disaient les vieilles, j'ai dû gueuler. Après Lefebvre, ç'a été Mignot qu'est venu et puis Roussier et Boulanger. Ça commençait à se répéter que je savais convaincre les petites.

Y avait Marie, elle m'aimait, elle pouvait rien me refuser, même Lefebvre, c'est dire, pas une sainte-nitouche comme l'autre Antoinette. Et puis Rosalie et la grosse Mariette, elles, rien de régulier, je leur demandais à la fin du mois quand le salaire commençait à s'épuiser et je savais que ça serait plus facile de les convaincre. Rosalie, elle était coquette, elle passait son argent dans des chapeaux, des souliers, elle se prenait pour une dame presque, mais avec le salaire d'une ouvrière faut pas charrier. Déjà ça gagnait pas beaucoup aux allumettes, mais les femmes gagnaient encore moins que nous les hommes. Rosalie, je l'avais dans la poche, des petits cadeaux, et sur ses passes je lui en redonnais une partie bien sûr. Elle aimait ça de toute façon les hommes, alors si ça rapporte en plus, elle allait pas se gêner.

La grosse Mariette c'était surtout pour sa fille, son mari était mort jeune et les petites gâteries ça permettait de boucler la fin du mois. Sinon elle acceptait pas d'y aller avec des hommes, pourtant je l'ai dérouillée une ou deux fois, mais quand elle voulait pas, elle voulait pas. De toute façon à trente ans, elle était déjà vieille et abîmée, bonne pour les Lefebvre, ce con, quand je pense que j'avais gâché une Antoinette pour lui, mais c'était le début. Pour moi, c'était pas la belle vie, mais ça doublait mon salaire des allumettes, je filais de l'argent à la mère, et puis j'ai commencé à m'acheter des beaux habits. Pourquoi ce serait que les bourgeois qui en croquent, et puis le beau costume c'était plus facile pour impressionner les filles et les gars aussi d'ailleurs. Marie, Rosalie, Mariette de temps en temps, bientôt ça suffisait plus, j'étais connu dans l'usine et même ailleurs.

À ce moment j'ai commencé à lâcher le syndicat, plus le temps et plus Gouhault, et puis Mercier a voulu s'en occuper. Mercier, Gouhault l'aimait pas, c'était un opportuniste pour lui, toujours prêt à négocier avec le patron. Oui mais là Gouhault était en prison, moi j'avais d'autres chats à fouetter et le syndicat est resté à Mercier. Il a repris les comptes et il m'a repris ma carte, ce salaud, en disant que le syndicat avait pas besoin de barbots. Je lui ai pas foutu mon poing dans la gueule mais c'est pas passé loin. Mais le syndicat, après tout, y en a pas besoin pour faire baver les bourgeois.

Je savais bien qu'à l'usine la direction et Mercier voulaient ma peau. Ça le faisait baver, Mercier, de voir mes chapeaux et mes costumes, quand lui pouvait pas s'en payer autant. Les ingénieurs, les contremaîtres, ils m'ont jamais impressionné, ils pouvaient toujours venir, j'étais aussi élégant et aussi malin. Finalement, c'est quand Gouhault est revenu que j'ai perdu ma place. Il pouvait plus travailler à l'usine après la prison, bien sûr, tu parles, ils étaient bien contents de pouvoir s'en débarrasser, mais il est revenu traîner près de la tôle. Il avait plus le syndicat dans l'usine mais il restait à la Bourse du travail.

Au début, je l'ai pas reconnu, c'était un Gouhault maigre, il avait fini de perdre tous ses cheveux. Ses yeux étaient devenus plus profonds, enfoncés dans les rides de son visage, finalement un an de prison ça l'avait plus démoli que vingt ans d'usine. Mais dès qu'il a commencé à parler d'une voix rauque, c'était le même Gouhault. « Faut qu'on se défende, il m'a dit, les réformistes veulent la mort du syndicalisme révolutionnaire. » Il m'a parlé de tout. La retraite pour les morts, que l'État voulait faire voter, des cotisations prises sur nos salaires, soi-disant pour la retraite, alors qu'on allait mourir avant. Mercier, qui avait repris le syndicat, Jouhaux le réformiste à la place de Griffuelhes l'anarchiste à la CGT, Levy, le trésorier qui avait piqué dans la caisse, un pourri. Et puis moi, moi, si lui n'était plus à l'usine il fallait que je le remplace, il m'aiderait, on allait reprendre l'usine aux réformistes. J'ai dit oui, j'ai promis de le revoir et j'ai bien vu qu'il regardait mes fringues étonné.

La fois d'après il m'a sauté dessus à la sortie de l'usine, ses yeux roulaient, furieux : « Salopard ! T'es un barbot ! Tu as salopé le syndicat avec tes histoires de putes ! » Il avait tout appris, il lui avait pas fallu longtemps. J'ai regardé Gouhault, son visage maigre, ses petits bras, ses yeux sombres, ses cheveux filasse, ses reproches et ses insultes. Je l'ai frappé. Je l'ai frappé longtemps, d'abord dans la tronche pour plus voir ses yeux, et puis une fois par terre dans son ventre, ses jambes, ses bras. Il a un poussé un cri bizarre, au début, puis il a plus dit un mot et ça m'a énervé encore plus. Je bouillonnais en dedans mais je l'ai cogné petit à petit, presque calmement, et ça m'a quand même fait drôle de le taper alors que contre la troupe j'étais à ses côtés.

À la fin, mes souliers étaient pleins de sang, mes poings aussi et lui il se tenait assis, le visage dans les mains. Je l'avais peut-être tant cogné qu'il en était bête. Y en avait d'autres qui me tenaient, je les ai écartés en disant qu'il avait son compte. Il m'a regardé, il a essayé de cracher mais c'est du sang qui est sorti. Après ça la direction m'a convoqué pour grabuge devant l'usine et ils m'ont demandé de prendre mes affaires et de partir. Je les ai regardés dans mon beau costume, j'avais ôté ma blouse, je leur ai dit, de toute façon, je voulais plus y remettre les pieds, dans leur chiourme. J'aurais bien claqué Mercier avant de partir, mais c'était le truc à pas faire. J'ai jamais revu Gouhault, avec la rossée que je lui ai mise. J'ai un peu regretté après, mais plus jamais, plus jamais ouvrier. Il a pas porté plainte, la police il pouvait pas la voir.

Quitter l'usine, dans le fond, je savais que ça allait arriver. Je fréquentais toujours les bistrots pour arranger leurs affaires aux gars prêts à payer pour mes filles. C'est là, pas longtemps après mon renvoi, qu'un gars m'a abordé. Il puait la flicaille à plein nez. Il m'a proposé à boire, j'ai dit oui, il savait comment j'avais été renvoyé, que j'étais au syndicat. Il pouvait me réembaucher dans l'usine, il connaissait mes petits trafics avec les femmes, ça faisait rien, en échange je devais revenir au syndicat et lui raconter ce qui s'y passait. En cas de grève on me donnerait des instructions, c'était à voir. Il a ajouté, au fond, vu ce que j'avais fait à Gouhault, je devais être un bon gars, ce sale agitateur, je lui avais mis ce qu'il méritait. Je suis resté très calme, j'ai pris ma bière et je la lui ai versée lentement sur la tête en disant que j'étais pas un mouchard. Ça a fait un grand silence dans le bistrot et puis le gars s'est levé sans un mot et il est parti. Pour qui il m'avait pris ? J'ai peut-être rossé Gouhault mais je suis pas un mouchard et j'aime pas la police. La Sûreté elle peut aller se faire foutre et c'est ce que j'ai fait.

Après ça, j'ai dû éviter les parages, et puis à vrai dire sans le salaire de l'usine, je voulais d'autres clients que les ouvriers. L'ouvrier il bosse trop, pour mes filles ça faisait pas assez de passes. Rosalie et Marie avaient été renvoyées aussi, je les ai mises sur les Grands Boulevards. Elles offraient des fleurs aux gars et quand ça collait elles les ramenaient dans une chambre. Moi je restais à distance, je surveillais et j'encaissais ensuite. Rosalie avait bien essayé une ou deux fois de me cacher des sommes, mais je suis plus malin qu'elle et ça passait pas. Après une ou deux roustes, elle a compris et elle se tenait tranquille. J'allais de temps à autre chez ma mère à Quimperlé et je lui donnais un peu d'argent, mais elle aimait pas trop mes nouvelles manières et mes beaux habits. Je m'étais mis à la colle avec Rosalie dans un garni. Deux filles ça me faisait pas grandchose. La Rosalie, elle avait le vice dans la peau, mais la Marie était trop molle, elle pleurait souvent et une fille trop triste, c'est pas bon pour le micheton.

Un jour que j'avais passé trois nuits chez la mère, pour la voir un peu et puis aussi pour bien manger, je suis revenu et Rosalie était flanquée d'un grand gars blond avec des bras de forgeron. « Qu'est-ce que tu fous avec lui ? je lui ai dit. Si c'est un micheton ça va, sinon il dégage. » Le gars s'est mis devant elle en faisant rouler ses muscles et il m'a dit de partir. « Tu me traites pas bien, elle m'a dit. Maintenant c'est Gaston qui va me protéger. » Le gars me dépassait d'une tête mais j'y suis allé et je me suis retrouvé par terre nez éclaté en pas deux minutes. J'y suis retourné et cette fois c'est la mâchoire qui a morflé. Rosalie a rigolé, le gars aussi, je suis resté par terre. Dans ma tête, j'ai pensé qu'avec une fille ça suffisait pas et puis j'ai ma fierté, je pouvais pas rester comme ça dans la rue allongé et en sang. J'ai revu Gouhault la tête haute même après sa rouste. J'ai sorti mon couteau, le gars pensait pas que j'allais le planter, surtout de dos. J'ai dû donner plusieurs coups, il était costaud et il beuglait comme un cochon, il a quand même eu le temps de m'écraser son poing sur la gueule avant de tomber et Rosalie qui hurlait et pleurait. J'aurais dû le planter avant et de face pour la légitime défense, j'ai quand même eu des circonstances atténuantes, et puis il a pas crevé ce salopard, mais je me suis retrouvé à tirer mes deux ans de prison. C'était fini la belle vie et les costumes et pourtant c'était rien par rapport à ce qui m'attendait encore dehors.

Yvonne Schmitt

Danser ça m'a toujours plu, je suis faite pour ça, tellement légère qu'on me fait tourner facilement et je ne pèse presque rien dans les bras d'un homme. C'est ce que j'aime le plus au monde, quand on danse on oublie tout. Mettez-moi dans un dancing et c'est le bonheur, ce que j'ai pu aimer l'Olympia. C'est mon père en revanche qui n'aimait pas ça et pire encore ma belle-mère, je l'ai haïe, « Moins que rien, dépravée », elle pouvait pas s'empêcher. Elle est arrivée j'avais quinze ans et j'avais rien demandé, ma mère était morte et j'en voulais pas d'autre, mais mon père c'est un homme et un homme il lui faut une femme dans son lit, et puis pour tenir sa maison.

Tenir la maison j'aurais su le faire, il aurait pu demander, lui il tenait déjà l'immeuble, il était concierge en plus de son travail à l'usine. Ça ne l'a jamais effrayé le travail, mon père, ça a dû lui faire mal d'avoir une fille qui aime tant s'amuser et prendre du plaisir. Dans l'immeuble où j'ai grandi, à Levallois-Perret, c'était du passage et du bruit dans la cour. J'étais la fille du concierge, je connaissais tout le monde et on m'aimait bien. C'est la mort de Maman qui a tout gâté, la marâtre est arrivée, et puis c'était la guerre, il fallait se serrer la ceinture et elle était bien contente de serrer surtout la mienne. Elle se réservait pour elle et pour papa les meilleures rations, lui d'accord il travaillait, mais elle à la maison toute la journée...

J'ai déjà été heureuse dans ma vie, faut pas croire, avant la vie était simple quand mon père et ma mère étaient là tous les deux. Elle était très douce, elle me réveillait le matin en chantonnant et quand je revenais de l'école, elle me donnait un goûter puis elle me laissait jouer dans la cour. À la maison elle travaillait dur et elle faisait aussi le ménage dans l'immeuble pour aider mon père. Elle rendait souvent service aux locataires, pour de petites courses ou pour le linge parfois. Mais avec le temps, sa santé est devenue fragile, je crois qu'elle avait la tuberculose mais on me le cachait, bien sûr, et on n'en a plus jamais parlé avec mon père.

Pour ma santé justement et aussi parce que je n'étais pas mauvaise à l'école, j'ai eu droit petite fille aux colonies de vacances organisées par la mairie. Nous partions à la campagne pendant l'été. J'y suis allée six années, avant la guerre, de mes huit ans à mes quatorze ans. Nous étions une vingtaine de petites filles sous la conduite d'une institutrice et le matin nous pouvions aller promener dans la nature, découvrir les herbes et les animaux. Au petit-déjeuner, on buvait du lait de vache des fermes environnantes, on mangeait du pain et des œufs. C'était la liberté et la nature, on avait le droit de courir dans les champs et même parfois de nous baigner dans les rivières fraîches. Seules les après-midi m'ennuyaient : nous devions travailler et apprendre les tâches nécessaires aux ménagères. Il fallait savoir coudre, laver le linge une fois par semaine dans un grand lavoir, le plier, nettoyer nos chambres et l'école ou la salle des fêtes où nous dormions.

Une fois par semaine également, on allait à quelques kilomètres faire le ménage là où étaient logés les garçons de Levallois. On récupérait leur linge déchiré pour le recoudre. Il n'était pas question de les croiser à cette occasion, car ils étaient alors en excursion. Mais je savais par Antoine, un petit garçon vivant dans notre immeuble et partant aussi en colonie, qu'ils pouvaient participer aux travaux des champs. Il s'en plaignait d'ailleurs, il trouvait ces tâches fatigantes et salissantes, mais je l'enviais sans lui dire et je considérais comme une injustice de devoir m'occuper de tâches qui ne m'intéressaient pas.

J'acceptais la discipline de la colonie, je faisais mon lit le matin, je débarrassais lors des repas et nettoyais la vaisselle, comme j'avais coutume de le faire à la maison pour aider ma chère maman. Le lavoir m'amusait aussi, puisque c'était l'occasion de bavardages et de chamailleries, nous nous éclaboussions jusqu'à ce que l'institutrice nous rabroue. Mais les tâches de couture ou de ménage me paraissaient tristes, je n'aimais pas rester enfermée et courbée sur ma besogne. J'avais l'habitude de jouer dans la cour de l'immeuble, de parler aux adultes. Ma mère avait toujours travaillé et elle m'avait longtemps préservée des travaux ménagers. J'ai vite acquis une réputation d'impertinente et de paresseuse, d'autant que je n'avais pas la langue dans ma poche et que je n'hésitais pas à répondre à la maîtresse. Mes parents étaient pourtant contents, malgré les quelques reproches sur ma conduite, de me voir revenir avec des couleurs et des bonnes joues, les poumons gonflés du bon air de la campagne.

Lors de ma dernière année de colonie, j'ai pourtant connu l'humiliation, à tel point que je ne peux y penser sans que des larmes de honte et de colère me viennent aux yeux. Avec quelques filles, nous avions réussi à échapper à la maîtresse et nous nous étions éloignées, pour jouer, de l'école où nous dormions. C'est moi, je l'avoue, qui avais entraîné les autres. Je ne m'en rendais pas compte à l'époque, mais j'étais déjà presque femme. J'avais pris des hanches et de la poitrine, et même s'il n'était pas question de me maquiller, je paraissais plus grande que mon âge alors que j'étais plutôt menue. Les regards des hommes se posaient plus longuement sur moi et certains locataires de notre immeuble de Levallois lançaient parfois des remarques grivoises dont le sens exact m'échappait.

Alors que nous nous amusions, nous n'avons pas remarqué que s'approchaient des garçons du village, plus âgés, avec des sourires sots. Ils nous ont rapidement entourées et l'un d'entre eux s'est adressé à moi. Il m'a appelée la demoiselle, a dit que je venais de la ville, où les filles avaient la réputation d'être aimables. Il m'a attrapé les mains pour essayer de les caresser pendant que les autres gars avec lui rigolaient. C'était le plus vaillant de la bande, le seul qui nous regardait dans les yeux. Les autres paraissaient plus maladroits, presque intimidés même s'ils riaient très fort.

Il avait un teint rougeaud, des mains brunes et calleuses qui râpaient quand elles me touchaient. Les mains de mon père étaient calleuses aussi, des mains d'ouvrier parfois noircies par les machines. Mais il mettait grand soin à les nettoyer et à les frotter chaque soir, alors que celles de ce paysan étaient sales et je les ai repoussées d'un geste brusque. « Mais c'est qu'elle se laisse pas faire, cette pouliche, c'est parce que je suis un gars de la campagne ? On sait comment vous êtes, vous autres de la ville, quand c'est des messieurs vous faites pas tant de manières ! » Il m'a plaquée alors contre le mur, l'air furieux, et a posé ses grandes mains sur ma poitrine qu'aucun homme n'avait encore touchée.

Effrayée, je n'osais pas faire un geste, alors qu'il me faisait mal en pétrissant mes seins sous l'étoffe, sans aucune douceur. Il a essayé de m'embrasser dans le cou et j'ai senti à la fois sa mauvaise haleine et sa transpiration, car il faisait chaud en ce mois de juillet. J'ai crié alors et je l'ai mordu à la joue, très fort. C'est à ce moment que la maîtresse a fait son apparition, alertée non par mes cris mais parce qu'elle nous cherchait. Elle a vu le jeune paysan me peloter, puis se retirer vivement en portant la main à sa joue : « Mais c'est qu'elle m'a mordu, la salope ! » Et il m'a giflée à toute volée.

Aussitôt l'institutrice s'est interposée et je crus qu'elle allait prendre mon parti. J'étais bien naïve ! Cette méchante femme m'a saisie par le collet de ma robe et m'a entraînée vers la colonie en ordonnant aux autres filles de la suivre, sans un mot ni un regard pour mon bourreau qui continuait à crier : « Salope ! Salope ! » Elle n'a pas dit un mot jusqu'à l'école, mais une fois arrivées elle m'a enfin lâchée, pour mieux m'en coller une. Alors que je commençais à pleurer, elle s'est mise en colère : « Mais enfin ! Tu te rends compte de ce que tu viens de faire ? Qu'est-ce que tu as dans la tête pour aguicher les garçons comme ça ? Tu veux nous créer des problèmes avec les villageois ? Et si ça remonte à la mairie, tu sais que ça peut être la fin des colonies ? »

À ce moment une fille s'est mise à pleurer, elle n'avait pas été violentée mais en partant un garçon lui avait pincé la fesse. « Et tu te rends compte que tu entraînes tes camarades là-dedans ? Si tu es une vicieuse, si ça te plaît d'exciter les hommes, tu pourrais au moins épargner les autres ! » Être vicieuse, je sais pas si j'ai jamais su, exciter les hommes c'est quelque chose que j'ai appris à faire, mais à cette époque ces mots me paraissaient étrangers. Effrontée, oui, paresseuse peut-être, mais j'étais une toute jeune fille, pas encore une salope. Dieu que j'ai changé depuis !

Ce soir-là j'ai été privée de souper, je ne pouvais parler à mes camarades et j'avais le cœur gros de sanglots qui ne s'arrêtaient plus. Heureusement pour moi, c'était le dernier jour de la colonie, sinon j'aurais peut-être été renvoyée. De retour à Levallois, l'institutrice a expliqué à mes parents que c'était la dernière fois, que je causais trop de problèmes, ayant provoqué de manière indécente de jeunes villageois, blessant même l'un d'entre eux dont les parents ne s'étaient pas plaints pour éviter le scandale. Pour éviter la honte, surtout, à mon avis, d'avoir un garçon blessé par une fille ! En tout cas j'ai été punie, surtout par mon père qui était furieux.

À cause de la guerre, il n'y a pas eu d'autre colonie. Mais c'était quand même pour moi une injustice, d'autant que certaines camarades, qui avaient partagé cette mésaventure, m'évitaient désormais. Seule ma mère a fait preuve d'un peu de compréhension et sa mort quelque temps après a été pour moi d'autant plus douloureuse. Je me suis retrouvée toute seule, privée de son amour, et c'est à ce moment que j'ai commencé à rêver d'un homme qui ne soit pas un goujat, qui me protégerait et me ferait du bien. Un homme comme dans les livres que je lisais dans ma chambre, ils me faisaient rêver. C'était des romans à quatre sous, des feuilletons découpés dans les journaux, mais ils me plaisaient bien, ils me distrayaient. Ma belle-mère ne voulait pas que je lise, elle disait que ça me remplissait la tête de mauvaises pensées. Ces livres étaient pourtant bien sages, ils suffisaient à me donner l'envie d'un amour vrai.

Je savais que c'était mal de penser aux hommes, surtout à mon âge, mais il me venait des désirs et des sentiments que je ne contrôlais pas. Je tremblais en pensant à ce qui m'était arrivé dans le village mais en même temps je voulais être aimée et protégée. Il m'emmènerait loin de Levallois, loin de mes camarades qui détournaient la tête ou qui changeaient de trottoir, loin de mon père que je n'intéressais pas. Je voulais des messieurs aux mains douces, des gentlemen de la ville à la moustache bien taillée, des hommes qui ne m'écorcheraient pas en me caressant. J'en ai pourtant connu encore des mains calleuses de travailleurs manuels après ça, mais j'en avais à chaque fois un peu de dégoût.

J'étais triste à cette époque, je n'allais plus à l'école et j'essayais autant que possible d'éviter la maison, où la marâtre me réclamait pour les travaux ménagers. Elle se plaignait de moi jusqu'à déclencher des disputes avec mon père qui me défendait un peu : « La pauvre petite, tu sais que la mort de sa mère lui a fait bien du mal, ne lui en demande pas trop. » Des garçons venaient parfois me voir, nous causions dans le petit square près de la maison, et je leur donnais des rendez-vous secrets, je leur tenais la main parfois et nous échangions même quelques baisers. J'avais un peu peur à chaque fois, surtout au début, je savais qu'aucun d'entre eux n'était l'homme dont je rêvais mais c'était de gentils garçons, qui me donnaient de la tendresse, me parlaient avec douceur et ne me rudoyaient pas comme le paysan qui m'avait violentée. Ils m'offraient des confiseries, nous nous promenions ensemble.

Mais les gentils garçons parlaient et certains plus durs vinrent me voir aussi, car j'avais désormais la réputation de n'être pas farouche même si je n'acceptais rien de plus que des caresses et des baisers. Un soir, j'ai entendu mon père et sa femme discuter : « Elle a mauvaise réputation dans le quartier, elle te déshonore, tu devrais lui faire apprendre un métier puisqu'elle n'est bonne à rien à la maison si ce n'est nous causer des ennuis ! »

Aussi, quand il a fallu soutenir l'effort de guerre, quand les usines cherchaient à embaucher des femmes pour remplacer les hommes à l'usine, tu parles qu'elle n'y est pas allée mais elle était trop contente de m'envoyer. C'est pas que ça me déplaisait d'être munitionnette, et je me rends compte que les dernières années de la guerre furent pour moi heureuses, je pouvais échapper enfin à la marâtre et puis je gagnais quelque chose. Être ouvrière, comme mon père, ça me rendait presque fière. Oh je faisais pas la fière mais c'était en dedans, j'avais le cœur qui battait. Et puis l'argent, mon argent, c'est moi qui l'avais gagné et au début du mois je le ramenais à la maison rien que pour voir leurs têtes. C'était fatigant, c'est sûr, mais la fatigue venait après cette joie de faire un travail d'homme. Plus tard, je me suis rendu compte que pourtant on gagnait moins qu'eux, mais j'étais si insouciante au début. Aller à l'usine, c'était aussi pour moi échapper au père que j'aimais bien mais qui me donnait trop d'ordres depuis que la marâtre était à la maison. Comme je regrettais ma chère maman !

L'usine d'armement où je travaillais était éloignée de Levallois et je dormais dans des cantonnements près de l'usine. Le travail à l'usine, je ne peux pas dire que j'ai aimé, c'était du bruit, celui des machines, et puis des odeurs, des gestes à répéter, nous fabriquions des enveloppes en métal pour les obus. On pouvait à peine causer dans ce bruit et nous étions à côté d'étrangers, des Grecs, des Portugais, et des nègres des colonies aussi et des Annamites ; c'était la première fois que j'en voyais et j'étais un peu effrayée mais nous ne parlions pas avec eux et ils nous laissaient tranquilles, ils étaient bien différents de ceux que j'ai pu ensuite voir à Marseille. Avec les filles nous pouvions causer pendant les pauses même si elles étaient peu nombreuses et nous blaguions en permanence, on se faisait des confidences et j'aimais ça. Le soir nous étions fatiguées mais dans le dortoir nous causions et nous blaguions aussi. Je n'avais rien connu de tel depuis les colonies de vacances.

C'était la première fois que j'étais aussi libre, jeune fille sans surveillance, ni de papa, ni de la marâtre, ni de ma pauvre mère, et puis je faisais un travail utile à la patrie contre les Boches. C'est surtout avec Louise et Mimi que nous passions du bon temps. J'avais à peine dix-sept ans, comme Louise, mais Mimi était plus âgée et elle avait plus d'expérience. Nous parlions des garçons, il y en avait de beaux à l'usine, des ouvriers qualifiés mobilisés au début de la guerre puis rappelés. Enfin je pouvais en parler avec d'autres jeunes filles. J'étais trop jeune à l'école ou aux colonies, et mes camarades de Levallois étaient bien trop timorées. Je voyais très peu d'autres jeunes filles après ma dernière colonie et j'avais désormais de vraies amies, à qui je pouvais me confier. Nous parlions aussi de vêtements, de danse, de bijoux même si nous n'en avions pas beaucoup, et puis parfois de la guerre mais pas trop car ça nous rendait tristes.

Le dimanche, je retournais souvent chez mon père mais c'est surtout le samedi qui me plaisait. C'est d'abord le samedi que j'ai découvert la danse. J'avais déjà dansé, lors des mariages, à l'école ou pendant les colonies. Mais j'ai découvert les danses avec les garçons, il en existait de toutes sortes dans lesquelles je suis bientôt devenue experte. Nous allions dans les dancings et auparavant au foyer nous nous entraînions, Mimi nous montrait les pas et nous dansions à tour de rôle avec elle. Louise apprenait vite mais c'était moi la plus douée, et Mimi plaisantait parfois en m'appelant sa danseuse : « Tu vas faire tourner la tête de tous les hommes si tu continues comme ça ! » Nous aurions toutes voulu rencontrer un beau fils de famille dans un dancing, qui nous aurait emmenées en voiture et nous aurait offert le restaurant et de belles robes. Mimi avait cru en rencontrer un une fois mais il s'était amusé avec elle et puis s'était marié avec une fille de son milieu.

J'aimais particulièrement l'Olympia, un grand dancing de la rue des Capucines. Il y avait toujours des hommes pour nous offrir à boire ou nous inviter à danser, même avec la guerre il en restait à Paris ! Mon premier amant a été René, un soldat en permission, il était jeune mais il avait de l'avenir, il avait fait une école pour devenir ingénieur, une grande école même il m'avait dit, puis il s'était engagé volontaire alors que son père avait des relations et qu'il aurait pu y couper. Il servait dans l'artillerie, alors c'était amusant, j'imaginais qu'il allait envoyer sur les Boches des obus fabriqués par Mimi et moi. Il était un peu maladroit, mais il me touchait car il avait le béguin, dès le début je crois, dès que j'ai accepté de danser avec lui.

Il m'appelait « Mademoiselle » et sa lèvre tremblait un peu quand il me parlait et que je le regardais dans les yeux. J'avais bien peur au début de dire des sottises avec lui qui avait tant étudié, mais il m'aimait vraiment bien et il riait avec moi. Il n'avait que deux semaines de permission et il est revenu plusieurs fois de suite pour danser. C'est le premier qui m'a invitée au restaurant, c'était la première fois que j'allais dans un vrai restaurant avec des serveurs en livrée et tout le tralala, et malgré la guerre on y mangeait très bien. J'avais mis une belle robe, il était très beau et très gentil, il m'a fait la conversation en m'expliquant qu'après la guerre il voulait travailler aux Ponts et Chaussées, construire des routes et des tunnels et aider à reconstruire notre pauvre France qui en aurait bien besoin. Je ne lui parlais pas beaucoup mais je le regardais en baissant la tête et en clignant des yeux, je lui faisais des petits sourires, et à la fin du repas je me suis même enhardie en lui touchant la jambe avec mon pied.

Ce soir-là nous nous sommes embrassés et nous sommes allés chez lui. Mimi m'avait conseillé de le faire attendre, elle connaissait les hommes, mais je ne l'ai pas écoutée car il ne restait qu'une semaine avant son départ au front. C'était la première fois que j'étais nue contre un homme, à vrai dire le pauvre manquait un peu d'expérience et ç'a été très bref. Mais nous nous sommes revus tous les soirs suivants jusqu'à son départ pour le front. Le départ a été très triste, je pleurais chaudement et il avait lui aussi des larmes dans les yeux. Je lui ai promis de lui écrire, de lui envoyer une photographie, il m'écrirait aussi et lors de sa prochaine permission il me présenterait à ses parents. Il voulait qu'on se fiance et il m'avait envoyé l'argent pour la robe, que je l'achète sans plus attendre, je l'ai d'ailleurs choisie dans la semaine pour lui faire la surprise lors de sa prochaine permission.

Hélas, il est mort un mois après, tué dans une offensive des Boches et il ne m'est resté de lui que quelques lettres, la dernière inachevée envoyée par son camarade du front me disant qu'il parlait beaucoup de moi. Il n'avait pas eu le temps de m'envoyer sa photographie et en quelques semaines je n'étais même plus sûre de son visage.

J'ai beaucoup pleuré car je pensais avoir perdu l'homme de ma vie. Et puis je me suis consolée dans les bras d'autres hommes, qui n'avaient pas la fraîcheur et l'élégance de mon pauvre René mais qui savaient y faire au lit. Je m'en suis rendu compte, plus que pendant nos étreintes maladroites avec René, j'aimais faire l'amour, j'aimais être serrée dans des bras d'hommes et frissonner à leurs caresses. Le souvenir des mains horribles du jeune paysan disparaissait peu à peu sous les étreintes de mes nouveaux amants, et j'oubliais aussi ma chère mère, les méchancetés de mon père et de la marâtre, la mort de René. C'était le temps de l'amour joyeux, de l'amour en liberté. C'était la guerre.

Bien sûr les hommes que j'étreignais n'étaient pas tous des honnêtes hommes. Mais j'avais mon salaire à l'usine et si j'acceptais les petits cadeaux, je ne dépendais pas d'eux. J'espérais toujours retrouver un grand amour et je dormais souvent dans des hôtels bon marché, avec des hommes qui avaient parfois une femme et des enfants. Je profitais d'une vie d'amusements sans me soucier du qu'en-dira-t-on, des voisins, de mes parents, dans cette grande ville, Paris, où personne ne s'intéressait à mes activités ni ne les condamnait. Les seules qui partageaient mes joies, mes aventures et mes peines étaient Mimi et Louise et elles ne me jugeaient pas. À vrai dire, Louise venait moins danser avec nous, elle s'était trouvé un fils de cafetier, il était démobilisé après avoir été grièvement blessé par les gaz et en gardait des séquelles. Il s'essoufflait vite mais c'était un beau danseur, nous ne pouvions en vouloir à Louise de passer son temps libre avec lui. Il avait de l'avenir, il aidait ses parents au café et plus tard il reprendrait cette affaire, ou une autre.

Mimi et moi nous sommes encore rapprochées, nous partagions même parfois les amants, faisions ensemble des emplettes car la paye de l'usine nous permettait de nous offrir des robes et des bijoux. La marâtre se plaignait bien sûr, elle voulait que je rapporte tout à la maison, mais c'était ma peine, mon labeur donc mon argent après tout. Il y avait certains dimanches où je ne rentrais plus, nous allions avec Mimi faire des pique-niques ou même jusqu'aux guinguettes, il y avait parfois des messieurs élégants qui nous invitaient au restaurant. Vers la fin 17 tout s'est gâté, la marâtre était d'humeur exécrable et à l'usine ils poussaient les cadences, les contremaîtres étaient toujours derrière nous. À l'extérieur le prix du pain augmentait alors que nos salaires restaient les mêmes.

Ça causait à l'usine, il y avait des mécontentes et Mimi n'était pas la dernière. Je l'aimais de plus en plus, toujours gaie et énergique, elle aurait pu déplacer des montagnes. Elle n'était pas vraiment belle mais c'était cette énergie qui plaisait aux hommes et ses formes aussi, ronde avec des seins et des miches comme du bon pain. On l'écoutait à l'usine et elle excitait les esprits à la révolte : « Ils ont besoin de nous, si on s'arrête qui c'est qui la fera tourner, leur usine, qui c'est qui alimentera leur guerre ? On veut des augmentations de salaire ! »

C'était pas sa première usine, à Mimi, elle avait travaillé avant dans le textile et elle savait y faire. Son père avant elle avait fait des grèves et il y était même resté dans une bataille contre la troupe, Mimi détestait la police. Il y a quand même des femmes qui s'inquiétaient : « C'est bien gentil ce que tu dis, mais qu'est-ce qu'on va devenir s'ils sont pas d'accord, les patrons ? » Et là Mimi est montée sur une chaise et elle s'est adressée à toutes : « Il y a trois ans, il n'y avait pas de femmes dans cette usine ! Si on est là c'est que les hommes sont au front, ils ont besoin de nous et on a fait le travail comme des hommes ! Alors qu'est-ce qu'on risque ? Que des hommes dans cette usine hésitent à faire grève, je comprends, ils peuvent les mobiliser. Mais nous, les femmes ? Ils vont quand même pas nous envoyer au front ! »

On s'est toutes mises en grève, toutes ou presque toutes, et on a gagné, plus vite même qu'on l'imaginait, des augmentations et aussi plus de pauses. Il fallait que l'usine continue à tourner à tout prix pour que nos braves poilus puissent balancer des bombes dans la gueule des Boches ! C'était la joie dans toute l'usine, même les hommes nous regardaient avec respect. « J'avais pas raison, elle rigolait Mimi, de dire qu'il fallait défendre notre pain ? Ça va changer maintenant ! »

Quand j'ai raconté au père, j'ai cru qu'il allait s'étrangler, lui qui dans toute sa vie d'ouvrier n'avait jamais fait un jour de grève. Il a hoché la tête lentement en disant « Ma fille, ma fille » pendant que la marâtre levait les yeux au ciel. De plus en plus souvent le samedi et le dimanche je dormais chez Mimi qui vivait dans un garni, elle ne supportait plus le cantonnement. C'est dans cette petite chambre que je l'ai embrassée un soir où nous avions beaucoup bu, nous avons dormi ensemble et c'est la première fois que j'appréciais de cette manière la douceur et l'amitié d'une femme. Je voyais toujours des hommes, bien sûr, mais j'aimais vraiment Mimi et c'était réciproque.

Hélas, la direction de l'usine l'avait repérée comme meneuse. Une fois la grève calmée et quelques semaines passées, ils l'ont renvoyée sans hésitation, du jour au lendemain. Toutes les filles ont compris que c'était un avertissement et personne n'a osé moufter.

Pendant tout ce temps je l'ai moins revue, j'avais moins d'énergie pour danser, le travail à l'usine était de plus en plus dur et sans Mimi c'était plus difficile. Louise est tombée enceinte, elle s'est mariée sans plus attendre et elle aussi a quitté l'usine. Et puis quand la guerre s'est terminée, nous avons toutes reçu notre solde et là les patrons nous ont renvoyé la lettre de démission que nous avions dû signer à l'embauche. Les hommes rentraient, il fallait leur rendre la place, et les ouvriers, qui avaient pourtant leurs syndicats pour se défendre, n'ont pas levé le petit doigt. Ils avaient pourtant bien profité des augmentations gagnées par nous, et quand je suis allée causer avec Janvier, qui dirigeait le syndicat dans l'usine, il a su dire seulement qu'une femme au travail c'était un homme au front et si ça suffisait pas qu'on les laisse se faire tuer en temps de guerre, on voulait en plus les mettre au chômage en temps de paix.

Après ça, j'étais très triste, je voulais pas rentrer chez mon père et la marâtre, j'avais apprécié la liberté donnée par l'usine mais je ne voulais pas user mes bras dans un endroit aussi dur toute ma vie. Je suis allée voir Mimi qui se débrouillait toute seule depuis qu'on l'avait remerciée. J'étais même prête à me faire domestique comme l'avait été Gwenaëlle, une autre ouvrière. Mais c'est encore Mimi qui m'a montré la voie. « Les hommes ont bien profité de nous pendant la guerre ? Eh bien à notre tour de danser, c'est eux qui vont nous faire vivre. »

Nous allions maintenant au dancing tous les soirs, pour rencontrer des hommes. Il fallait bien regarder pour appâter pas seulement cette espèce d'hommes qui offre à boire, mais ceux qui étaient prêts à nous donner de l'argent pour une nuit, ou pour quelques jours. La plupart des hommes, en définitive, ceux qui avaient les moyens. J'ai mis de côté mes rêves de grand amour, espérant avant tout taper dans l'œil d'un homme riche, même marié, qui aurait le béguin pour moi et me paierait des toilettes et peut-être un petit appartement ?

J'ai vite appris comment faire pour aguicher, comment repousser aussi ceux qui étaient trop pressants ou trop mal habillés. J'aimais les militaires, peut-être à cause de mon cher René, mais je savais aussi qu'il fallait se méfier parce que certains d'entre eux en avaient bavé pendant la guerre. Ils pouvaient se venger sur nous les femmes, dans ces cas-là ça tapait dur. J'en ai vu des filles avec de sacrés bleus. Peu à peu, les amants sont devenus des michés, de bar en bar et de dancing en dancing. Les soirs où nous étions seules je dormais avec Mimi dans son garni et nous échangions des baisers.

C'était encore une belle époque, la guerre était finie, les hommes avaient envie de danser et nous étions ensemble Mimi et moi. Hélas, ça ne pouvait pas durer, c'est le destin. Mimi prenait ses précautions mais elle s'est trouvée enceinte, il a fallu faire passer l'enfant. Nous avions réuni nos maigres économies et Mimi connaissait une adresse. Elle n'a pas voulu que je l'accompagne et quand elle est revenue elle était très faible. Elle avait perdu beaucoup de sang et il en coulait encore. Elle souffrait terriblement et je n'avais rien connu de tel depuis l'agonie de ma pauvre mère. Elle a crié et gémi toute la nuit et quand elle est morte j'ai pleuré toutes les larmes de mon pauvre corps.

Pendant plusieurs jours je suis restée dans son garni, presque sans manger, en buvant des bouteilles entières de mauvais vin qui me faisait mal à la tête et au ventre. J'étais encore plus triste que pour René, mais comme pour lui ce sont les bras des hommes qui ont finalement atténué ma douleur et m'ont rendu la joie de vivre. Je n'ai trouvé le courage de me remettre debout qu'après avoir réuni le peu d'argent qu'il me restait pour me faire tatouer un souvenir de mes trois grands amours, ma mère, René et Mimi. Ce sont trois petits cercueils qui ornent le bas de mon dos, je les ai mis là pour laisser le passé derrière moi et recommencer, toute seule.

J'ai eu alors la chance de rencontrer Jimmy, et j'ai vraiment cru que c'était le bon, celui qui allait me couvrir de cadeaux et m'offrir une nouvelle vie. Je l'avais connu à l'Olympia quelques semaines avant la mort de Mimi, c'était un jeune Anglais de belle allure, il venait de Brighton mais habitait à Paris, il travaillait pour la Croix-Rouge américaine et je crois qu'il m'a aimée. Quand je suis revenue pour la première fois à l'Olympia après mon deuil, c'est le premier qui est venu me parler. Je me souvenais à peine de lui mais il ne m'avait pas oubliée et il m'a dit avec son charmant petit accent : « Mademoiselle, j'étais au désespoir de vous revoir un jour ! » Je lui ai expliqué avoir perdu une amie très chère et je crois que s'il a tout d'abord été séduit par mon corps, c'est la tristesse de mes yeux à ce moment-là qui me l'a attaché.

Son vrai prénom était James mais dès le début il m'a demandé de l'appeler Jimmy, il était doux et s'était occupé des blessés pendant la guerre, il avait vu des choses terribles, des corps mutilés, des hommes qui pleuraient, mais il aimait soigner et s'était mis en tête de s'occuper de mon âme blessée. Il m'offrait de jolis souliers, des bijoux et des robes. Il m'invitait à manger dans des restaurants et m'a même présentée à ses amis. Je savais un peu d'anglais, un vieil Irlandais habitant l'immeuble de mon père me l'avait un peu appris étant petite et puis j'avais rencontré des Britanniques et des Américains dans les dancings. J'en ai su plus grâce à lui car il s'était mis en tête de me l'apprendre. Jimmy m'écrivait quand il rentrait en Angleterre, « *My dear* Yvonne », j'aimais ces lettres et je les respirais comme si son odeur y était imprimée. Il m'avait proposé de loger dans l'hôtel où il résidait étant à Paris, l'hôtel du Continent, ce qui m'a permis de laisser le garni de Mimi et tant de souvenirs.

Je dormais souvent à ses côtés, nous nous embrassions et il me caressait, mais sans aller plus loin. Je m'étonnais de sa pudeur. Je pensais à des raisons religieuses même si des catholiques pratiquants, qui n'auraient pas manqué une messe, avaient partagé mon lit. Je ne connais pas bien la religion des Anglais mais je pensais qu'il respectait peut-être quelques interdits, jusqu'au jour où il m'avoua avoir été blessé pendant la guerre par un éclat d'obus qui l'avait laissé impuissant. J'éprouvais beaucoup d'attachement pour lui mais je ne pouvais tomber amoureuse d'un homme incapable de me faire l'amour. Je pris des amants, d'autant plus facilement qu'il voyageait régulièrement. Après tout, je ne lui avais rien promis et il n'avait rien exigé.

Je fréquentais un Américain, Alan, qui m'appelait « *dear little basket* », c'était une connaissance de Jimmy mais il savait rester discret, sauf ces lettres qu'il ne pouvait s'empêcher de m'écrire. Je voyais aussi un Espagnol, un diplomate, un homme très brun rencontré au Grand Café et qui voulait me voir tous les soirs entre six heures et six heures et demie. Il ne faisait jamais de cadeaux mais me donnait beaucoup d'argent et faisait l'amour de manière vive et brutale, je l'appelais « mon petit torero ». Avec lui les choses étaient claires, il m'appelait sa « petite gourmandise parisienne », et je savais qu'il appréciait mon corps sans m'aimer.

C'est à cause de lui que j'ai perdu Jimmy, à cause d'un autre Anglais qui m'avait vue avec mon Espagnol. Quand il l'a appris, Jimmy a fait une scène terrible et m'a questionnée jusqu'à ce que j'avoue avoir plusieurs amants. J'aurais dû continuer à lui mentir, c'est souvent mieux quand les hommes ne savent pas. Lui, si doux d'ordinaire, était dans un état de fureur comme je ne l'avais jamais vu. J'essayais de lui expliquer que j'étais une femme, que j'avais des besoins qu'il ne pouvait satisfaire, je lui disais que je l'aimais, croyant lui faire plaisir. Il s'est étranglé de colère. Il criait des mots en anglais et en français, il mélangeait les deux langues, je ne comprenais pas tout. Couchée sur le lit, sanglotante, je répétais sans cesse : « *Excuse me, excuse me.* »

Enfin Jimmy a repris son calme, il a remis ses vêtements bien proprement. J'ai voulu me pendre à son cou mais il m'a repoussée. Il m'a jeté un regard méprisant en disant qu'il ne voulait plus jamais me revoir. Je me suis mise à ses pieds pour le supplier, mais il m'a abandonnée seule dans la chambre. J'avais laissé passer pour toujours l'occasion d'une vie à l'anglaise, avec un gentleman comme Jimmy, qui pouvait me combler sur le plan matériel et financier malgré sa blessure. Je m'en voulais d'avoir été si impatiente et d'avoir pris des amants de manière si imprudente.

À cette douleur morale s'ajoutait le manque d'argent. J'ai découvert au bout de quelques jours qu'il ne payait plus la chambre, quand le propriétaire de l'hôtel a refusé que je récupère mes vêtements et mes bijoux parce que je n'avais pas payé depuis plusieurs nuits. Ç'a été une dernière humiliation : j'ai dû retourner chez mon père, supplier la mégère de me donner quelques sous, ce qu'elle a fait de mauvaise grâce et avec un grand mépris. Je me suis alors trouvée seule dans Paris, sans amis ni alliés, sans mon gentleman anglais, et sans endroit où dormir. C'en était fini de la belle vie, quand tout était simple et sans soucis.

Simone Marchand

Vous êtes Simone mais dans votre dos on dit « la Marchand », avec à la fois du mépris et de la jalousie. Vous n'en êtes pas arrivée là pour ne pas vous réjouir un peu au fond de votre cœur de susciter l'envie qui vous a étreint les tripes aussi et fait chavirer l'esprit. Détestée, jalousée, tant mieux, c'est un signe d'élévation, à la force des poignets. Femme entretenue, vous l'assumez malgré le regard des femmes mariées, regards de haut alors qu'elles n'ont pas votre liberté.

Vous en avez connu des hommes et maintenant c'est celui-là, Fredval. Les hommes, votre force, votre faiblesse. Sans homme, sans hommes à ses côtés, on ne peut arriver à rien, vous le savez et vous ne vous contentez pas de faire avec, vous en avez aimé passionnément, qui vous ont fait souffrir comme vous en avez fait souffrir, comme si la somme des souffrances infligées s'équilibrait avec celle des souffrances subies, deux poids sur votre âme mais loin de peser autant, les unes légères comme l'indifférence, les autres qui emplissent les souvenirs et font remonter parfois de l'aigreur, vous n'y pensez pas trop sinon ça mine.

Il y a eu Marius, avec lui le bonheur, un arnaqueur pourtant, un homme dont on sait au premier regard qu'il en aura d'autres, des femmes, qu'il ne sera jamais entièrement à soi. Vous étiez bien tous les deux, un malin, toujours un coup d'avance, toujours une idée pour arnaquer les rupins, pour se moquer de la police.

Il avait l'air, au début, d'un richard, un de ceux à plumer en leur faisant de l'œil, en montrant un bout de jambe ou une épaule, un qui offrirait le restaurant, des habits, qui murmurerait des mots de désir maladroitement maquillés en mots d'amour, des mots idiots et vous la gorge renversée rire, rire, montrer vos lèvres, se laisser embrasser dans le cou, mon chéri oh mon chéri, et lui faire payer tout ça, cher, rire, yeux, jambes, et même plus s'il est prêt à payer encore.

Vous savez comment sont les hommes, ce qu'ils veulent au fond derrière les paroles les compliments les promesses, quand ils effleurent comme si c'était par hasard, leurs yeux, eux, ne mentent pas, yeux fous yeux gras yeux concupiscents. Ils les trahissent, ces yeux, osant aller là où leurs mains iront ensuite, ils disent con, ils disent foutre quand les paroles sont de miel. C'est un talent de savoir lire ce qu'il y a derrière les mots, derrière les regards, de ne pas avoir peur des hommes et de savoir transformer leur désir en mensonge, de refuser de minauder, de donner un peu puis beaucoup pour qu'ils aiment ou croient aimer.

Rien de tel avec Marius bien sûr, vous le preniez pour un richard mais c'est par la bouche, pas par les yeux, que vous l'avez démasqué. Dès qu'il a parlé vous aviez su, pas un rupin, non, quelqu'un comme vous, sorti du caniveau à la force de sa volonté, bien décidé à ne pas rester spectateur de toutes ces belles et bonnes choses qui ne sont pas réservées aux riches pourvu qu'on sache se débrouiller. Il y avait un éclat dans son œil, il restait un accent dans sa voix, un reste de pauvreté, de gouaille, qu'il n'avait pas pu ou pas voulu gommer, un petit quelque chose peut-être qui le rendait mystérieux, attirant, quand il évoluait dans les hautes sphères où il menait certaines arnaques, où il séduisait des femmes avant de vous rencontrer, et sans doute encore un peu après.

Vous avez reconnu très vite votre monde et ça l'a rendu encore plus séduisant, pas un fils à papa né avec sa cuiller d'argent dans la bouche mais un qui s'est battu pour avoir ces habits, ce costume, ce cigare entre les lèvres et ce chapeau posé sur la tête avec tant de charme. Une canaille élégante, pleine de bagout, bien décidée à se faire sa place dans la bonne société quels que soient les moyens. Il y en a qui aiment les riches, leurs manières, leurs gestes mesurés, maîtrisés, leur façon de parler, vous les aimez aussi mais pour leur argent, le reste vous indiffère ou vous dégoûte, c'est la tête, le calcul, qui vous poussent vers eux.

Le cœur, lui, penche pour les canailles, apaches de votre jeunesse pleins d'audace et de fougue, déjà tatoués, des petits durs, jeunes ouvriers de la Croix-Rousse qui vous prenaient dans les porches des immeubles ou dans des petits garnis qui sentaient la sueur et le tabac. À regret, vous les avez quittés, car il faut bien vivre, pour des plus riches, des plus naïfs, naïfs avec une femme comme vous, en tout cas, parce que ces hommes arnaqués, dépouillés, entôlés comme on dit, ils étaient eux-mêmes des entôleurs, leurs ouvriers, leurs employés, leur argent dans votre main une revanche finalement. Alors un pauvre riche comme Marius, un Robin des Bois, c'était idéal, c'était formidable.

Il en avait bouffé, de la vache enragée, Marius, et ça il l'a raconté plus tard, la tête posée sur votre épaule, un moment rare dont vous vous rappelez, parce qu'il ne se confiait pas beaucoup, ce moment-là dans votre tête comme un trésor, quelque chose à vous et à personne d'autre, qui vaut tout l'or du monde après tout. Il avait raconté sa vie d'enfant des rues, les maisons de correction, les coups reçus et donnés, plus donnés que reçus au bout du compte. Un homme fier, Marius, pas le genre à chialer sur son sort, mais dans sa vie de quoi écrire un roman pour faire pleurer les bourgeoises. Mais il n'était pas écrivain, son talent non pas de se confier, de raconter sa vie, la bouche fermée, son truc plutôt ouvrir les coffres-forts. Pour ça il avait du talent et comme vous aimez les bijoux et l'argent, vous étiez faits pour vous entendre. Il avait promis, « Avec moi tu porteras des colliers de reine », il l'aurait tenu, vous en êtes sûre, il n'avait pas froid aux yeux.

Il vous faisait un peu travailler, bien sûr, ça le rendait pourtant jaloux, vos clients, mais il prenait sa part et vous qui n'aviez jamais accepté de proxénète, pour lui vous étiez généreuse, prête à partager vos gains. Quand il partait de par le monde, pour ses affaires, on ne savait jamais lesquelles, il ne disait pas tout et ne parlait pas de ça avec une femme, impossible de savoir s'il allait voler les bijoux d'une comtesse italienne, arnaquer un duc allemand ou piller une banque française. Il n'avait pas son certificat d'études mais c'était le complice idéal, celui à mettre sur les coups, capable de découper un coffre au chalumeau, c'était son idée. Courageux face aux cognes, ne jamais lâcher le nom d'un copain, ne craindre ni les menaces ni les baffes.

Il a fallu une balle pour l'arrêter, dans un pays lointain qui fait rêver, Le Caire, Égypte, pour une affaire qui ne le concernait même pas, toujours le cœur sur la main pour ses amis. Il accompagnait Maurice qui cherchait là-bas des petites pour son bordel et quand ça a tourné vinaigre, il n'a pas flanché, Marius, et il a crevé comme ça sans prévenir. Vous vous rappelez de la lettre, du papier de l'enveloppe, avant de l'ouvrir même on sait ces choses-là, on les devine. Il fallait oublier la douleur, la laisser de côté, quitter Lyon. Vous avez quitté la ville pour ne pas rester seule, partir pour Marseille, s'éloigner des souvenirs, parce que la même ville sans lui c'était impossible. Rejoindre un amant là-bas, celui-là ou un autre, un gros industriel plutôt bien mis de sa personne et surtout fou de vous.

Une perche pour ne pas se noyer, pour sortir du désespoir jusqu'au cou. Son argent, pansement sur les plaies, puis un autre, un commerçant moins beau mais encore plus amoureux et surtout plus riche, un qui paye tous les caprices, et il en fallait pour se remettre de la mort de Marius. Penser à soi, se faire du bien pour oublier.

Des années pour retrouver l'amour, le vrai, Fredval, vous ne pensiez pas que c'était encore possible d'aimer comme ça. Marseille, un dancing, peu importe lequel, vous avez succombé, un homme pas très grand, pourtant, pas le plus costaud, mais des muscles secs, un sourire à faire frissonner et des gestes de chat. Et sa bouche, une invite à se damner, à se donner corps et âme, sans retour, en sachant très bien qu'on se perd. Un homme pour personne mais qu'on veut pour soi, rien que pour soi. Vous êtes tombée dans le panneau, quand bien même ses yeux narquois, son teint trop soigné, ses cheveux luisants et ramenés en arrière disaient « tire-toi, sauve-toi pendant qu'il en est encore temps ».

Il savait danser, il savait dire les mots qu'il faut, il a parlé de ses voyages, de l'Argentine, si loin, de l'autre côté de l'océan. Il vous a donné du rêve, du soleil et de la chaleur, de l'espoir. La danse faisait un-deux-trois un-deux-trois, on aurait dit qu'il volait et vous dans ses bras, et ce rythme c'était celui de votre cœur qui s'emballait, qui empêchait votre tête de penser. Trop tard, vous n'auriez pas dû l'approcher, pas dû le toucher. Fredval après Marius, la passion toujours, mais la souffrance plutôt que l'aventure, vous aviez oublié ce qu'on peut souffrir pour un homme, oublié ce que ça fait d'être vaincue.

Yves Couliou

À Biribi j'en ai bavé. La compagnie disciplinaire, je savais que j'y aurais droit au moment de faire l'armée, vu mes années de prison. Mais je pouvais pas imaginer comme ça serait dur. Biribi ça existe pas, on a inventé ce nom parce que c'est être nulle part, l'enfer sur terre. À Biribi, tu fais l'armée et le bagne en même temps, dès le début tu comprends que t'es plus un homme, presque un animal. Le service militaire, pour nous, les gars du mitard, c'est Biribi direct, et avec les menottes depuis Paris. Il y en a dans toute l'Afrique du Nord, des Biribi, des endroits identiques où on crève loin de tout. Sans mon ami Polge j'y aurais laissé ma peau pour sûr, sans Polge et sans ma cervelle parce que j'avais pigé le truc. Mais ce qu'on a vécu lui et moi, ça nous a rapprochés, l'amitié à la vie à la mort.

En sortant du trou j'avais retrouvé une fille qui gagnait bien, Rosalie avait disparu mais avec Thérèse je perdais pas au change. C'était une belle pouliche, une grande fille, les cuisses fortes et des gros seins, et puis encore fraîche, pas trop abîmée.

Tu penses bien, dès que je suis parti, elle a pas dû rester seule longtemps et se retrouver un mac. Celui-là, je l'envie, il a dû bien gagner, le salaud, mais je vais pas me plaindre, j'ai eu ma part. Quand je l'ai revue, longtemps après, elle était bouffie par l'alcool et quand on s'est croisés, moi qui revenais des Bat' d'Af' tout sec et elle comme une fleur boursouflée, on aurait dit deux contraires. Je l'ai même pas approchée.

Le service je devais le faire mais quand mon tour est venu, je pensais pas que ce serait menottes aux poignets puis sur le bateau. La foule nous regardait comme des bêtes et les gendarmes rigolaient, je les aurais étranglés. L'Afrique des chansons, c'est les belles moukères, les dattes, le raisin, tu parles, le soleil ça oui il y était, les chansons ont pas menti, mais l'Afrique nous on en a eu que la merde. Sur le bateau déjà, j'avais souffert, la gerbe, les tremblements, je parlais à personne.

Arrivés à Alger, ce sont des nègres qui ont pris le relais des gendarmes français et on est allés vers le sud, vers le désert. Au plus on avançait, au plus on avait chaud, après le froid et l'humidité du bateau on a morflé et on morflait de plus en plus. Le soleil me brûlait la peau et on était tous trempés mais fallait bien marcher. On a fini par comprendre qu'on allait être les seuls, les pauvres cons, les bannis au fond du trou du cul de l'Empire français. Même les bicots étaient pas assez cons pour habiter là où ils nous envoyaient et y a que des nègres qui acceptaient de nous garder. Les villes étaient remplacées par des villages puis des maisons isolées au milieu du désert et le sable partout partout. On est arrivés à la caserne et on a compris que c'était pas la peine de chercher à partir : pour aller où ? Dans le désert on serait morts. La caserne était un fort de briques blanches avec une cour à l'intérieur et fallait pas moufter et puis c'est tout.

À l'arrivée les sous-offs nous ont mis en ligne en plein cagnard et ont commencé à gueuler. Y en a un, un Parisien comme moi, un tout jeune gars très blanc et mince, qui est tombé. Ils l'ont remis debout à coups de pied dans le ventre et il tremblait, son visage rouge des coups et du soleil. Il chialait doucement et un des chaouchs, c'est comme ça qu'on appelait les sous-offs qui nous gardaient, lui a mis une torgnole pour la peine. Ensuite on nous a rasés, la peau du crâne et des joues arrachée, les cheveux et les poils avec. C'était du savon de bicot, de la pâte de potasse, et leur rasoir à peine aiguisé nous faisait couler du sang.

Perdre ma moustache, j'ai pas aimé, j'avais pas l'impression d'être un homme, on sait bien, c'est ça qui leur plaît aux femmes. Mais fallait fermer sa gueule. Un seul a fait le malin, un ouvrier emprisonné pour une histoire de grève, il m'avait raconté son histoire tout fier sur le bateau. Il a commencé à gueuler quand ils ont rasé la moustache, il a dérouillé direct et il s'est retrouvé au silo, à poil. Le silo c'est bien la preuve qu'y a pas de bon Dieu, quoiqu'y a peut-être un diable pour avoir inventé un truc pareil. Un simple trou dans le sable, bien profond pour pas pouvoir remonter, et des gars au fond. Ils marinent dans leur merde et se font bouffer par des cochonneries d'insectes. Y a pas de place dans le silo et quand t'es plusieurs tu peux pas te coucher, pas t'asseoir. Et puis c'est pain sec et eau.

Après le rasage on a vu nos dortoirs et nos lits. Ça puait l'homme là-dedans, la transpiration, le pet et avec la chaleur je me suis dit que je pourrais jamais dormir. Les anciens nous ont accueillis avec des grognements et des blagues et des sifflements. Le premier que j'ai vu était un grand baraqué avec des cheveux gris et ras, une cicatrice sur la joue : « Venez ici les gironds, faites tâter vos culs qu'on en profite. »

Duras était dans l'ombre et je l'ai pas remarqué tout de suite le fils de pute. C'est pas celui qui parlait le plus fort, il ricanait dans son coin, un peu en retrait, mais c'était le caïd du gourbi. Il avait des bras gros comme ma cuisse, un ancien boucher de la Villette qui savait s'y prendre pour assommer un bœuf. De la viande il en avait fait saigner et pas que de la viande animale. Il était là depuis plusieurs années et il était respecté même des chaouchs car il aurait pu en casser un en deux. J'ai vraiment découvert ce que c'est la haine, grâce à lui et à Paoli. Pour l'amour je dirais ma mère et Polge, mais c'est une autre histoire. Duras, il emmerdait tellement les chaouchs qu'il s'était fait tatouer une moustache sur la lèvre, l'air de dire « vous pouvez toujours me raser ». Sous ses yeux il avait des larmes de sang, cinq, certains disaient pour chaque homme qu'il avait tué. Et autour du cou des pointillés pour la guillotine. Un gars avec des tatouages comme ça sur le visage, tu sais qu'il a plus rien à perdre. Ici, c'est lui qui faisait la loi, enfin lui et les chaouchs, donc Paoli. Quand il m'a regardé avec son sourire en coin, je savais pas ce qu'il me réservait.

Le soir, les chaouchs étaient plus là et on s'est retrouvés entre hommes. Les anciens nous ont fait sortir un par un, les nouveaux, et on est allés à l'extérieur du camp. Là ils nous ont fait la « sonnette », un ancien en face de chacun d'entre nous et un grand coup dans la gueule. Je me défends aux poings, en tout cas je me laisse pas faire et je suis dur aux coups. Mais avec Duras en face de moi, en un coup de poing il m'a descendu. En plein dans la tronche, je suis tombé, le nez pissait le sang, et un autre coup dans la tempe pour faire mon compte. Je suis tombé les yeux ouverts, pas complètement évanoui mais je tremblais, je pouvais plus me relever.

La tête sur le côté j'ai vu Frère, le gamin au visage rouge, face à Persil, le grand baraqué à la cicatrice. Il pleurait en suppliant de pas le taper. L'autre lui mettait des petites claques derrière la tête et puis un grand coup dans le ventre qui l'a étalé. Après ça je voulais me mettre debout mais c'était pas possible, mon corps tremblait toujours et dans ma tête c'était du coton. Deux gars m'ont pris sous les aisselles pour me redresser pendant que les anciens riaient. Sur les huit nouveaux, seul Frère avait chialé comme un môme. On était deux à s'être fait étaler direct, deux autres saignaient mais étaient restés debout et trois avaient mis par terre leur adversaire. Les coups dans la gueule j'ai l'habitude, mon paternel m'a appris à encaisser et puis dans la rue et à l'usine moi, la bagarre, j'aimais. Mais ce qui a suivi, ça non, jamais j'aurais cru que c'était possible.

Les gars m'ont mis sur mon lit en rigolant, ils m'ont mis un chiffon dans la bouche, ils ont baissé mon pantalon et Duras est arrivé pour m'enculer. J'ai tout de suite voulu résister mais des gars me tenaient les bras et les jambes, Duras a bien pris son temps le salopard, il m'a mouillé les fesses pour me nettoyer le cul, et puis il a commencé son affaire. J'ai rué comme un possédé et là un gros gars m'a mis un coup de serviette nouée et mouillée dans les reins. Après deux ou trois coups je pouvais plus bouger, à moitié assommé. Ça a pas duré longtemps, ils m'ont lâché et je suis resté dans le lit, brisé. Pour Frère, ça a duré toute la nuit, il a pleuré et chialé comme une femme, c'était qu'un minot et plusieurs gars lui sont passés dessus.

Le lendemain matin j'avais mal partout et envie de tuer. Les gars me regardaient en rigolant, même ceux qui étaient arrivés en bateau avec moi, ceux qui avaient résisté à la sonnette en se défendant bien ou en alignant leur adversaire. Les chaouchs faisaient comme si de rien n'était, même si ça se voyait nos gueules amochées. J'ai serré les dents toute la journée malgré la douleur et puis la bouffe infâme, une soupe, du pain et un quart de vin pour faire passer ça. Duras m'a pas regardé le salopard. Le soir je pensais que ça allait recommencer et je me tenais prêt mais les gars sont allés sur Frère qui s'est débattu sans succès. Et une nuit de gagnée.

Pendant une semaine, il s'est rien passé, on aurait dit que Frère suffisait à satisfaire les gars et je pensais que c'était terminé pour moi. On avait ramené dans le gourbi Durand, l'ouvrier jeté au silo dès son arrivée. Il faisait peine à voir et il puait la merde, même s'ils l'avaient passé sous l'eau après l'avoir sorti. Les chairs de ses pieds étaient boursouflées parce que la merde et la terre faisaient de la boue au fond de son trou. Il délirait à moitié et personne n'est allé le voir, il est resté sur son lit.

C'est le lendemain de son retour que ça a recommencé. Je dormais depuis peu quand j'ai pris un coup de serviette humide nouée dans la gorge. Je pouvais plus respirer et j'ai voulu porter les mains à mon cou mais Persil et un autre gars me tenaient les bras. J'ai voulu agiter les jambes mais j'ai reçu des coups si forts que j'ai cru qu'elles étaient cassées. Je pouvais pas crier seulement faire un gargouillis et là ils m'ont retourné de force et plongé la tête dans le matelas. J'ai entendu les ricanements de Duras et de nouveau il m'a fait mon affaire comme à une femme.

Quand il a terminé j'ai encore reçu quelques coups de serviette qui m'ont laissé sans le souffle puis ils sont passés à Frère qui a commencé à chialer. J'ai plus dormi de la nuit, les yeux ouverts et pointés vers le plafond, la gorge et le reste douloureux. En dedans, je turbinais un maximum, je pensais à comment me sortir de là. La colère m'a pris, une colère comme j'avais jamais connu, dans les entrailles, une envie de tuer, d'éclater la gueule à ce fils de pute de Duras. Je voulais pas partir, à ce moment, sans lui avoir réglé son compte.

Le lendemain on a marché et fait des exercices dans le désert. On manquait d'eau, on transpirait à grosses gouttes et Paoli, le plus dur des chaouchs et leur chef, était sans cesse sur notre dos. C'était un gros Corse, chauve sur le dessus avec des cheveux noirs sur les côtés, sûr qu'il s'empiffrait sur nos rations, alors qu'on bouffait que dalle. L'accent corse à l'époque je le connaissais pas, c'est sûr qu'après j'en ai vu des Corses, des macs marseillais et des petites frappes parisiennes, et même quelques gros bonnets. Sur le front aussi, des bergers venus de leurs montagnes ou des paysans, ceux-là c'était pas les mêmes et bon Dieu qu'est-ce qu'il en est tombé pendant la guerre ! Les Corses c'était comme les nègres, comme nous d'ailleurs, de la chair à canon. Mais celui-là, ce gros Paoli, il portait le vice comme d'autres ont l'air honnête ou l'air de pigeons. Un vieux singe, pire encore que les bicots qui pouvaient t'entuber comme rien. Il maniait la trique dès qu'un gars avançait pas assez vite ou dès qu'il soupirait. Lui aussi je lui aurais bien défoncé la gueule.

Au bout d'un moment on s'est retrouvés à casser des cailloux, pourquoi pour rien, pour nous faire trimer et transpirer. Ceux qui cassaient pas les pierres creusaient des trous. Ma colère avait pas disparu, elle montait, elle montait, surtout quand je voyais Duras pas travailler, les chaouchs le ménageaient, il blaguait avec Persil à côté de lui. Je les regardais du coin de l'œil et j'attendais. À un moment j'ai pris ma pelle et j'ai couru vers lui, je voulais lui balancer dans la gueule le côté tranchant, couper sa face de rat en deux, mais dans ma rage j'avais oublié Persil et c'est lui qui m'a cueilli au menton, m'envoyant valdinguer et une dent avec.

Je me suis retrouvé à demi assommé par terre, et avant que je puisse me relever, Paoli était là, une telle vitesse pour un tel gros c'est fou quand j'y pense, et sa trique a résonné sur mon crâne dans le désert. Plusieurs fois, car il était fou de rage et il gueulait : « Toi le nouveau t'as pas compris les règles, faut filer bas, la crapaudine tu vas voir, ça mate les fortes têtes comme toi. » Tous les hommes avaient arrêté de travailler et m'ont regardé me faire dérouiller. Les autres chaouchs s'y étaient mis aussi à coups de pied et je me suis évanoui. C'est la douleur des coups encore qui m'a réveillé.

Je me suis relevé, j'ai eu du mal. Paoli a jeté ma pelle loin et m'a ordonné de creuser avec les mains. Au bout d'une heure, j'avais les ongles et les doigts en sang mais quand j'arrêtais Paoli me balançait un coup de trique. Le sang me venait à la tête, je pouvais à peine respirer car je devais avoir des côtes cassées, mais j'ai tenu bon. Sur le chemin du retour Frère et un autre gars m'ont soutenu parce que c'était vraiment dur de marcher. Arrivé à la caserne, comme promis par Paoli, j'ai connu la crapaudine, les mains et les pieds attachés dans le dos pendant plusieurs heures. J'ai échappé au silo mais quand je suis revenu au gourbi, je pouvais plus bouger ni les bras ni les jambes, je tremblais comme un damné et j'avais froid malgré la chaleur. Dans ma tête je pensais avoir gagné le respect des gars du gourbi.

Quand Duras, Persil et deux autres gars ont entouré mon lit, j'avais pas la force de bouger. Ils ont enlevé ma chemise, m'ont retourné et Duras a ricané : « Tu voulais me refaire la face, hein ? Ben moi je vais te refaire le dos. Regarde, y a l'Artiste qu'est là pour toi. » Le Bollech, un Breton qui avait été marin, s'est approché de moi pour me murmurer à l'oreille : « Duras aime bien ton cul mais avec ta tronche tu le fais pas trop bander. Alors je vais te tatouer une gonzesse derrière pour qu'il ait un truc agréable à regarder quand il t'encule. » J'ai pas pu résister et Le Bollech a fait son ouvrage, une brune nue qui fumait une cigarette sur l'arrière de ma jambe, avec de belles lèvres et de grands yeux, directement sur ma peau.

Après tout ce que j'avais subi pendant la journée c'est à peine si je sentais l'aiguille mais le lendemain j'ai eu vraiment mal. Pendant deux jours j'ai pas pu me lever et je me suis retrouvé au cachot, un trou sombre et humide parce que les latrines se déversaient à côté et ça débordait. Paoli voulait pas que je crève, parce que Durand avait clamsé la veille et deux macchabées ça faisait trop. Alors j'ai eu droit à des rations un peu plus grosses et puis Duras m'a laissé tranquille. J'ai recommencé à marcher et à travailler avec les autres et j'ai filé droit.

J'avais compris que si beaucoup détestaient Duras, il était intouchable car Persil veillait. Il avait l'œil vif et restait toujours avec lui, il m'avait eu avec ma pauvre pelle. J'étais pas le premier à avoir essayé de dérouiller Duras et une fois c'est la caboche de Persil qui avait pris, d'où la cicatrice. Duras préférait le cul plus jeune de Frère et venait pas tous les soirs. Il avait aussi une femme officielle, un autre jeune, un girond qu'on appelait Marquise parce qu'il prenait ses grands airs d'être avec le caïd, et aussi parce que Duras qui était jaloux lui avait fait tatouer un loup de carnaval sur le visage, pour que personne le lui prenne. Il se sentait délaissé par Duras et me regardait d'un air noir à chaque fois qu'on se croisait. Trois semaines après la crapaudine il a voulu me planter dans les latrines. Son couteau m'a blessé au ventre mais j'ai pu le désarmer et je me suis pas gêné pour lui mettre une belle trempe. Toute ma colère est passée sur sa petite gueule et il était bien amoché. Je suis retourné au cachot sous les coups de trique de Paoli. Je savais que Duras allait vouloir venger son girond et je donnais pas cher de ma peau. Ma blessure était pas trop grave mais avec la chaleur et les mouches, vraiment pas belle à voir.

C'est l'affaire Aernoult-Rousset qui m'a sauvé la vie, même si je l'ai su qu'après. Aernoult était un ouvrier envoyé à Biribi pour avoir cassé du jaune pendant une grève. C'était une forte tête et les chaouchs l'ont dérouillé à tel point qu'il est mort après la crapaudine. Mais ses camarades disciplinaires ont craché le morceau aux journaux, et notamment un nommé Rousset, bref ça a fait toute une histoire d'autant que si Aernoult était mort, Rousset restait, lui, à Biribi, et risquait de se faire tuer par les chaouchs.

C'est les anarchistes qui nous ont défendus, nous autres Bat' d'Af' et disciplinaires, et l'armée a commencé à penser que ça sentait le roussi. Ils ont voulu éviter d'autres affaires et ont cassé les sections. La nôtre a été dispersée, et j'ai pu quitter la caserne avant que Duras et Persil me fassent la peau. Les chaouchs m'avaient identifié comme perturbateur et ils m'ont désigné parmi ceux dont il fallait se débarrasser. Duras et Persil aussi d'ailleurs mais heureusement ils les ont pas envoyés au même endroit que moi. Je me suis retrouvé avec Frère sur la route, toujours gardé par des nègres, et envoyé dans un autre trou du cul du monde, une autre caserne aussi blanche et brûlante que la première. Mais un homme averti en vaut deux et cette fois je savais à quoi m'attendre. Pendant le trajet, on était mêlés avec des nouveaux et j'ai repéré un grand gars, un athlète, avec une tignasse fournie, des muscles puissants et une taille au-dessus de la moyenne. C'est surtout pour des vols qu'il avait connu la prison mais il avait aussi joué des poings contre les gendarmes jusqu'à en envoyer plusieurs à l'hosto. Bref c'était mon homme, mon Persil.

Arrivé à la nouvelle caserne, ç'a été comme la première : le rasoir, la peau déchirée, la ligne avec les chaouchs qui te gueulent dessus, et puis la première nuit. Quand les anciens nous ont mis dehors je suis resté près de Polge, car ce grand gaillard était Polge, et je lui ai dit : « Faut se battre. » Cette fois, j'étais prêt pour la sonnette et Polge aussi, grâce à moi. Le gars qui s'est avancé vers moi, une quarantaine d'années, bras tatoués, était costaud, j'ai encaissé ses coups et je les ai rendus. J'étais en sang mais lui aussi et au bout d'un moment il s'est écarté. J'étais à côté de Polge qui avait assommé son adversaire en trois coups de poing. D'autres nouveaux étaient par terre en se tenant le ventre ou la tête, et Frère était derrière Polge et moi. Il avait pas combattu, mais par instinct il s'était placé derrière nous et personne avait osé le toucher.

Il est rentré au gourbi avec nous et je voyais les gars nous regarder, je savais qu'on avait passé l'épreuve de la sonnette d'une manière qui pouvait nous ménager du respect, Polge et moi. Mais ça suffisait pas, ou en tout cas ça pouvait ne pas suffire. Alors dans le gourbi, j'ai jeté Frère sur son lit, j'ai demandé à Polge de le tenir, et je lui ai passé dessus. Au début il a un peu crié et supplié, il a paru surpris, mais il a pas trop résisté, les manières de Duras et Persil l'avaient finalement rendu docile. Quand j'ai fini mon affaire j'ai dit à Polge d'y aller, puis je me suis tourné vers le reste du gourbi, et j'ai dit : « Les gars, ce girond, il est à vous maintenant. » D'autres nous ont remplacés. Je suis allé laver mon sang et ma bite, et je savais que ce serait pas comme avant, qu'avec Polge avec moi ce serait pas pareil.

Y avait d'autres caïds dans les gourbis et parmi eux des durs comme Duras et Persil. J'ai pas cherché à empiéter sur leur territoire, je savais que Polge me protégerait et j'inspirais déjà la peur et le respect comme ça. Trois jours après notre arrivée, on a retrouvé Frère pendu dans le gourbi, il avait utilisé ses draps et son visage était tout violet, son corps plein de spasmes. Frère était un faible, et à Biribi les faibles sont là pour crever, ou finissent gironds si ça leur plaît.

Moi, les hommes ça me plaisait pas plus que ça, mais fallait bien que je prenne une femme pour être un homme. Une fois Frère mort, j'ai pris d'autres gironds, et Polge aussi, mais j'en voulais pas un régulier. Certains cherchaient un homme pour les protéger. Ils leur filaient leur ration de tabac, faisaient leurs corvées et nettoyaient leurs armes, et en échange ils étaient protégés, assurés de pas passer de main en main et de caïd en caïd. J'étais assez craint, grâce à Polge, pour avoir des larbins qui m'obéissaient, et si Polge me protégeait, si moi je protégeais Polge parce que je comprenais mieux les règles que lui, j'avais pas besoin de quelqu'un d'autre. Je touchais pas aux gironds des autres caïds mais je trouvais toujours des Frère pour satisfaire mes besoins, des nénesses et des djèges, ça veut dire poule en arabe, je pouvais même vendre leurs culs à d'autres contre du tabac ou de la bouffe, et ça me rappelait les bons souvenirs d'avec les filles.

Les chaouchs me respectaient et, s'ils étaient aussi salauds que Paoli, la crapaudine ou le silo c'était pas pour moi. Bien sûr, y a eu quelques bagarres avec des caïds ou des gars n'ayant pas compris qui j'étais. Mais je pouvais me débrouiller en un contre un et si l'homme était trop costaud c'est Polge qui se battait et personne pouvait le dérouiller. Parfois la nuit, je repensais à Duras, à Paoli, à Persil, et j'avais des larmes de rage, alors qu'avant j'aurais jamais pleuré comme une gonzesse. La haine restait là et jamais elle m'a quitté, mais ça m'a rendu ferme et fort. Biribi, c'est resté dur, mais j'étais du bon côté du gourbi. J'ai même niqué quelques moukères parce qu'avec des gars on a pu aller au bordel militaire et profiter. De la vraie chatte ça faisait du bien, moi le cul des gironds j'ai jamais pu m'y habituer, mais faute de mieux ? Avec Polge on parlait souvent de l'après, je l'avais décidé à venir avec moi et qu'on ferait de grandes choses ensemble. Avec un gars comme lui je pouvais plus me faire piquer mes filles si je revenais faire le mac dans la capitale.

À Biribi, j'ai bien entré dans ma tête ce que je savais déjà : dans la vie, faut être bourreau ou être victime, c'est comme ça quand tu viens du peuple. Les chialeurs et les pleureuses finissent comme Frère, et tous les autres djèges de la création. Je suis comme on m'a fait et c'est pas une excuse, mais les règles du jeu de la vie c'est vraiment à Biribi que je les ai comprises. C'est là que j'ai décidé, je voulais plus jamais être soumis, je voulais rester un fort, un caïd. Je voulais prendre et pas être pris, pour toujours.

Yvonne Schmitt

La vie sans Mimi, la vie sans Jimmy, c'était difficile. Je ne pouvais pas rester chez mon père, même si la marâtre avait bien dû payer l'hôtel pour que je récupère mes affaires. J'ai beaucoup pleuré pendant les quinze jours où je suis restée chez eux, je m'en voulais de n'avoir pas su garder Jimmy auprès de moi. Je lui ai écrit des lettres sans avoir de réponse. Je suis finalement repartie à Paris, ne supportant plus les reproches de mon père et de la marâtre. J'ai revu un peu l'Espagnol et je logeais dans une pension, dormant une partie de la journée et cherchant des michés le soir. Je ne mangeais pas tous les jours à ma faim mais j'étais plus heureuse que chez mon père. J'ai un peu posé comme modèle, pour des catalogues, mais ce n'était pas très bien payé et il fallait attendre longtemps, je n'aimais pas ça, je m'impatientais et je m'ennuyais.

J'aimais tant la danse que j'ai aussi essayé de me proposer pour des spectacles de music-hall, après tout La Goulue qui avait très bien réussi venait d'à côté de chez moi, de Clichy.

J'ai bien cru tenir ma chance quand j'ai été reçue par Marcel Charpentier, le patron d'une revue qui se produisait dans des cabarets de Montmartre. Mon amie Mathilde, avec qui j'avais partagé quelques verres dans un dancing près d'Opéra, m'a parlé de lui. Elle avait été danseuse chez lui mais elle avait dû arrêter après être tombée enceinte. Son Jules lui avait fait trois enfants avant de l'abandonner un beau matin. Elle était grande et grasse, elle buvait beaucoup et elle me parlait souvent de sa vie de danseuse, de l'époque où elle était encore mince.

On n'était pas dans le même domaine question michés, j'attirais ceux qui aiment la chair fraîche et elle ceux qui recherchaient l'expérience, à vrai dire trois hommes venaient m'offrir un verre quand un seul lui parlait, mais elle était moins regardante que moi et elle acceptait toutes les propositions. On ne se faisait pas de concurrence et on discutait quelquefois, et un soir où elle n'avait pas encore trop bu elle m'a parlé de la revue Charpentier. « Toi t'es pas dans le spectacle, tu connais personne, Charpentier il regardera que ton cul et tes jambes, tu devras peut-être passer à la casserole mais t'es pas une mijaurée. C'est sûr que c'est pas l'endroit rêvé mais si on te remarque tu pourras peut-être avoir ta chance dans une revue plus renommée. »

Je me suis retrouvée à taper à la porte de Charpentier, sans recommandation ni rien, avec mon plus beau sourire. C'était un petit homme avec une grosse moustache, il portait une chemise blanche avec un gilet noir et fumait des cigarettes puantes qui lui donnaient mauvaise haleine. Il parlait fort, en postillonnant et en faisant de grands gestes, tout en regardant par-dessous ses petites lunettes. Il m'a demandé de faire quelques pas de danse devant lui puis je l'ai suivi dans son bureau. « Tu vois, m'a-t-il dit, ce que les hommes veulent, c'est des femmes qui ont des formes pour mes spectacles. Déshabille-toi donc que je voie si tu fais l'affaire. »

Je l'ai fait et il s'est approché en commençant à me toucher. Il m'a étendue sur une couchette à côté de son bureau et il s'est déshabillé aussi : « C'est bien, tu es docile, c'est important pour le music-hall. » Quand il a eu fini son affaire il m'a demandé de revenir le soir pour répéter. Il s'agissait surtout de lever la jambe et de trémousser les fesses, je ne chantais pas car j'ai une voix de crécelle. Les enveloppes pour nous payer étaient minces. On faisait le spectacle dans de petits cabarets, dans des sous-sols loin de mes rêves de spectacles plus chics. Je savais que je valais mieux que ça. Et surtout il fallait régulièrement, pour chacune d'entre nous, passer par le petit cabinet de Charpentier. Il faisait vite sa petite besogne, en transpirant beaucoup et à la fin son visage était tout rouge.

Entre nous, on se moquait cruellement de lui mais nous ne l'aurions jamais fait en face car de colère il était capable de gifler ou de tirer les cheveux aux filles. Les soirs sans spectacle, je continuais à me rendre dans les dancings pour gagner quelques sous de plus. J'allais aussi avec certains clients. Le genre de la maison c'était pas les fleurs dans la loge, de loge on n'en avait même pas mais un bout de couloir pour se changer et se maquiller. Charpentier venait nous dire : « Le monsieur en chapeau là-bas, il t'offre un verre. » J'aurais peut-être dû me contenter de mes misérables spectacles, et qui sait, peut-être aurais-je été repérée, choisie par un conducteur de revue de plus grande envergure que ce Charpentier ? Je ne le saurai jamais, de toute façon.

Dans un dancing de Pigalle, j'ai commencé à perdre ma liberté. Aristide était un grand mince, toujours élégant, il voulait qu'on l'appelle « Titide » et il impressionnait les filles.

Je savais que c'était un homme dangereux. Quand il m'a demandé de danser avec lui j'ai pourtant accepté et je l'ai même suivi dans sa chambre d'hôtel, je l'ai pris pour un miché comme les autres. Il m'a fait l'amour puis il a allumé une cigarette et a commencé à causer gentiment, en me caressant les cheveux. « Tu t'appelles Yvonne, c'est ça ? Tu es toute seule, tu sais que c'est dangereux une fille seule à Paris ? Il vaudrait mieux que tu aies un protecteur. » J'ai alors compris que Titide voulait devenir mon mac. Je ne savais pas quoi faire, Mimi avait toujours tenu à son indépendance et elle disait souvent : « C'est toi qui travailles, pourquoi donner à un homme ce que tu as gagné avec ton cul ? S'il veut palper, il a qu'à faire pareil que toi, y a des clients pour ça ! »

J'ai d'abord essayé de dire que j'étais protégée, mais il m'a demandé par qui et j'ai commencé à pleurer. Il a attrapé son pantalon, il a sorti sa ceinture et m'a frappée, pour sûr c'était son domaine et il savait y faire, sur les cuisses d'abord, puis sur le ventre, et enfin au visage. Là, il a lâché le ceinturon pour me donner de grandes gifles qui claquaient. J'ai bien tenté de résister au début mais il a tapé plus fort. Il me frappait sans haine et sans colère, avec seulement un petit air de dégoût sur le visage, comme s'il faisait quelque chose de nécessaire mais qui le dégoûtait un peu.

Alors que j'étais couchée sur mon lit, douloureuse de partout, pleurant sans faire de bruit car il reprenait sa ceinture chaque fois qu'un sanglot un peu trop fort m'échappait, il m'a doucement attirée vers lui en me caressant les cheveux : « C'est pour ton bien, ma chérie. Une fille ne doit pas rester seule, si tu viens avec moi tu n'auras plus ce genre de soucis, je te protégerai. Ne t'inquiète pas, là j'ai voulu marquer le coup mais tu sais je suis très doux en somme. Si tu es gentille, si tu me donnes bien la moitié de ce que tu gagnes chaque semaine, je serai gentil avec toi. Tu sais, on en a vu des filles vicieuses qui se retrouvaient balafrées, tu ne voudrais pas qu'on abîme ton beau visage quand même ? Allons, une fille comme toi, tu es faite pour l'amour, pas pour prendre des coups. Je te laisse une semaine pour réfléchir et puis je reviendrai te voir. » Il est parti en me laissant tremblante. Je me suis traînée dans les waters pour constater les dégâts : des bleus sur tout le corps, de grandes traînées rouges sur le ventre, un œil au beurre noir et ma lèvre qui avait doublé de volume.

Je suis restée toute une journée allongée avant de pouvoir me relever et quand enfin j'ai pu sortir je suis allée voir Charpentier. J'avais raté déjà un spectacle et dans cet état il n'était pas question de danser. Il m'a renvoyée sans autre forme de procès : « Tu sais, pour t'être fait arranger comme ça, c'est que tu es une fille à problèmes. Je veux pas de ça chez moi, tu dégages. » Quand je me suis remise, j'ai tout fait pour éviter de recroiser Titide. J'ai changé de pension, je ne suis plus allée aux dancings où je l'avais déjà croisé, et je suis même partie une fois par la fenêtre des waters après l'avoir vu entrer. Je risquais gros mais je ne voulais pas tomber sous la dépendance de cet homme.

Je ne vivais plus que de mes michés et je n'en vivais pas très bien car la concurrence était rude. J'ai eu des problèmes avec des filles qui ne voulaient pas me voir sur leur territoire et puis la plupart d'entre elles osaient tout car elles avaient un mac. Les hommes étaient revenus de la guerre et avaient repris le contrôle des rues. Ils ont même délogé à coups de revolver quelques nègres qui faisaient travailler des filles.

J'avais appris à changer de lieu pour trouver des michés. Je fréquentais plusieurs cafés et aussi des restaurants, assise au comptoir, les patrons me demandaient parfois une petite somme mais prenaient moins qu'un mac. Jusque-là je m'en étais plutôt bien tirée, j'avais su éviter les problèmes, je n'avais pas de mac, j'avais réussi à éviter les mœurs et à ne pas être fichée comme fille soumise. Mais je suis une fille à pas de chance, et une fois de plus la roue du destin a tourné contre moi.

C'était encore un miché très élégant, un de ceux dont on ne se méfie pas, qui parlait tout doucement à tel point que j'ai dû plusieurs fois le faire répéter dans le dancing. Arrivés dans la chambre d'hôtel, il a attendu que nous ayons fait l'amour pour me dire qu'il était policier aux mœurs, qu'il pouvait me protéger ou me dénoncer, faire de moi une fille soumise avec l'humiliation de la visite médicale régulière, l'impossibilité, même si je rencontrais un homme qui veuille bien de moi, ou un producteur qui me remarquerait, de sortir de cette destinée. Il me proposait un marché simple : soit j'acceptais de lui remettre une partie de mes gains et de lui donner des renseignements sur les affaires dont j'entendrais parler, soit il me dénonçait sans tarder. Il ne m'a pas frappée comme Titide, tout juste une ou deux gifles du revers de la main, qui n'ont pas laissé de traces, mais je pleurais tout autant. Il m'a quittée effondrée, sans solution face à un choix impossible.

Le lendemain je n'osais pas sortir de mon hôtel, de crainte de recroiser le policier. Le jour d'après je suis descendue manger au restaurant mais je continuais à pleurer. C'est ainsi que j'ai rencontré Jean Pisano. Je l'ai pris tout d'abord pour un client ordinaire, un homme attendri par les pleurs d'une jeune fille seule. Il m'a paru gentil et attentionné, tandis qu'il séchait mes larmes avec son mouchoir. C'était un garçon ordinaire, avec un accent du Midi, il parlait avec les mots sucrés de ceux qui savent causer aux femmes. « Alors fillette, faut pas pleurer comme ça, tu as un si joli visage ! Regarde-moi dans les yeux. Moi c'est Jean, tu peux tout me raconter. »

Je ne lui ai pas tout raconté. Mais dès le début il avait deviné quel genre de fille j'étais et il savait quelle était ma conduite. Il était marseillais, venu porter une automobile au New York Garage, juste à côté du restaurant, car il travaillait pour un vendeur d'autos de Nice. L'auto, elle m'a bien impressionnée, alors que ce n'était pas la sienne. Le New York Garage, c'est seulement de la mécanique mais ça fait clinquant. Il m'a pas offert les Amériques mais un voyage à Marseille. Dès le premier soir il m'a invitée dans son hôtel et j'ai accepté, il m'avait payé le repas et puis le dîner, il semblait généreux. Il ne me plaisait pas plus que ça mais il était gentil.

Il m'a encore donné un peu d'argent, et je lui ai tout raconté, Titide, le policier des mœurs, ma crainte d'être encartée comme fille soumise. Après tout, je ne risquais pas grand-chose, il y a bien des hommes qui espèrent tirer une jeune fille du ruisseau. Il n'était pas de ce genre mais il m'a proposé de m'emmener à Marseille. « Tu sais, tu seras loin de tes tourmenteurs, et puis il y a moins de concurrence à Marseille, moins de dancings, c'est vrai, mais je peux te présenter de petites camarades qui logent dans un garni, rue Pisançon, et puis je te propose pas d'être ton mac mais je pourrai m'occuper un peu de toi. »

J'ai hésité, mais Marseille ne pouvait pas être pire que Paris, où j'avais désormais tant d'ennemis, et je n'avais jamais vu la mer. Je n'étais pas non plus montée dans une voiture même si Jimmy en avait une en Angleterre. Je n'avais pas tellement le choix au fond, je me doutais bien qu'il me faisait une réalité plus belle, mais je ne pouvais pas rester. On est partis une semaine exactement après les menaces du flic. Mon cœur battait. La vitesse de l'automobile, les tressautements de la mécanique, le vent dans mes cheveux, tout ça me paraissait follement excitant. Mes affaires tenaient dans une seule valise. J'avais laissé mes livres, le goût de la lecture m'était passé.

Simone Marchand

Vous êtes la Marchand, une dure, c'était sûr qu'il y aurait d'autres femmes avec Fredval, vous l'aviez accepté, du moins vous le pensiez. Comme avec Marius, comme avec d'autres. Vous le savez qu'un homme, il lui faut plusieurs femmes, comme ces mahométans d'Afrique du Nord croisés dans les rues de Marseille. Vous les moquiez, plus jeune, ces bourgeoises croyant tenir leur homme. Cet homme, il vous offrait des bijoux et partageait votre lit.

Vous n'êtes pas vieille, encore belle et vous ne voulez plus partager. Vous le voulez pour vous toute seule, Fredval. Un homme comme vous, comme avec Marius. Avec une différence, il aime ce qui brille, il ne veut pas seulement plumer les bourgeois, il ne veut pas seulement baiser leurs femmes, il veut ÊTRE un bourgeois et il ne sait pas qu'il ne pourra jamais.

Marius le savait et c'est pour ça qu'il vous aimait, parce que vous étiez au même niveau, pas de jugement, pas de mépris, pas besoin de se surveiller en permanence pour ne pas se trahir, pour ne pas déchoir dans le regard de l'autre. Un homme comme Marius, un vrai homme, il lui fallait une femme comme vous, qui ne le domine pas, qui l'épaule, qui l'admire, qui puisse savoir ce qu'il était au fond, d'où il venait. Fredval, rien à voir, le besoin de séduire puis de jeter, il aime ce qui lui résiste et vous n'avez pas su lui résister, trop franche, trop amoureuse, ironie de la situation, vous l'as de la dissimulation, du faux-semblant, vous qui savez mentir aux hommes à la perfection, oui, mais à ceux d'une autre classe, pas à quelqu'un qui vous fait fondre, dont le sourire provoque le frisson, sourire d'hypocrite et de charmeur pourtant.

Un salaud mais le moindre frôlement de sa part vous excite. Fredval croit à sa bourgeoise comme certaines croient au prince charmant. Il ne sait pas que la seule place que vous pouvez obtenir est celle d'amant-amante temporaire, de bout d'aventure dans des vies bien tranquilles. Vous pouvez être un éclair, un souvenir émoustillant voire émouvant mais sans espérer plus. Il lui manque, à Fredval, la lucidité de Marius, savoir qu'on finit toujours par trahir sa classe, par se trahir, par perdre ce qu'on a. Il ne sait pas qu'il est le vaurien de ces dames sans pouvoir espérer plus ou plutôt si, il pourrait, mais il repousse celles qui s'attachent comme s'il lui fallait toujours un nouveau défi. Plus ambitieux, bien plus que vous ou Marius, qui avez toujours su d'où vous partiez et où vous pouviez arriver.

Il faut des règles, ne pas s'attacher à un bourgeois, le ferrer, le lester mais rester froide si nécessaire, distante parfois pour semer le doute. Garder un cœur de pierre même quand les manières sont tendres, faire la moue, jouer. Vous êtes une experte désormais à ce jeu, un jeu de patience, de ténacité, où il s'agit de tenir longtemps, de prendre le maximum, d'exiger, caprice sur caprice, collier après collier, toilette après toilette. Presque une bourgeoise, depuis que B. s'est entiché de vous, il ne manque que la bague au doigt, le mariage, il ne peut pas, ça vous convient. Couverte de cadeaux, un luxe comme rarement, mais vous ne l'aimez pas.

Un bel appartement sept pièces rue de la République, pas les plus beaux quartiers mais un bel immeuble, pas très loin de chez lui pour vous rejoindre facilement, mais il a compris, jamais sans prévenir. Pas trop près non plus, pour ne pas croiser sa femme, les convenances pour lui et la tranquillité pour vous. Il a offert ce que vous lui avez demandé, vous êtes allée très loin, jusqu'au salon de coiffure, un rêve d'enfant, mais une occupation dont on se lasse vite, vous l'avez eu, c'est tout ce qui importe, il avait fallu suggérer, demander, bouder, finalement bien peu, et il avait accepté, il accepte tout cet homme, c'est un plaisir. Les spectacles les robes les chapeaux ça ne suffisait plus, besoin de prouver encore une fois votre pouvoir, le pousser à bout, voir ses limites et le voile dans ses yeux à vos paroles : « Le salon m'amuse plus, finalement. » Humilier B. à mesure que Fredval vous humiliait.

Tout ce que B. donne, Fredval en profite, mais ça n'est pas assez, il vous a demandé de recevoir d'autres hommes dans l'appartement de la rue de la République, de lui donner de l'argent. Il veut faire de l'épate, se payer de beaux costumes et parader sur la Cannebière.

Faire venir des hommes dans l'appartement payé par B., dans le lit où il aime à vous retrouver, c'est assez plaisant. Les hommes, vous les choisissez, mais pour Fredval ça n'est pas assez, il veut plus, ses yeux fous quand il cogne, sa rage qui se déchaîne, comme si vous étiez une simple pute et lui un mac, vous la cocotte, l'indépendante. Vous les aimez presque ces moments des coups, car il a besoin de vous et ensuite viennent des semi-excuses, des mots plus doux, plus tendres pour consoler. Vous aimez le croire quand il promet que cet argent c'est pour vous deux, pour ouvrir une école de danse, une salle de spectacle à Paris et il vous emmènera. Mais vous avez assez joué à ce jeu pour en connaître les règles, il ne le fera pas, vous le savez sans y croire, sûre qu'il vous aime et ne vous quittera pas, les autres, les bourgeoises, pour la gloire, pour avoir dans son lit ces femmes bien nourries, bien élevées, pour embrasser leurs mains douces de n'avoir jamais travaillé, pour voir se tordre de désir leurs visages si impassibles, pour baiser et péter dans leurs draps de soie, pour humilier leurs maris qui le regardent de haut, le voient comme un freluquet, un moins que rien, ce qu'il est peut-être au fond mais vous ne croyez pas.

Vous aimez sa cruauté, aveugle comme tant d'hommes l'ont été avec vous, à coups d'argent, de bijoux. Des trésors pas tant volés après tout, car vous leur avez donné votre jeunesse, vos baisers, vos cuisses, la souplesse de votre peau. La vie est injuste, B. vous aime, vous ne l'aimez pas, vous aimez Fredval qui ne vous aime pas et préfère une femme qui ne l'aime pas. Vous l'avez suivi une fois, puis fait suivre. Un homme sûr, qui a dit tout ce qu'il avait vu, il a parlé d'elle, Jeanne Lion, un nom détestable, c'est vous la lionne, pas elle. La femme d'un commerçant riche, séduite par des cours de danse, mince et blanche, on la dit nerveuse, prenant de la coco, une femme fragile, vous n'en feriez qu'une bouchée. D'un coup de poing vous pourriez l'abattre comme dans votre jeunesse, quand il fallait se battre contre d'autres femmes, de vraies bagarres, de vrais coups, elle ne connaît pas, elle. Une différence de plus, vous n'avez pas peur de la violence, vous aimez le confort, le luxe, mais le vernis peut se rompre. Vous pourriez casser un de ses bras graciles sur votre genou, sans hésiter. Vous en rêvez parfois. Vous la haïssez alors sans parvenir à détester Fredval. Vous êtes prête à vous battre pour lui. Fredval, tout ce qui vous reste après Marius, votre cœur prêt à éclater pour un homme qui ne le mérite sans doute pas, il ne s'agit pas de raisonner mais d'aimer, de sortir des calculs, de l'intérêt, de se livrer sans y penser et vous n'y pensez pas trop car cela vous ferait trop de mal.

Yves Couliou

Avec Polge on s'est plus quittés. On a fini notre temps à Biribi au même moment. Je suis d'abord allé voir la mère à Quimperlé à mon retour. Elle a pleuré quand elle m'a vu, j'étais pas beau à voir, même si à la fin la vie là-bas pour moi ça allait mieux. J'avais la couleur sombre des Arabes à cause du soleil, ma peau c'était du cuir, comme les vieux marins chez nous, ceux qui sortent en mer tous les jours. La mère s'est bien occupée de moi, des galettes tous les jours, des œufs, du fromage, du pain, tout ce qu'il fallait pour oublier la bouffe infecte de Biribi. J'ai donné un coup de main, j'ai bricolé quelques trucs dans la maison, et puis je suis allé au bar aussi, fallait bien boire pour oublier. J'ai rendu quelques services par-ci par-là, avec l'argent j'ai remboursé ma mère pour le manger et puis je suis allé aux putes, je crevais d'envie de faire ça avec des filles de chez nous, depuis le temps.

J'ai vu aussi la sœur et le beau-frère, même lui que j'aimais pas trop avant, avec son air à toujours mieux savoir que les autres et donner des leçons, j'étais content, leur commerce marchait bien, en Normandie. Ils m'ont dit qu'y avait de la place pour moi, je les ai remerciés, mais c'était pas fait pour moi un métier comme ça, pas tout de suite en tout cas. Plus tard, peut-être, je me disais, après quelques coups et si j'ai une petite, une sérieuse, avec moi, là je ferai dans le commerce mais j'aurai mon magasin, je serai pas larbin dans celui du beau-frère.

Un jour j'en ai eu marre et j'ai voulu retourner à Paris. Je venais de recevoir une lettre de Polge qui m'annonçait sa démobilisation. Maman m'a supplié, elle voulait que je reste, devenir charpentier, après tout, je savais faire, et y aurait du travail pour moi avec tous les bateaux. Seulement moi je voulais la ville, l'argent, je l'aime la mère mais je voulais pas m'enterrer en Bretagne. Elle m'a dit que j'avais qu'à faire ouvrier si je voulais, si c'est ça qui me plaisait, des conserveries y en avait, si j'aimais pas le bois. Elle avait déjà perdu son homme dans la capitale, elle voulait pas perdre son fils.

Elle a même envoyé le curé pour me parler, c'était pas une bigote mais elle allait à la messe depuis son retour en Bretagne, alors que le père on le voyait plus au bar, il aurait fallu le pousser pour le mettre dans une église. Par respect pour la mère, j'ai pas dit au curé tout le fond de ma pensée. J'y aurais bien demandé où il était quand moi j'étais à Biribi, et si c'est lui qui allait me faire gagner ma croûte maintenant que j'étais libre. Il me souriait avec le sourire de ceux pour qui c'est facile, il a fait une petite grimace quand il a vu mes tatouages de mauvais garçon. Non, mon père, j'ai pas besoin de me confesser, moi je suis un homme, mes actes je les assume, les bons comme les mauvais.

Maman a pleuré mais ma décision était prise, je suis rentré en train et j'ai retrouvé Polge. J'avais décidé d'être malin, de plus me faire prendre et de donner des faux noms dans les garnis et les hôtels où je logerais. J'ai pas eu trop de difficultés à retrouver des filles, les filles c'est pas ce qui manque et je pouvais compter sur deux trois gagneuses, c'était les affaires qui reprenaient. C'est surtout moi qui surveillais les filles, Polge montrait ses muscles quand il fallait, face à un autre mac ou quand une fille me parlait pas sur le bon ton, quoique dans ce cas pour foutre une bonne trempe j'avais pas besoin de lui. Mais on avait aussi des à-côtés, dans les affaires faut savoir se diversifier, et Polge avait de l'imagination pour ça. La nuit on attrapait parfois un bourgeois qu'on cognait un peu jusqu'à ce qu'il donne son portefeuille. Polge avait aussi une technique pour casser les vitrines, il faisait pas dans le compliqué, un grand coup de pavé et si ça pétait, en moins de deux minutes on ramassait ce qu'on pouvait avant de partir. On s'est jamais fait prendre et c'était facile de vendre les marchandises à des fourgues.

On était pas toujours collés ensemble, on se faisait des connaissances chacun de notre côté et y avait des coups qu'on partageait pas. Mais pas une semaine sans qu'on se voie, pour partager les bénéfices des filles et puis pour discuter, rire un coup et se rappeler les souvenirs. On s'est refait petit à petit, on s'est racheté des costumes et on logeait dans des garnis moins miteux. On a fait quelques coups dans d'autres villes, Polge connaissait du monde au Havre et j'ai rencontré des gars d'Orléans. La foutue guerre a tout gâché. On commençait à se faire notre petite place, on avait des projets et voilà qu'elle éclate et qu'on part foutre sur la gueule des Boches.

Moi j'aurais esquivé si j'avais pu, pas d'adresse où me retrouver, mais je pensais pas que ça durerait autant. Polge a craqué, sur la fin, il est parti en Espagne. Puis il est revenu, ils lui en ont pas trop voulu et l'ont renvoyé vers le front. Dès le début, il était dans la marine, lui, bataillon d'Afrique mais marine quand même. Moi je suis d'abord parti la faire, la guerre, dans l'infanterie. Au début, je me suis dit que j'allais voir du pays. On te file un fusil, un uniforme, des godasses, pourquoi pas après tout, tirer sur ceux d'en face ça me gênait pas. En tant qu'ancien disciplinaire, j'ai été mis dans une unité du premier rang, on avait des fusils avec des baïonnettes et aussi des couteaux, ils comptaient sur nous pour éventrer ceux d'en face.

On a pas été les premiers au front, et très vite je me suis aperçu que leur affaire était pas comme ils prévoyaient. Au début, on a tiré quelques coups de feu mais très vite on s'est enterrés dans les tranchées. Ils nous avaient mis dans les premières lignes parce qu'ils comptaient sur nous pour faire des sorties la nuit, ramper entre les barbelés et aller nettoyer les tranchées ennemies. Tuer un homme au couteau, je l'avais déjà fait et j'étais prêt à le refaire. Nos deux officiers avaient d'abord proposé à ceux qui voulaient pas faire le sale boulot de sortir du rang, et y en avait que deux ou trois qui avaient osé s'avancer, sous les moqueries.

Le premier officier était un jeune bourgeois, un ingénieur pas ingénieux pour deux sous qui s'était porté volontaire. Il avait du courage ou il était fou pour avoir accepté de venir en première ligne alors que ses relations lui auraient permis de rester à l'arrière, de s'occuper de l'artillerie par exemple. Mais il avait peu d'autorité et les hommes ne le respectaient pas vraiment. L'autre officier était un vieux de la vieille qui avait combattu dans les colonies et qui avait déjà commandé des Bat' d'Af', il savait à quels sauvages il avait affaire.

Il nous avait expliqué ce qu'on attendait de nous : les premières offensives des Allemands avaient été stoppées et désormais c'était à nous de regagner le terrain. Y allait avoir des tirs d'artillerie pour tuer un maximum de Boches, pour les fatiguer pendant des heures, puis on sonnerait la charge et faudrait sortir de la tranchée. On était pas prévus dans les premiers mais c'était sur nous qu'on comptait pour finir le travail, sauter dans les tranchées des ennemis et liquider tous ceux qui résisteraient. Et même les autres, il avait ajouté, le vieil officier, on pouvait garder un ou deux prisonniers pour le renseignement mais fallait pas s'enquiquiner la vie. De toute façon, moi, un type qui me tire dessus, il peut lever les bras au ciel en criant « kamarad », pas question que je l'épargne.

On en était là et on avait aiguisé nos couteaux, quand les tirs d'artillerie ont commencé. Au début on s'est dit « Qu'est-ce qu'ils dérouillent », mais on a vite compris que les Boches avaient des canons aussi et c'était pour nos gueules. On a essayé de se faire tout petits mais en deux heures la moitié de la section y est passée, pas beau à voir. Ils visaient juste, les salopards. Je sais pas ce que nos artilleurs leur envoyaient mais ils en avaient autant pour nous. Du sang, des cris, de la gerbe et de la boue, nos deux officiers tués en quelques minutes, et personne pour commander, et puis soudain un obus qu'est tombé pas loin de moi. Je me suis retrouvé allongé, un bras qu'était pas le mien en travers de la gueule, et j'entendais plus rien comme si on m'avait mis deux claques dans les oreilles, très fort. J'ai essayé de lever la tête, j'ai vu du sang partout sur ma gabardine, je suis tombé dans les pommes.

Je me suis réveillé à l'hôpital militaire, ça sentait le sang et la mort et ça s'agitait partout. Personne s'occupait vraiment de moi jusqu'à ce qu'une infirmière vienne me voir. Elle m'a parlé et je la voyais agiter les lèvres, j'entendais rien et je comprenais pas ce qu'elle me disait. Au bout de quelques heures, je commençais à entendre un peu, les sons étaient étouffés comme si on m'avait rempli les oreilles, sauf que j'avais aussi mal au crâne et ça tapait, un vrai tambour. Un médecin est venu me voir et là encore j'ai pas compris. Le lendemain j'avais toujours un sifflement, mal à la tête quand j'ouvrais les yeux mais j'avais pu vérifier, y me manquait rien, pas de grosse blessure, seulement quelques éraflures. J'avais bien de la chance car j'ai su après que les Boches avaient visé en plein dans le mille dans notre bataillon et que les gars de notre section y avaient presque tous laissé leur peau.

J'ai compris que j'avais toutes les chances d'y retourner, vu qu'à part mes sifflements j'avais pas été blessé. J'ai essayé de réfléchir. Je pouvais retourner dans la tranchée, au front, en première ligne. Par moments, j'en avais même envie pour foutre sur la gueule de ces salopards de Boches qui avaient tué tous les copains. Mais je savais que j'avais peu de chances d'y réchapper. Tuer un autre gars en face, ça me pose pas de problème et lui tirer dessus de loin non plus. Mais là c'était même pas du combat, pas de la guerre, seulement des obus qui tombaient sans même qu'on les voie, sans ennemi à abattre. C'était des torrents de métal et de boue en plein sur nos gueules, et je voulais pas revivre ça.

Je pouvais pas quitter l'infanterie en claquant des doigts. Ils allaient pas me mettre dans l'artillerie, la bonne planque, j'étais étiqueté chair à canon et j'avais aucune compétence technique pour justifier de servir là-dedans. Par contre, j'avais une chance pour la marine, et j'ai repensé à mon père qui me voulait charpentier, sans le savoir il pouvait peut-être me sauver la vie. Quand le médecin est revenu, j'avais mon petit discours de prêt, mais je l'ai laissé parler d'abord. « Monsieur, vous avez eu de la chance. Vous avez été choqué par les explosions, mais il n'y a aucune raison que vous ne puissiez pas reprendre le combat. » Aucune raison, tu parles, c'est pas lui qu'avait des guêpes dans les oreilles ! Mais j'ai fermé ma gueule sur ça et je lui ai sorti ce que j'avais préparé : « Docteur, je veux revenir au combat au plus vite. »

Il a eu l'air étonné, il devait avoir plutôt l'habitude des tire-au-flanc et des chialeurs qui le suppliaient de les garder un peu plus à l'hôpital. J'ai continué. « Mais vous voyez, docteur, je veux servir la France et la République et je pense que je suis pas là où je devrais être. Je suis un marin, moi, un Breton, et c'est dans la marine que je devrais être. » Le docteur m'a répondu très sèchement, et j'ai cru que tout était perdu : « Vous savez, il faut aussi des Bretons au front, c'est la guerre, pas une partie de pêche. » J'ai très vite enchaîné : « Attendez, docteur, j'ai des compétences particulières, ils se sont trompés, je suis charpentier, on a besoin de moi sur un bateau, c'est pour ça que j'ai pensé à la marine. » Il a eu l'air d'un coup plus intéressé : « Écoutez, je vais vous faire passer du papier et un stylographe. Vous avez droit encore à plusieurs jours de repos, à cause du choc. Mais si vous faites une lettre en expliquant ce que vous venez de me dire et en demandant d'être affecté dans la marine au plus vite, sans attendre votre convalescence, j'appuierai votre demande. Ça me libérera un lit et vous pourrez servir la patrie selon vos compétences. »

J'ai écrit au général, au ministre et ça m'a pas empêché de retourner au front, ils avaient bien compris cette partie de la demande, mais pour la marine, zob. Enfin c'est ce que je croyais, parce qu'au bout d'un mois, alors que je pensais finir la guerre en rampant comme un rat, un troufion a apporté une lettre comme quoi j'étais appelé pour la marine vu mon métier de charpentier. J'étais bien content de partir, j'ai salué les copains, j'ai repris mon baluchon et je me suis retrouvé sur un bateau jusqu'à la fin de la guerre, enfin presque jusqu'à la fin puisqu'y m'ont réformé avant.

La marine, y a pas à dire, c'est quand même autre chose que l'infanterie. J'étais pas très doué comme charpentier mais en temps de guerre ça peut passer, et puis là où y m'ont mis le précédent avait passé par-dessus bord un soir qu'il avait trop bu, et personne avait plongé pour le chercher vu qu'y s'en étaient rendu compte deux heures après. Y a toujours à faire sur un bateau, un grand bateau de guerre, qui m'a fait voir du pays. On allait chercher les troupes ici ou là pour les transporter sur le front. Moi j'y étais allé pour de vrai et je racontais ça aux gars pour les impressionner. Je m'ennuyais parfois et j'ai compris pourquoi l'autre buvait tout le temps.

Le plus impressionnant dans tout ça c'était les troupes coloniales, des grands soldats nègres que les généraux nous ont envoyé chercher quand les Français suffisaient plus. C'est vrai qu'ils faisaient peur à voir et à la place des Boches j'aurais pas moufté. Une fois sur le bateau, ils nous impressionnaient moins vu qu'ils avaient le mal de mer comme pas possible, mais ça avait quand même l'air d'être de sacrés guerriers. On raconte qu'ils coupaient les oreilles des Boches morts pour s'en faire des colliers, j'aurais bien aimé voir ça.

Les traversées j'aimais pas mais les escales c'était beaucoup mieux. On pouvait souvent aller à terre et là y avait les bars et les putes. On évitait de se bagarrer, mais l'uniforme ça en impose. On est allés jusqu'en Martinique chercher des nègres de là-bas pour travailler chez nous, et aussi des soldats, et puis y avait des marchandises pour éviter les pénuries en

France, le bateau bien rempli. Ce que je retiens des îles c'est pas les putes, les négresses sont pas différentes des blanches finalement, mais j'ai goûté là-bas des alcools sucrés, du miel dans ma gorge, et ensuite les obus des Boches dans ma tête. Je me suis soûlé comme jamais et j'ai caché quelques bouteilles de rhum sur le bateau, à partager avec des gars de confiance. J'en suis tombé malade et j'ai même pas pu débarquer une fois arrivé à Marseille.

J'ai tellement bu que je tremblais mais il me fallait encore boire pour pas avoir les voix dans ma tête et les cris. Y avait ceux des copains tués ou mutilés par les obus, ceux plus lointains de Frère qui chialait dans le gourbi, et puis j'entendais même mes propres cris quand les gars de Biribi s'étaient occupés de mon cas. Les cris s'arrêtaient pas, je voyais aussi des images de sang, de carnage et la tête de femme qu'on m'avait tatouée de force, dans ma tête elle avait un air narquois avec sa cigarette, une pute c'est sûr une sale garce, pourtant depuis et aussi dans la marine j'en avais connu d'autres des aiguilles de tatoueurs. Je souffrais et pour me calmer je me disais que quand ça serait fini je retrouverais Polge, s'il avait survécu, et on reprendrait les affaires ensemble, mais ça bourdonnait et ça sifflait et j'aurais voulu m'arracher la tête. Ça se mélangeait, l'alcool, le roulis, ça tapait dur comme le soleil de Biribi, les sifflements aussi, les chouettes souvenirs et les projets et les filles et la merde et les coups, ceux donnés, ceux reçus, et la boue et aussi les pleurs de Maman et je crois que c'est ça qui me faisait le plus mal.

Yvonne Schmitt

Dès le trajet vers Marseille, Jean Pisano a commencé à être moins gentil avec moi. Je n'étais pas vraiment surprise, je lui faisais pas confiance. Il m'a dit qu'arrivée à Marseille, je devrais quand même travailler un peu pour lui pour rembourser l'essence. Je savais bien que son patron payait et même sans moi il aurait bien dû revenir à Marseille. Mais je ne disais rien, de peur d'être malmenée ou giflée. À Marseille, il m'a emmenée dans le garni de la rue Pisançon, propriété de Madame Caspar, que tout le monde appelait « la Caspar ».

C'était une ancienne prostituée, petite et sèche, avec l'accent marseillais. Elle s'était mise en ménage avec son mac, l'avait épousé et quand il était mort elle avait acheté la pension. Les filles en occupaient les différentes chambres et lui payaient un loyer, mais elle n'exigeait pas de pourcentage sur les passes. C'était une maison de rendez-vous bien tenue, pas un bouge, mais les filles étaient toutes plus âgées ou moins belles que moi. Elle m'offrait une destinée moins pire que si j'avais été au service de Titide à Paris, mais loin de mes rêves et de mes espérances.

Pisano espérait me prendre une forte somme d'argent pour le remercier du voyage. Mais il n'avait pas la carrure pour être un mac, d'autant qu'il était souvent en voyage, même si sa maîtresse travaillait rue Pisançon. Il me l'a présentée en me demandant de taire nos relations, et j'ai compris que je le tenais, qu'il ne pourrait pas me prendre l'argent du voyage, il craignait trop que je le trahisse auprès d'Yvette. Il avait voulu me manipuler en m'emmenant à Marseille, mais il n'avait pas été assez intelligent pour m'envoyer dormir loin de sa maîtresse ! Yvette était jalouse, ça me permettait de menacer Pisano de tout lui dire.

Elle était la seule locataire de la pension Pisano que je trouvais jolie. Elle avait des cheveux noirs, un visage particulier avec des yeux sombres, un corps mince, pas beaucoup de formes mais énergique. Elle m'a fait un peu visiter Marseille, me montrant de beaux endroits, m'indiquant les lieux où je pouvais trouver des michés et les endroits pour danser. J'ai vite compris que je devais partir au plus vite de la pension Caspar. Il fallait trouver chaque jour des clients pour payer le loyer, mais le garni se trouvait dans un quartier trop misérable pour espérer attirer des hommes riches. Il fallait donc qu'ils aient leur propre logement ou acceptent de m'emmener à l'hôtel. Une partie des michés étaient les boxeurs de la salle d'entraînement voisine : avec eux, j'avais beaucoup de succès, ils aimaient la nouveauté de mon visage et de ma silhouette par rapport aux autres filles de la pension. Ce n'était pas des hommes riches, mais ils étaient d'un caractère joyeux, j'appréciais leurs bras et leurs torses musclés. Ils me donnaient du plaisir.

J'ai rencontré aussi quelques marins. L'un d'eux, un Grec nommé Elias, au crâne rasé sur de larges épaules, était lieutenant sur un vaisseau marchand qui parcourait la Méditerranée. Il aurait pu passer facilement pour un Italien ou un Corse car sa peau était mate, ses yeux d'un vert qui lui donnait l'air mélancolique. Il aimait venir dans ma chambre et il m'a offert plusieurs fois de dîner avec lui sur le port, car il aimait parler et il se mélangeait peu avec ses marins. Il me racontait ses voyages et je rêvais de partir sur les mers, de découvrir d'autres pays. Peut-être, si je réussissais à trouver un homme riche, ou si je devenais danseuse, cela serait-il possible un jour ? La dernière fois que je l'ai vu, avant qu'il ne reparte pour plusieurs mois, je lui ai dit tout ça et il a éclaté de rire : « J'en ai vu, des putes qui avaient des rêves ! Tu crois que tu es la première ? Tu finiras dans le caniveau, comme les autres, ou au mieux tu dirigeras un bordel comme la mère Caspar ! »

Surprise par ce mépris soudain, j'ai essayé de le provoquer en lui demandant de m'emmener avec lui. Il est entré dans une colère folle : « Sale petite pute, toi, sur mon bateau ? Une femme sur un bateau, tu ne sais pas que ça porte malheur ? Moi, je te paye à manger, et toi tu veux m'attirer le mauvais sort ? » Il avait beaucoup bu ce soir-là, comme font les marins à terre, et il m'a repoussée si violemment que je me suis retrouvée sur le sol, ce qui l'a calmé. Il s'est éloigné, me laissant une fois de plus seule et humiliée. J'ai appris le lendemain qu'il avait été poignardé à mort ce soir-là, victime d'une bagarre d'ivrognes ou d'un voleur, comme si le bon Dieu avait voulu le punir de m'avoir si mal traitée.

Son mépris m'avait ouvert les yeux. Je ne pouvais rester dans la pension Caspar, sinon je finirais comme Elias l'avait prédit. Je n'allais pas échouer à Marseille comme j'avais échoué à Paris. C'est une ville violente, avec son mistral, son soleil qui cogne, où on pouvait terminer comme Elias au détour d'une ruelle ou au fond du Vieux-Port. Mais c'est aussi un grand port, une nouvelle chance, qui offre à des étrangers venus de partout la possibilité de refaire leur vie. Tous ils jouaient de leurs muscles, de leurs cervelles, parfois du couteau ou du pistolet pour gagner leur place. Certains ont réussi à s'élever en partant de presque rien. Eh bien moi, j'allais jouer de mon corps, comme j'avais appris à le faire, pour échapper à la pension Pisançon.

J'ai décidé de désormais me consacrer aux endroits chics et d'éviter le petit peuple du port qui ne pouvait pas m'être utile. C'était un pari risqué, parce que le miché de luxe réclame plus d'attentions, plus de temps, et ne rapporte pas tout de suite plus d'argent. Je risquais de ne plus pouvoir payer mon loyer à la Caspar. J'ai commencé par le Palais de Cristal, parce que c'était l'endroit le plus chic pour rencontrer des hommes. J'ai mis ma plus belle robe, je me suis bien maquillée, comme quand je posais pour des photos, et c'est comme ça que j'ai rencontré Simone Marchand.

Quand je l'ai vue dans cet endroit elle était belle et elle attirait les regards. Moi aussi j'étais belle et c'est pour ça qu'elle m'a remarquée. Elle s'est approchée et m'a dit qu'elle me voyait pour la première fois. Elle m'a offert à boire et je lui ai raconté ce que j'ai voulu, un peu de vérité et un peu de mensonge : la guerre à Paris, mon père trop vieux et abîmé pour combattre, mon fiancé au front, je me suis imaginé un frère au combat lui aussi. Je lui ai raconté leur mort, deux hommes d'un coup, je pensais qu'il fallait au moins ça pour qu'elle m'aime et qu'elle s'intéresse à moi. En somme, il y avait bien eu René, je n'ai menti qu'à moitié. Je sentais en elle une hauteur que les autres filles n'avaient pas, aucune de celles que j'avais rencontrées à Marseille jusque-là, je voyais dans ses manières, la façon de tenir son verre ou d'allumer une cigarette, qu'elle était ce que je pouvais espérer devenir.

Elle ne parlait pas avec l'accent des gens du Sud, je lui ai dit que j'étais née en Corse même si j'avais vécu à Paris, sachant qu'il y avait beaucoup de Corses à Marseille et qu'ils étaient craints. Je lui ai parlé de la rue Pisançon, elle a fait une grimace et j'ai bien vu qu'elle désapprouvait et n'était pas passée par là. Elle-même avait vécu une vie d'aventures dans différentes villes de France avant de s'établir à Marseille. J'ai compris qu'elle avait toujours plus ou moins vécu de la séduction et ses relations lui avaient permis de recevoir de fortes sommes et des cadeaux d'hommes riches attirés par sa beauté et son esprit. Elle avait eu deux véritables amours, me dit-elle, un ancien amant qui était mort, avec lequel elle avait fait les quatre cents coups, et son amant de cœur actuel, qui n'allait pas tarder à arriver car il le lui avait promis. Elle vivait bien à Marseille, ayant réussi à plaire à un riche bourgeois, fou d'elle, qui lui payait un appartement dans une rue convenable, diverses toilettes, des bijoux, et qui étant marié n'exigeait pas de la voir si souvent que ça.

À ce moment Fredval est arrivé. Je l'ai remarqué parce qu'alors que nous discutions avec Simone je l'ai soudain vue se durcir un bref instant, ses lèvres continuant à bouger mais son regard tendu vers l'homme qui venait d'entrer. Elle s'est rendu compte que je m'étais aperçue de son trouble et elle a aussitôt repris le contrôle de son visage, le détendant d'un sourire. Elle m'a regardée dans les yeux, faisant mine de se désintéresser de Fredval. C'était trop tard, je ne pouvais détacher mon regard de lui, sans réfléchir à l'agacement que je pouvais provoquer chez cette femme qui avait été si bonne avec moi.

J'ai eu le temps de le voir arriver de loin car il prenait tout son temps, s'arrêtant pour saluer quelques hommes et surtout de nombreuses femmes, qui semblaient se presser pour se placer sur son passage. Il avait une démarche rapide, on aurait dit qu'il ne marchait pas mais qu'il glissait comme un danseur. Il était habillé d'un costume élégant comme taillé sur mesure, dans du tissu de qualité, il avait aussi un chapeau qu'il ôtait à chaque fois qu'il saluait une femme. Je commençais à distinguer ses traits, forts beaux et réguliers. Il était petit de taille mais ses yeux étaient bleus, d'un bleu qui m'a fait immédiatement chavirer, petite chaloupe perdue dans ce lieu, dans cette ville, qui m'était inconnue si peu de temps auparavant.

Il avait des cheveux soigneusement coiffés en arrière et partagés par une raie au milieu. Il portait beau, d'une beauté du diable qui attirait le regard sans qu'on puisse s'en empêcher. Il est arrivé devant nous comme par hasard, comme si ses pas l'avaient entraîné ici sans que sa volonté le guide. Il a souri, a embrassé la main de Simone, comme un prince, tandis que celle-ci lui disait avec sans doute moins de sécheresse qu'elle n'aurait voulu : « Eh bien, mon cher, vous arrivez tard, vous avez sans doute été retenu par vos nombreuses connaissances. » Il n'a pas relevé et m'embrassant la main aussi, il a dit : « Ma chère Simone, tu ne me présentes pas ton amie ? » « Voici Yvonne, c'est une petite Parisienne qui vient de s'installer à Marseille, elle aime la danse, peut-être pourrais-tu l'inviter ? » Je me retrouvais soudain bien plus rouge que je ne l'aurais voulu, presque honteuse de tomber si vite dans les bras d'un homme qui m'impressionnait, qui m'attirait, et pour lequel une femme que j'espérais pouvoir devenir une amie éprouvait des sentiments qui transparaissaient malgré elle. Je voulais refuser mais Fredval m'a prise par le bras sans me laisser le choix.

J'ai volé dans ses bras, jamais je n'avais connu un homme qui ait autant le sens de la danse, un merveilleux partenaire, léger comme un papillon et doux comme du miel. J'étais dans un rêve. Il chuchotait dans mon oreille, me disant qu'il savait de nombreuses danses, et même des danses d'Amérique du Sud, d'un pays appelé Argentine où il avait passé plusieurs mois. Il avait de grands projets pour la France, il voulait ouvrir une école de danse ou peut-être une salle de spectacle à Paris mais pour l'instant ses affaires le retenaient à Marseille. Si j'aimais la danse, si j'étais douée, comme j'en avais l'air, il pourrait peut-être me proposer un numéro ? En entendant ces mots j'ai rougi de plaisir et d'espoir.

Nous nous sommes rassis avec Simone, et à la manière dont elle le regardait, j'ai tout de suite compris non pas seulement qu'elle l'aimait, mais que c'était un amour fou, tenace, comme dans les livres. Au même instant, j'ai senti le besoin violent de recevoir une part de cet amour, d'appartenir à leur vie, de me mêler à eux, à leur aisance et à leurs soucis même, s'ils en avaient. C'était du magnétisme, comme si enfin, après avoir tant cherché, j'accédais à un monde jusque-là seulement entraperçu. Je le savais, je voulais être avec eux, à la place qu'ils me laisseraient occuper, c'était mon seul espoir d'échapper au morne destin de la rue Pisançon.

Simone sans me regarder s'est adressée à Fredval : « Alors, elle te plaît, cette petite ? » « Ma foi, elle est jolie, et elle sait danser. » Fredval nous a proposé de reprendre un verre, et en allant les chercher au bar il a encore été accosté par plusieurs femmes. Simone a eu un vilain sourire, et elle m'a expliqué : « Tu sais, il plaît aux femmes, on ne peut rien y faire. Celles-là je m'en fous, ce ne sont que des petites putes. Et puis je suis partageuse, moi, je sais bien qu'un homme a besoin de plusieurs femmes dans son lit, et moi aussi j'ai d'autres amants. Mais ce que je veux, c'est qu'il n'aime que moi, je ne partage pas son cœur. Tu as compris ? J'ai bien vu qu'il te plaît, à toi aussi. Tu pourras l'avoir : mais n'essaye pas de me le prendre en entier, sinon je te détruirai. Et puis, tu sais, il va bien t'aimer un moment, mais ce qu'il veut au fond c'est une bourgeoise, une femme du monde, et je crains bien qu'un jour il ne m'abandonne. Ce jour-là, je la tuerai et je le tuerai ! »

Elle s'est tue quand il est revenu, il paraissait de fort bonne humeur, nous avons bu nos verres en blaguant puis il a proposé à Simone de la raccompagner. « Et cette petite, où est-ce qu'elle loge ? Elle ne va pas rentrer toute seule à cette heure de la nuit, Simone, tu as une chambre de libre, tu pourrais la lui proposer. » J'ai tout de suite dit non en espérant que Simone insisterait et c'est ce qu'elle a fait. Nous sommes donc partis tous les trois, en voiture, jusqu'à la rue de la République, pas loin du Vieux-Port et des Vieux Quartiers, mais dans un immeuble bourgeois qui me paraissait bien plus luxueux que ma pension de la rue Pisançon.

J'étais joyeuse, le vin que j'avais bu toute la soirée m'était monté à la tête et Simone nous a encore offert du cognac. Elle s'est assise sur les genoux de Fredval et l'a embrassé en lui déboutonnant sa chemise. Assise dans la cuisine, je ne savais que faire et je me suis levée pour partir, quand il m'a rattrapée par le bras. Il m'a assise sur son autre cuisse et m'a embrassée dans le cou. J'ai regardé Simone, un peu effrayée, et elle m'a lancé dans un souffle : « Qu'est-ce que tu attends ? Ne fais donc pas ta petite mijaurée ! » En moins de temps qu'il n'en faut pour le dire, nous nous sommes retrouvés tous trois nus sur un lit, nous embrassant et nous caressant. Il m'a d'abord fait l'amour, ce fut rapide et un peu brutal, puis il nous a demandé de nous exciter toutes les deux pendant qu'il reprenait son souffle, sans cesser de nous regarder.

J'avais déjà fait l'amour avec d'autres femmes, il y en a eu deux autres après Mimi, je ne les aimais pas, mais avec Simone je retrouvais des sentiments éprouvés seulement pour Mimi. Ses mains étaient très douces, elle savait où me donner ses caresses, et tout mon corps frissonnait bien plus qu'avec de nombreux hommes. Je compris alors que j'aimais ces deux êtres, je ne sais pas si c'est possible mais j'éprouvais un amour véritable, infini, pour eux, j'étais bien entre leurs bras. Au bout d'un moment, Fred m'a repoussée de Simone et il s'est couché sur elle tandis que je lui embrassais le dos. Puis il s'est endormi et j'ai fermé les yeux moi aussi, pleine de bonheur.

Au petit matin, il s'est levé, Simone lui a demandé de rester mais il avait une affaire urgente à traiter. « Elle est bien, cette petite, elle te plaît ? », il lui a demandé. Simone a fait oui de la tête. « Écoute, elle va venir vivre ici, elle dormira dans l'autre chambre, elle te tiendra un peu compagnie, et puis elle fera ton ménage. Tu vas aussi la faire travailler, tu vas lui expliquer, mais elle m'a tout l'air d'être déjà au jus. Elle aura pas de mal à trouver des michés, elle a un joli visage. Je vais m'arranger avec la mère Caspar pour la rue Pisançon. Je veux pas me mettre mal avec elle, alors tu viendras pas tout de suite habiter ici, mais dans deux semaines au plus tard tout ça sera réglé. » Il m'a pris le menton entre ses doigts : « Tu vas te plaire, ici, avec Simone, avec moi. Tu sais comment ça marche, faudra que tu ramènes de l'argent chaque jour, sinon je me fâcherai. Mais si tu es honnête, je serai bon bougre et puis Simone s'occupera de toi et toi tu t'occuperas d'elle, vous serez bien. »

Il est parti, et Simone a commencé à sangloter doucement, j'ai craint que ce soit à cause de moi mais elle m'a prise dans ses bras et je l'ai consolée. Puis elle s'est levée pour aller chercher une bouteille de vin et on a bu toutes les deux. Je voyais bien que son amour fou pour Fredval lui causait du souci, mais à ce moment-là je pensais seulement que j'étais presque au bout du voyage : je quittais la rue Pisançon pour un appartement bourgeois, j'allais abandonner les petits boxeurs et les marins de mon garni pour des messieurs en costume, et surtout j'allais vivre auprès de Simone et de Fredval. J'étais heureuse et prête à tout pour eux. Ils ne pouvaient que me conduire au bonheur.

Simone Marchand

Yvonne c'est votre lot de consolation, il vous l'a mise dans vos pattes, petite idiote, naïve, gracieuse et touchante quand même, elle a su vous atteindre. Elle ment comme elle respire. Il y a du vrai dans ses mensonges, du vrai dans sa solitude et dans son besoin d'amour. Finalement vous ne la détestez pas. Elle t'aidera a dit Fredval, elle fera des clients et ça sera moins fatigant pour toi, et puis tu peux lui demander des services chez toi, et puis elle est mignonne. Vous veniez de lui faire une scène, une vraie scène, la plus violente de votre passion. Au bord de la rupture, quoi qu'il en coûte, Cyprien l'avait suivi, un homme de main, cher payé, pour l'espionner, il avait vu sa bourgeoise, sa Jeanne Lion. En temps normal c'est vous qui humiliez les hommes, votre rage est montée, vous auriez pu le frapper, vous avez pleuré et quand il est revenu vous l'avez insulté, vous lui avez dit que l'argent c'est fini et il a rugi et il a cogné encore. Presque un soulagement, encore une fois, de le voir éprouver un sentiment pour vous, même de la colère et puis il s'est soudain calmé et il a parlé doucement, il vous a embrassée et ça valait des excuses.

Il a besoin de l'argent de B. à travers vous, mais peut-être aussi qu'il vous aime et même si c'est une possibilité infime, vous la prenez, d'ailleurs il l'a déjà dit, des mots, de simples mots mais un frisson dans le cou, une chaleur dans le cœur. Des mots qui font tant d'effet, ils ne peuvent pas être complètement faux.

Yvonne est arrivée deux jours après la dispute, au Palais de Cristal, elle a couché avec vous et avec Fredval, à trois mais avec lui ça ne vous dérange pas. Elle ne fait pas le poids, pas une chance avec Fredval, même si vous avez lu dans ses yeux à elle l'espoir et l'amour. Vous l'avez un peu détestée mais pas trop, pas par jalousie mais parce que vous l'avez trouvée bête et c'est votre propre bêtise que vous détestez. Elle s'est révélée gentille fille, docile, en admiration devant vous, devant Fredval, de bonne volonté avec les clients et en effet elle aurait pu finir pire, dans un garni des Vieux Quartiers, à écluser des marins pour pas grand-chose. Avec Fredval, avec vous, elle a un chez-elle, de belles toilettes et finalement ça explique, vous en avez presque souri d'être une chance pour elle, sa chance.

Finalement, Yvonne, elle permet de ne pas être seule, de parler, de raconter comment vous aimez Fredval et qu'il va vous emmener loin de Marseille et que B. malgré son argent, malgré ses cadeaux, vous le laisserez sans un mot, sans un remords, sans un regret. Vous lui avez demandé de parler de Paris, des quartiers où ce serait le mieux pour la salle de spectacle, des endroits où on peut s'amuser. Fredval la baise de moins en moins, il ne supporte pas ses yeux de chien fidèle, il déteste celle qui s'attache à lui et vous essayez d'en tirer des leçons pour vous-même. Fredval la cogne quand elle ne ramène pas assez et parfois il la cogne pour le plaisir, parce qu'il ne peut plus vous cogner, parce qu'il sait avoir atteint une limite depuis votre scène. Il ne veut pas vous perdre, vous ou votre argent, peu importe tant qu'il tient un peu à vous.

Il la cogne et vous avez mal pour elle mais en même temps vous ne pouvez pas vous empêcher d'apprécier ça, de la voir gémir doucement, pleurer ensuite, de voir la peur dans ses yeux, vous aimez que ça lui arrive à elle et pas à vous. C'est bien fait, elle n'aurait pas dû s'attacher à lui. Vous aimez qu'il la cogne parce que ce n'est pas vous qu'il cogne, pas vous qui l'énervez, du plaisir, un peu, à la voir souffrir elle et pas vous sous ses coups de poing, de pied, pas un vrai mac, Fredval, il ne sait pas se maîtriser, contrôler sa force pour ne pas faire de marques. Vous êtes cruelle, vous le savez, mais voir Yvonne être tapée attriste et réjouit à la fois.

Elle est partie déjà deux fois et vous avez craint d'être seule avec Fredval. Vous avez eu peur et vous vous êtes réjouie, parce que vous aimez Fredval et vous aimez Yvonne, intruse immiscée mais tampon entre vous et lui. Vous avez eu peur qu'il la batte encore plus fort, peur qu'elle ne revienne jamais, que tout redevienne comme avant elle, mais est-ce mieux maintenant ? Vous avez voulu qu'elle meure, égorgée dans une rue par un client. Vous avez voulu sa mort à lui aussi. Ainsi tout serait fini et vous n'auriez pas à regretter un mort une morte.

Vous avez voulu qu'elle revienne en pleurant et la consoler dans vos bras parce que vous êtes plus forte qu'elle. Vous avez voulu que Fredval ne la cherche pas mais il a demandé où elle était, pourquoi vous étiez sans nouvelles, il vous a donné une gifle, une petite, lasse, du revers de la main, douleur à cause de la bague mais ça n'était pas fait exprès, vous vous êtes dit. À son retour le dégoût dans ses yeux à lui, dégoût croissant, vous avez compris qu'elle l'insupporte, trop soumise, trop amoureuse, vous espérez ne pas lui ressembler. Il a dit qu'il montait à Paris sans vous, vous avez insisté pour l'accompagner à la gare, pour être sûre qu'il partait seul, pour le voir une dernière fois monter dans ce train, pour l'embrasser. Vous auriez voulu qu'il vous emmène, pour le dancing, voir Paris avec lui.

Vous lui avez fait promettre d'envoyer une carte, quelque chose, dès que le train s'arrête. Il a dit peut-être. Vous détestez Fredval, parfois, vous voulez sa mort, des larmes de rage dans les yeux, vous détestez ses amantes, des femmes de la haute, une Odette, une Magda, Madeleine en vérité, quelques voyages en Amérique du Sud et elle choisit ce surnom. Elle croit que ça la rapproche de lui, elle est ridicule, vous voudriez la tuer. Il y en a encore d'autres que vous ne connaissez pas. Vous voudriez toutes les tuer. Sauf Yvonne. Vous vous dites, après tout, pourquoi ne pas partir avec elle, une gentille fille, belle, docile, pourquoi ne pas la faire travailler à Paris ou à Marseille, ouvrir votre propre établissement, devenir patronne avec une fille pour commencer, Yvonne, puis deux ou trois filles, des gentilles, bien élevées, un endroit de qualité, faire quelque chose de votre vie, sans Fredval, sans homme, loin.

Yves Couliou

Quand je suis sorti de l'hôpital, la guerre était finie. Je savais que je devais faire attention à l'alcool, je voulais pas retomber dans mes visions et mes cauchemars alors j'ai pas bu comme sur le bateau. Je suis passé en Bretagne dire bonjour à la mère et j'ai retrouvé Polge. On avait nos régulières à Paris, Léo, qui voulait qu'on l'appelle Germaine, et Marcelle, des bonnes filles, travailleuses et prêtes à tout pour nous.

On voulait pas se faire pincer alors on a changé souvent d'adresse, de nom. On passait de garni en garni, parfois des hôtels : Paris, rue de Steinkerque, rue Labat, rue de Turin. Pour la profession, je me disais représentant de commerce, ça inspire confiance, et puis ça explique pour les déménagements. Germaine était couturière ou artiste. On volait par-ci par-là, on jouait, on volait ou on escroquait quand c'était possible. On faisait travailler les filles, elles étaient jeunes, c'était facile. Ensuite on est allés à Metz, pour voir du pays. Polge et Marcelle étaient partis voir du côté du Havre. Germaine a fait fille de salle au Mosella, un bar de la rue des Clercs. Elle montait parfois avec les clients. C'était la belle vie, on avait de l'argent et on le dépensait. J'ai recommencé à boire mais du bon vin, ça changeait.

Pour pas se faire attraper, fallait pas qu'on me reconnaisse, alors j'ai acheté de la teinture. Je me suis quand même fait repérer et on est vite repartis à Paris, rue de la Victoire. Je changeais souvent de nom pour pas laisser de traces. Je me suis appelé Alexandre Macé, Georges Dufour. Une renaissance à chaque fois.

À Paris on a retrouvé Polge qui avait eu des ennuis au Havre. Moi ça m'aurait été de rester un peu au même endroit. Je voulais que Germaine s'installe dans une maison de passe pour que ça soit plus régulier, plus sûr aussi. Elle aurait gagné une bonne somme chaque mois. La vie tranquille j'aurais pu m'y faire je crois. Mais Polge ça lui suffisait pas. Il avait envie de voyage et la police le cherchait, il voulait changer d'air.

J'avais été enfermé si longtemps dans ma vie que ça m'allait aussi de me promener. On a dit au revoir aux filles et on s'est baladés. À Toulouse on a rencontré deux belles garces avec qui on s'entendait bien. On est restés un peu là-bas, on prenait du bon temps avec elles et on leur empruntait de l'argent sur ce qu'elles gagnaient. On est rentrés à Paris une semaine pour nos femmes, on leur disait qu'on voyageait pour nos affaires, elles posaient pas de questions.

On est revenus à Toulouse mais pas pour longtemps, Polge avait toujours la bougeotte. On est partis en pleine nuit avec l'argent des deux filles, elles dormaient encore et elles ont rien entendu, faut dire qu'on avait bien bu. On a pris le train pour Montpellier, on y est restés quelques jours. On s'est fait une vitrine, comme au bon vieux temps d'avant-guerre, avec un pavé. Ça nous a pas rapporté beaucoup mais c'était pas grave. Puis on est allés à Toulon où je connaissais un marin de l'époque de la guerre. Je me disais qu'il pourrait nous aider, il avait peut-être des idées pour gagner un peu d'argent. Son bateau était parti, il y avait trop de militaires là-bas, des marins. Des bars et des putes, aussi, on a claqué notre argent de Toulouse, de Montpellier. Cette ville aurait pu nous plaire mais Polge s'est battu dans un bar avec des marins. Il en a allongé deux d'un seul coup de poing. Leurs compagnons de bord sont partis, mais ils ont promis de nous retrouver. Ça devenait risqué, avec son physique, Polge, on pouvait pas le rater. Ils sont rancuniers, les marins. Il fallait partir.

On avait parlé d'Argentine. C'était loin. On a décidé d'aller à Marseille.

24 septembre 1920
Simone Marchand

Vous êtes dans une rage folle mais vous l'avez quand même accompagné à la gare. C'est comme les paroles de Mistinguett qui vous trottent dans la tête : « I'm'fout des coups / i'm'prend mes sous / je l'ai tellement dans la peau / qu'j'en suis marteau / dès qu'il s'approche c'est fini / je suis à lui. » Il prend son train en retard, comme d'habitude, il vous embrasse du bout des lèvres, ces lèvres que vous savez partager avec d'autres, avec Yvonne bien sûr encore qu'elle le dégoûte à présent.

Vous le croyez toujours parce que vous voulez le croire, monter un dancing avec lui à Paris, quitter Marseille et même si c'est pour votre argent, ça ne peut pas être seulement pour ça. Et maintenant qu'il est parti, le train s'éloigne de la gare Saint-Charles, vous allumez une cigarette et vous repliez la jambe contre le mur, sans même penser que de cette manière vous apparaissez pour ce que vous êtes, une cocotte quand bien même vous prétendez à mieux, à être traitée comme une dame. Vous avez rendez-vous avec Yvonne mais elle ne vient pas, elle aura oublié, cette petite sotte, ou bien elle vous en veut, allez savoir pourquoi.

Vous n'avez pas remarqué tout de suite les deux hommes qui s'approchent, ils ont l'air de gentlemen bien habillés qui sortent d'une voiture, coiffés tous les deux d'un chapeau. Un grand que vous regardez intensément en le fixant de vos yeux bleus, des bras puissants et un torse large, il est un peu en retrait, c'est l'autre qui parle, un blond, un peu dégarni, plus petit, moins costaud, un nez allongé et point. Il vous demande si le train qui vient de partir est bien le dernier pour Paris. Le plus grand des deux tient un sac de voyage jaune qui n'a pas l'air très rempli, ils sont embarrassés, peut-être ne savent-ils pas comment vous parler, comme à une pute ou comme à une dame, ils allument une cigarette, ils vous en offrent une.

Vous pensez à Fred qui est parti brusquement, comme ça, à peine une explication. Vous pensez à Fred qui est parti sans vous. Vous devinez un lien avec sa bourgeoise, la Lion sans doute, mais peut-être pas, vous ne savez pas laquelle, une de ces femmes qui vous regardent de haut, se croyant supérieure alors qu'en définitive elle couche avec le même homme. Alors d'un coup vous vous dites pourquoi pas, pourquoi pas un des deux et vous leur proposez de boire un coup, de toute façon ils n'auront pas d'autre train pour Paris, il est trop tard. Les deux hommes acceptent, ils vous suivent, vous vous arrêtez et ils offrent un verre dans un café. Vous voulez ensuite aller au Terminus mais il est fermé.

Vous passez à la Poste pour envoyer à Fredval un télé-gramme rageur qu'il trouvera à son arrivée à Paris, dans son hôtel. La compagnie des deux hommes vous est agréable, ils causent peu, surtout pas d'eux, et ils vous raccompagnent, ils se regardent quand vous arrivez en bas de l'immeuble, ils semblent un peu impressionnés par sa taille, vous en êtes fière. Il est plus de minuit, Yvonne est dans sa chambre et vous n'avez pas les clefs. Vous l'appelez par la fenêtre, elle ouvre, mais vite, un miché l'attend dans sa chambre. Les deux hommes demandent s'ils peuvent monter et dormir ici, ils sont prêts à payer, vous acceptez.

Nez-Pointu (ce sera Nez-Pointu, vous avez décidé, puisqu'il n'a pas dit son nom) propose à Yvonne de la payer le double si elle renvoie son miché. Elle hésite un peu, elle vous regarde et puis elle dit oui, Fredval est parti mais Fredval peut revenir, la frapper encore parce qu'elle ne rapporte pas assez, alors être payée le double, c'est une aubaine. Vous voyez à peine le client éconduit qui s'en va, un petit jeune homme en uniforme, bien dépité, c'était un militaire, mais Nez-Pointu a proposé deux cents francs au lieu de cent !

Les deux hommes rient, ils demandent à boire, vous apportez du cognac et de la bière. Vous buvez, Yvonne boit, ils boivent, l'ambiance est joyeuse. Nez-Pointu est en bras de chemise, vous voyez les tatouages sur son bras, vous aimez ça, il fait le pitre, il danse, invite Yvonne ; le plus grand, l'Athlète, fait des acrobaties, il montre ses muscles, il vous invite à danser et il vous porte d'un seul bras. Vous sentez ses bras et vous décidez : ce sera lui ce soir, pour changer de ceux minces de Fredval. Yvonne rit, collée à Nez-Pointu, elle est soûle, elle a bu plusieurs verres déjà dans la soirée. Vous vous sentez plus sobre mais joyeuse quand même, l'Athlète vous fait tournoyer dans les airs, vous essayez de l'embrasser dans le cou quand il vous repose à terre mais votre tête tourne.

L'espace d'un instant vous oubliez Fred, ses mensonges et ses tromperies, vous sentez que ces deux hommes sont des vauriens sous leurs beaux habits, vous les cernez mieux à la lumière de l'appartement, mais peu importe, vous les aimez, les mauvais garçons, il suffit de profiter de la soirée et d'être payée en plus ! Vous allez dans votre chambre avec l'Athlète, il vous déshabille et vous précipite sur le lit, il enlève son pantalon, il est maladroit et vous riez, il vous écrase de son poids et il vous fait l'amour rapide, sans beaucoup d'égards ni de tendresse mais peu importe vous avez l'habitude, et puis il vous serre dans ses bras et vous enfouit dans son torse. Vous entendez Yvonne crier et rire dans sa chambre, ça aura duré plus longtemps, vous somnolez un peu.

On frappe doucement à la porte, Nez-Pointu entre, il demande à votre amant du parfum, ce dernier se lève et le sort du sac de voyage jaune. Un mouvement de menton et de tête, et l'Athlète : « Elle est épatante cette femme je resterais bien plusieurs huitaines. » « Combien ? » demande Nez-Pointu, l'Athlète fait cinq de la main et répond : « Cincos ! » Vous souriez, l'Athlète revient et vous vous endormez.

Sa main sur votre nuque vous réveille brusquement, il est cinq heures du matin, vous le savez parce que vous voyez l'horloge tandis qu'il vous étrangle, « Oh ma jolie », il fait, avec sa main il aurait pu vous rompre le cou rapidement mais vous criez, ou plutôt vous gargouillez « Pitié ! Pitié ! Mes bijoux, mes bijoux ! » et sa pression se relâche. « Ferme ta gueule, je te tue pas mais reste couchée et ferme ta gueule, tu vas me montrer où ils sont tes bijoux. » Vous vous frottez le cou, il est tout rouge dans le miroir, vous pleurez doucement mais en essayant de ne pas faire de bruit. L'Athlète vous prend par le bras, il vous relève, vous le suppliez d'aller aux waters, « Les bijoux d'abord », il bougonne, vous lui désignez l'armoire et vous lui en ouvrez la porte, il regarde le petit coffre dans lequel vous rangez vos bijoux, ses yeux brillent d'excitation, sa convoitise le rend imprudent et il lâche votre bras.

Vous courez vers les waters, il vous suit, vous lui fermez la porte dessus et vite vous ouvrez la fenêtre et vous vous suspendez, en chemise, au-dessus de la rue ; et enfin vous hurlez vous hurlez comme vous n'avez jamais hurlé en tenant de vos doigts crispés l'encoignure de la fenêtre, vous criez comme une possédée et vous ne pensez pas une seconde à Yvonne ni à votre cou qui fera mal, qui brûlera plus tard.

Vous vous appelez Simone Marchand et vous n'êtes pas morte.

**Carte postale postée par M. Alfredo Soggiu, dit Fredval,
à Simone Marchand le 24 septembre 1920,
cachet de la poste du 25.**

131 DIJON. — Le Parc Darcy. — The Darcy Park.

J'attends le départ du train et je pense à toi. Tout à toi Fred
qui et bien triste. Je t'aime. Fred.

Yvonne Schmitt

Il m'a brisé la nuque, j'ai du mal à y croire, il a profité de mon sommeil lourd, trop lourd, je n'aurais pas dû boire. J'entends Simone, elle crie, elle supplie, elle aussi va y passer à moins que… Elle a toujours eu tellement de chance. C'est une rose, je n'étais qu'une mauvaise herbe accrochée à son jardin et je vais mourir. Si elle savait, est-ce qu'elle me pardonnerait ? J'étais sa petite Yvonne, la petite Parisienne gaie et bavarde, elle m'appelait son pinson, le pinson, ils lui ont tordu le cou.

Je ne sens plus rien, j'ai même pas mal, les salauds. Ça se bouscule, je crois que je pars, je la revois la première fois, si belle, si blonde. J'espérais je ne sais quoi, un richard peut-être, j'avais ma plus belle robe, celle qui aurait été pour les fiançailles. Et ce fut Simone. Et ce fut Fred.

**Photographie de la scène du crime
issue du dossier de police.**

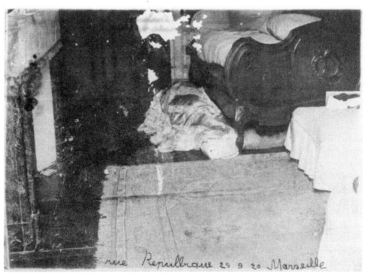

PARTIE 2
L'enquête

Télégramme envoyé par M. Alfredo Soggiu, dit Fredval, à Simone Marchand le 26 septembre 1920.

Paris, 14 octobre 1920, rapport n° 130

Inspecteur Loublié, direction de la police judiciaire

M. Schmitt, Gustave-Gaston, né à Rouen, le 20 octobre 1876, ouvrier à l'usine de Carbure, 32 rue de Lorraine, à Levallois-Perret, personnellement domicilié 55 rue Victor Hugo, où il est concierge, même localité, s'est présenté à la police judiciaire et a déclaré :

Par la lecture des journaux, je viens d'apprendre que ma fille Schmitt Yvonne-Juliette, ex-ouvrière, en dernier lieu danseuse, avait été assassinée à Marseille. Elle a quitté le domicile paternel il y a trois ans, pour vivre à sa guise. Dans le courant du mois de février 1920, elle a séjourné à la maison pendant quinze jours environ.

Elle venait de quitter un Anglais nommé Jemmy, avec lequel elle aurait vécu à l'Hôtel du Continent, rue Mogador ; celui-ci se serait séparé d'elle parce qu'il aurait appris qu'elle entretenait une seconde liaison avec un Espagnol.

Marié en secondes noces, ma femme actuelle qui s'est toujours intéressée à elle, a dû payer une certaine somme au propriétaire de l'hôtel Continent, pour obtenir la restitution de ses vêtements et objets divers qu'il avait conservé en garantie de ce qu'elle devait. Personnellement, pas plus que ma femme du reste, nous ne connaissions ni l'Espagnol ni l'Anglais ; ma fille m'a dit qu'elle voyait presque chaque jour l'Espagnol au Grand Café, entre 6 h et 6 h 1/2 du soir. Nous ignorions ses relations. Nous savions cependant qu'elle fréquentait le dancing de l'Olympia.

Les 11 et 23 juillet, nous avons reçu d'elle des lettres venant de Marseille ; elle résidait alors à une adresse dont je n'ai plus le souvenir, bien que nous lui ayons répondu. Sa dernière lettre, à laquelle nous n'avons pas répondu, est du 20 août ; à ce moment elle nous donnait son adresse chez Mme Simone Marchand, 19 rue de la République.

Mme Schmitt, née Lenouvel, Marie, le 3 avril 1882 à Savenay (Loire-Inférieure), ménagère, femme du précédent, demeurant 55 rue Victor Hugo, à Levallois-Perret, a déclaré :

Je me suis mariée à Levallois-Perret, le 11 février 1915, avec Schmitt Gustave, veuf, père d'une fille Yvonne, âgée de 16 ans. Ma belle-fille, qui avait une conduite déplorable, a quitté le domicile paternel en 1917.

J'ai appris par la suite qu'elle se livrait à la prostitution. Je ne l'ai revue que cette année vers février, elle était dans le dénuement le plus complet et n'avait ni argent ni vêtements. Elle est restée une quinzaine de jours à la maison, puis elle est repartie sans nous prévenir autrement. Pendant son séjour à la maison, ma belle-fille nous a avoué avoir eu des relations avec un Anglais nommé Jemmy, à l'hôtel du Continent, rue Mogador. Celui-ci l'aurait quitté parce qu'elle avait d'autres liaisons. Je n'ai pas eu de ses nouvelles avant le 6 juillet, date à laquelle j'ai reçu une lettre de Marseille. Elle résidait à cette époque rue Pisançon, dans une maison de rendez-vous. Le 29 août, j'ai reçu une nouvelle lettre, elle donnait comme adresse Simone Marchand, 19 rue de la République.

Je n'ai jamais connu et ne connais pas les relations de ma belle-fille ; toutefois je sais qu'elle a été l'amie d'une dame Germaine, qui fréquentait l'Olympia et qui pourrait peut-être vous fournir des renseignements sur les relations de ma belle-fille.

L'inspecteur
Signé : Loublié

André Robert

J'ai donné deux fils pour la France. Pourtant on m'a mis à l'écart après cette affaire, alors que je n'avais pas démérité. J'ai fait mon travail de policier, j'ai enquêté, je ne suis pas le type de commissaire qui se contente de signer la paperasse. Je pense souvent à mes fils, ils sont morts sans que j'aie pu les serrer dans mes bras. Alors, à côté, ma carrière, ça ne compte pas. J'ai fait ce que je pensais juste. Eux aussi. Ils sont morts en pièces détachées, tous les deux sous les obus, l'un tellement enterré qu'on n'a retrouvé que des morceaux. Ils auraient pu se faire exempter, faire les embusqués, mais ils ont voulu combattre, pour la patrie, parce que c'était leur devoir. L'aîné était volontaire dans l'infanterie parce qu'il voulait voir le Boche au fond des yeux avant de le tuer. Il n'a même pas eu le temps de participer à un assaut avant de mourir. À choisir, j'aurais préféré les savoir morts d'une balle, pas comme des taupes au fond de leur trou.

On ne choisit pas, je n'ai plus de fils, il me reste une fille. Celle qu'on avait trouvée morte pourrait avoir son âge mais elle avait des années de plus en matière de vice. Personne ne rendra justice à mes fils, moi je voulais la rendre pour elle. Mon enquête était soignée, minutieuse. Il n'y a pas eu d'enquête pour René et Charles. Pourtant ils valaient dix fois plus que cette Yvonne Schmitt.

Pour le premier, la douleur a été insupportable. Pour le deuxième, j'aurais voulu mourir. Mais je n'ai rien laissé paraître, je suis fort. Je me suis dit que je devais célébrer leur mémoire à ma façon, en continuant à faire mon métier. À ma façon, je combats pour la France, moi aussi. J'étais trop vieux pour aller dans les tranchées, mes fils y sont morts pour moi. La guerre aurait pu, elle aurait dû être gagnée plus vite si ce pays n'était pas gangrené. Pour cela il aurait fallu que tout le monde soit exemplaire.

J'ai voulu nettoyer les écuries d'Augias. Ils sont nombreux ceux qui ont profité de la guerre, rastaquouères et youpins, usuriers et bandits. Pendant que les braves combattaient, les salauds prospéraient. Notre pays est victorieux mais il souffre d'un mal intérieur, aussi périlleux que la menace ennemie. En Russie, ce mal a abouti à l'écroulement de la société tout entière. Il a un nom : le bolchevisme.

Il faut au moins reconnaître à ces bolcheviks leur détermination, même scélérate. Leur morale est méprisable, mais leur dureté force le respect. Rien de tout ça ici, dans notre France trop alanguie. La corruption dont souffre ce pays est insidieuse, elle passe par des voies détournées, elle est femelle.

La France ne tombera pas comme un bloc, comme le tsar. Elle est rongée par petits bouts, elle se désagrège, elle perd sa substance. Trop de sang vaillant a coulé pendant cette guerre pour que la survie de l'organisme tout entier n'en soit pas affectée. La guerre a élagué les membres sains et laissé vivre les malades, ils tentent maintenant de répandre leur infection.

Je n'en veux pas à la pourriture de pourrir, j'en veux à ceux qui pourraient nous en débarrasser de ne pas agir de manière énergique. Cette énergie, je l'avais, malgré le deuil le plus cruel, j'ai voulu débarrasser notre société d'une partie de ses corps malades. Je l'ai fait avec cœur et avec envie, même quand mon âme sombrait sous la tristesse. J'en ai été bien mal récompensé.

Il y a des moments où la pourriture qui sourd habituellement en toute discrétion devient soudainement visible. Les braves gens, qui parfois sont lâches, ne peuvent alors plus se cacher. Ils doivent avoir la sagesse de laisser agir les hommes d'action, dont je suis. Ils doivent nous laisser couper, trancher, soigner.

L'affaire de l'Athlète et Nez-Pointu aurait pu être l'une de ces occasions. Elle aurait pu être un grand déballage et un grand ménage. Elle aurait été une contribution, modeste mais réelle, au relèvement de la France après la terrible épreuve traversée. Il aurait fallu me laisser les coudées franches et accepter d'entendre la vérité : certains innocents peuvent être aussi néfastes que des coupables. J'étais prêt à faire le sale travail, ils auraient pu se fermer les yeux, boucher les oreilles, et me laisser procéder, à ma manière.

L'affaire a fait la une de la presse, qui s'en est délectée. C'est à elle qu'on doit les surnoms des assassins, l'Athlète et Nez-Pointu, comme s'il s'agissait de je ne sais quel cirque, ou d'une sinistre blague, et non de dangereux malfrats. La victime valait à peine mieux que ses assassins : une petite catin, une garce aguicheuse, qui a péri par où elle avait péché. J'ai envoyé l'inspecteur Loublié à Paris pour enquêter auprès de sa famille : sa propre belle-mère la considérait comme une fille de rien. L'autre garce, celle qui a survécu, suspendue à sa fenêtre, je me la suis réservée. Elle a une longue expérience du vice. Pour les journaux, ce qui comptait, c'était une jeune femme assassinée et une autre qui en réchappe de peu. Ils avaient leurs victimes, ils ont lancé bruyamment l'affaire, moi je savais qu'elles n'étaient pas toutes blanches.

Je crois que si la vermine s'élimine entre elle, les honnêtes gens ne s'en trouveront pas plus mal. Mais on ne peut tolérer un tel exemple pour la société. Il fallait punir les coupables, bien sûr, rendre justice. Mais ça ne suffit pas. Pas dans une affaire comme celle-là où tous les protagonistes ont quelque chose à se reprocher du point de vue de la morale. On aurait pu profiter de l'affaire pour mettre en place un nettoyage en profondeur et pas un simple curetage. Il fallait un homme déterminé, prêt à envisager l'affaire sous toutes ses consé-quences et ramifications. Un homme prêt à couper plus que nécessaire pour le bien de la société. J'aurais voulu être cet homme, on m'en a empêché.

Tribunal de 1ᵉʳᵉ instance de Marseille.

Déposition

L'an mil neuf cent vingt et le 11 octobre, par-devant Nous, Laurès, juge d'instruction au tribunal de Marseille, assisté de Joyet, huissier assermenté, a comparu, hors de la présence de l'accusé, le témoin ci-après nommé, auquel nous avons donné connaissance des faits sur lesquels il est appelé à témoigner.

Après avoir représenté l'invitation à lui donnée, prêté serment de dire la vérité, rien que la vérité ; requis par nous de déclarer ses nom, prénoms, âge, profession et demeure, s'il est domestique, parent ou allié des parties et à quel degré, le témoin a déclaré n'être ni parent, ni allié, ni domestique des parties, et a déposé ainsi qu'il suit :

Je me nomme Pérolini Mathilde âgée de 31 ans, sans profession, demeurant rue de la P. 7.

Je ne connais ni Simone Marchand ni Yvonne Schmitt. Fredval a été mon professeur de danse et je n'ai rien à lui reprocher. Tout ce que je sais c'est qu'il m'a dit en dansant qu'il avait habité l'Amérique du Sud et que j'ai su qu'il était surnommé Ficelle.

Lecture faite persiste et signe.

Cyprien Sodonou

Je raconte longtemps après, mais je raconte ce qui s'est passé dans ces années-là. Il y a plus de quinze ans mais c'était ma jeunesse, alors j'y pense avec émotion, avec tendresse, même si pour moi ça s'est mal terminé. Ça aurait pu être pire, je n'en veux pas à cette ville parce qu'elle m'a tout donné, tout ce que je pouvais espérer, moi, en partant de bas.

Alors parler de cette affaire de Simone Marchand, d'accord, mais pour moi ce n'est qu'une infime partie de ma vie à ce moment-là, c'était une petite histoire parmi tant d'autres, pas la plus importante parce que j'y risquais pas ma vie. À cette époque, les balles me sifflaient aux oreilles souvent, trop souvent pour que ça soit raisonnable, j'étais une tête brûlée, pas complètement, sinon je serais mort. L'affaire de l'Athlète et Nez-Pointu, j'en ai entendu parler, bien sûr, mais je me souviens surtout de mes activités, de mes quatre cents coups. J'y ai à peine participé, très indirectement, personne ne l'a jamais su, surtout pas la police. Elle a failli mourir mais moi aussi, tous

les jours à cette époque, chaque fois que je croisais un Corse.
Je l'ai jamais revue, on n'était pas du même monde, elle doit
à peine se souvenir de moi.

Alors je vais en parler à ma manière. Une manière qui est
pas dans les dossiers de la police, pas dans les journaux. Je vais
en parler mais je vais surtout raconter ce moment où nous, les
nègres, on a failli devenir les maîtres du port, de la rue. On
l'a été, un court instant. C'était notre espoir fou et on s'en est
même pas rendu compte, à l'époque, de la grandeur et de la
folie de ce qu'on faisait.

S'il y a une chose que j'ai bien comprise dans ce monde,
c'est qu'il faut s'y faire une place. Je crois que la mienne est
pas si mal finalement, vu que je suis parti de pas grand-chose
pour finir là où j'en suis à Marseille. Le petit gars de Porto-
Novo est devenu grand, j'ai mon propre bar, par ma femme,
c'est sûr, mais tout le monde sait que c'est moi le patron. C'est
pas un établissement pour les richards, mais le marin ou le
prolo qui veut se trouver une petite femme gentille pour passer quelques heures en oubliant ses soucis, il peut venir chez
moi et il est bien accueilli. Et celui qui veut seulement boire
un coup c'est pareil, on va pas mal le regarder parce qu'il en
a moins dans les poches.

Alors c'est sûr, c'est pas Byzance, mon troquet. Moi, ici, à
Marseille, j'ai commencé dans le Quartier réservé et j'en suis
pas sorti, pour le moment, je dis pour le moment parce que
mon histoire est pas finie. Ça fait plus de vingt ans que je suis
là et je suis pas près d'en partir de cette ville, parce qu'elle m'a
donné ma chance. Le nègre débrouillard et qui a pas froid aux
yeux, ici, il peut devenir quelqu'un. J'ai failli y laisser ma peau
plusieurs fois, je dis pas que c'était facile, mais voilà où j'en
suis et j'en suis fier. Je suis d'ici maintenant, on me connaît,

on sait que je suis un homme de parole. Les filles qui viennent chez moi, je leur prends ce qu'il faut, mais je leur laisse assez pour vivre, et si un gars les embête, je suis là.

Je prétends pas à plus haut, je sais rester à ma place. Celui qui m'emboucane, ça se passe mal, mais on me cherche plus parce que j'ai ma réputation maintenant. Je sais qui je suis, un petit qui a réussi, sans faire de l'ombre aux gros. J'en ai connu des arrogants qui ont fini avec une balle dans la tête ou un couteau dans le ventre. Bien fait pour eux après tout.

J'ai toujours eu de la chance avec les femmes, j'ai toujours su leur donner ce qu'elles aiment, des petits mots doux, des attentions, de la force quand on fait l'amour aussi. Aujourd'hui j'ai pris du ventre, un petit ventre d'homme qui a réussi à sa manière, modeste, pas un gros ventre de bourgeois, non, un ventre comme il faut et du muscle toujours quand même, il en faut dans mon métier. Mais à l'époque, quand je suis arrivé à Marseille, j'étais fort et elles aiment ça, les femmes. J'avais aussi des bonnes manières, j'avais appris sur les bateaux à force de servir les Blancs, c'est important les bonnes manières.

Ma chance, quand j'y pense, ç'a été les femmes et la guerre. Et puis Marseille. À Porto-Novo où je suis né j'ai eu la chance d'avoir un peu d'instruction, chez les frères qui m'ont bien appris à lire, à compter, et à respecter Dieu et la religion. C'est important parce que même si dans la vie on se débrouille, on fait comme on peut, moi j'ai toujours essayé de penser au Christ. Même quand j'ai mal agi, je lui disais dans ma tête, dans mon cœur, pardon mon Dieu, je sais que je pèche mais j'ai pas le choix, vous m'avez fait naître nègre du Dahomey et on peut faire mieux comme départ, alors je vais tout faire pour tracer mon chemin, je suis au pied de la montagne et la pente est trop dure alors il faut me pardonner les zigzags et les écarts parce que c'est difficile de monter droit. J'y suis arrivé, je me suis élevé à ma manière en essayant de faire le plus de bien et le moins de mal, mais je pouvais pas échapper au mal.

Savoir lire, savoir compter, c'était pas si mal, je suis pas allé plus loin. Je travaillais sur le port, je déchargeais les marchandises pour les compagnies qui faisaient du commerce, je portais les bagages des Blancs qui arrivaient en bateau. J'avais quatorze ans mais j'étais grand pour mon âge et j'avais déjà couché avec plusieurs femmes à Porto-Novo. Les frères disaient bien que c'était un péché mais ils ne savaient pas à quel point c'était bon. Je crois que ça fait partie des choses que Dieu m'a pardonnées.

À cette époque je travaillais pour un marchand libanais qui ne me traitait pas très bien. Les Libanais dirigeaient le commerce dans ma ville, avec les anciens esclaves revenus du Brésil, des nègres comme nous. Les Blancs s'occupaient surtout de l'administration, ceux qui faisaient dans le commerce étaient envoyés par les grandes compagnies et ils ne restaient que quelques mois. J'aurais voulu gagner de l'argent pour m'acheter des terres, prendre une femme, mais c'était difficile même si je gagnais plus que si j'avais labouré pour quelqu'un d'autre. C'était le destin de mon père avant de venir à la ville.

L'idée de devenir marin a trotté dans ma tête, je savais qu'on pouvait gagner encore plus en quelques années, des anciens marins étaient revenus riches, bien habillés, avec des cadeaux dans les villages. Certains étaient même devenus des chefs. Je me suis renseigné, dans les équipages les marins venaient d'un peu partout. Les marins nègres étaient nombreux, on les appelait les laptots. Avec la guerre en Europe, ils en avaient de plus en plus besoin.

Sur les bateaux, ça parlait dans toutes les langues, français, créole, italien, corse, anglais, hollandais. Tous ces langages, à l'époque pour moi c'était la tour de Babel de la Bible. Je savais les bons et les mauvais équipages, ceux qui balançaient sur le quai leurs ordures et riaient de voir les pauvres ramasser et manger. En m'embarquant, je pouvais avoir un salaire et surtout voir plus loin que Porto-Novo. Les équipages changeaient beaucoup, il fallait se faire introduire pour être embauché. D'abord j'ai payé une connaissance de ma famille qui travaillait à l'administration coloniale pour avoir une carte d'inscrit maritime. Puis j'ai rencontré un laptot avec lequel j'ai sympathisé, en échange du restant de mes économies il a bien voulu me présenter à un capitaine en disant que j'étais son frère.

Ils m'ont pris sur un bateau de commerce qui avait aussi des cabines pour des voyageurs. Je savais lire et écrire, je suis devenu maître d'hôtel, avec une belle veste blanche et un pantalon noir. J'aidais aussi aux cuisines quand il le fallait. Ainsi je suis devenu navigateur.

Le bateau se dirigeait vers Marseille. Cette ville ou une autre, c'était toujours la France, et j'espérais revenir riche à Porto-Novo. À bord, je m'étais lié avec ceux qui travaillaient en cuisine, comme moi, et surtout avec Bernard, lui aussi de Porto-Novo. Il avait déjà fait plusieurs traversées et il m'a appris les règles du bateau. Ensemble, on a rencontré un marin corse, Pascal. C'était la première fois de ma vie que je discutais vraiment avec un Blanc. On avait volé une bouteille de vin dans la cambuse, Bernard et moi, quand il nous a trouvés dans un recoin du bateau. Au lieu de nous dénoncer, il a bu et fini la bouteille avec nous. Depuis, j'en ai rencontré de toutes sortes, des Corses, mais à l'époque je ne savais même pas qu'ils venaient d'une île.

Il avait une manière de parler, un accent, que j'avais déjà entendu chez des Blancs en Afrique, des gens durs, des fonctionnaires de la colonie qui méprisaient les nègres. Pascal était bien différent, je garde un bon souvenir de lui malgré les événements du procès. Il nous parlait de son pays, de cette île si belle et de la tristesse d'être obligé de la quitter pour vivre. Il y avait aussi une histoire de fille, une de son village, sa promise, mariée finalement à un autre. Il était parti.

Avec Bernard on disait qu'il était un peu nègre comme nous, avec ses poils très noirs, sa peau et ses yeux sombres, ses gros sourcils. Un Blanc avec lequel parler sans recevoir des ordres. C'était nouveau pour moi. Tous les deux ils me racontaient comment ça se passait à Marseille, le port si animé, et puis le Quartier réservé, tout entier pour les marins, des bars pour boire et manger, des chambres et des pensions pour dormir, des filles à s'offrir pour pas grand-chose, à la portée de notre paye de marin, des Blanches, des Orientales. Toutes sortes d'amusements après une longue traversée.

Bernard pensait qu'avec ma belle gueule, avec ma grande taille, je pouvais me faire ma place là-bas. Il avait vu des nègres séduire des filles et les faire travailler pour eux. Lui, il était trop petit, le visage abîmé, un gros nez épaté et des lèvres trop grosses qui faisaient rire les femmes. S'il les payait, il pouvait baiser avec elles, mais il ne pouvait pas espérer se mettre à la colle et les faire travailler. Moi, oui, et il espérait que je n'oublierais pas son vieux copain et ses conseils si précieux.

Tribunal de 1ère instance de Marseille.

Déposition

L'an mil neuf cent vingt et le 25 octobre, par-devant Nous, Laurès, juge d'instruction au tribunal de Marseille, assisté de Joyet, huissier assermenté, a comparu...

Je me nomme Lion Théophile, âgé de 40 ans, industriel, demeurant rue de R. 118.

J'ai connu Fredval dès son arrivée à Marseille, il dansait à ce moment au Palais des Sports ; il m'a produit une impression défavorable. Madame Lion atteinte de la folie de la danse a pris cet individu comme professeur et j'ai eu la douleur de constater quelque temps après qu'elle le fréquentait assidûment. Je n'ai connu leurs relations intimes qu'au retour d'un voyage aux environs du 20 septembre. J'ai été mis au courant de cette relation par M. Louis Orus dont j'ignore l'adresse mais que vous pouvez trouver au café Bodega rue Saint-Ferréol, deux fois par jour. J'ai su que ma femme était terrorisée par Fredval qui la battait. J'ai décidé de corriger cet individu et je suis sorti du café Bodega, où j'avais conversé avec M. Louis Orus. En sortant j'ai croisé ma femme qui rentrait au Bodega. Je l'ai invitée à rentrer à la maison. Elle a insisté pour que nous passions par la Cannebière devant le Café de l'Univers vers 20 h (je crois que c'était le mercredi 22 septembre). J'ai aperçu tout à coup Fredval. Je me suis dirigé vers lui, je l'ai pris par le revers de son veston et je l'ai fortement secoué en faisant connaître que s'il ne quittait pas Marseille dans les 48 heures je le tuerai comme un cochon. Fredval s'est quelque peu regimbé, je l'ai giflé, j'allais lui sauter au cou lorsqu'il a pris la fuite. Madame Lion assistait à la scène. J'ai ramené ma femme à la maison et je lui ai fait connaître mon intention de divorcer. Je l'ai laissée à notre domicile et suis allé me coucher chez mon beau-frère M. Miel rue Sylvabelle. Ma femme a quitté Marseille depuis quelques jours, elle est actuellement à Nice, hôtel Williams.

Ma femme est une malheureuse détraquée qui s'est livrée autrefois aux pratiques de la cocaïne et de l'opium ; elle a cherché une fois à se suicider d'un coup de poignard, j'ai dû la faire surveiller pendant plus d'un an au Lavandou, elle était par conséquent une proie facile pour un individu sans scrupules comme Fredval.

Je n'ai connu Simone Marchand que parce qu'elle est venue dans l'auto de M. B. devant mon garage et j'ai été un peu surpris de voir qu'elle cherchait à « m'aguicher ». Je m'explique maintenant qu'elle ne devait agir que sur les conseils de M. Fredval et dans un but intéressé. Je ne me souviens pas avoir rencontré Yvonne Schmitt. Je ne vois pas qui cela peut être.

Lecture faite persiste et signe.

André Robert

Des putes qui meurent à Marseille, il y en a eu, il y en aura. Quand les macs ne sont pas contents, ils utilisent la manière forte. J'en ai vu des filles trouées à coups de couteau, fracassées à coups de poing, ou d'autres tellement balafrées qu'il aurait mieux valu qu'elles soient mortes. Quand ce n'est pas les macs, c'est les clients. Les marins de passage savent qu'on ne les rattrapera pas. Ou alors les filles entre elles sont capables de tuer par jalousie ou par haine. Quand tout ça se passe au Quartier réservé, c'est un moindre mal. C'est un lieu abandonné depuis longtemps au vice. Que peut-on y faire ? Dans un port comme Marseille, on doit composer avec la lie du monde : navigateurs, ouvriers, vagabonds venus des quatre coins de l'Orient et de l'Occident. On ne fait pas du commerce et de l'industrie avec des poètes et des dames de compagnie, je le sais bien. Il faut des bras, à qui on demande du muscle et non de l'âme. Les Vieux Quartiers sont un mal nécessaire, qui permet de circonscrire la débauche dans un lieu spécifique, autant que possible proche du port et autant que possible, pas assez hélas, éloigné des honnêtes gens.

Le problème de cette affaire, c'est qu'elle se situait à la limite. La limite entre les Vieux Quartiers et le reste de la ville, la limite entre le monde des prostituées et le beau monde. Tout est question de frontières. Nous avons combattu quatre ans pour les défendre, et voilà qu'elles s'effritent de l'intérieur. Une pute assassinée dans le Quartier réservé, c'est malheureux mais c'est dans l'ordre des choses. L'assassinat d'Yvonne Schmitt, la tentative sur Simone Marchand, au contraire, remettaient en cause ce qui doit être. Il y avait là deux femmes pas plus estimables ni valeureuses que leurs congénères du Quartier réservé, mais qui aspiraient à la vie bourgeoise. Deux femmes capables de porter le vice là où la société devrait en être préservée.

Je ne suis pas un naïf. Nos industriels, nos bourgeois, nos notables, nos officiers, ont aussi leurs faiblesses. Ils ne les satisfont heureusement pas dans les bas-fonds mais dans les maisons de rendez-vous et autres lieux de plaisir qui existent dans les beaux quartiers. Ils entretiennent des maîtresses s'ils en ont les moyens, se payent une garçonnière, fort bien. Ce ne sont pas mes mœurs mais je n'y trouve rien à redire.

Dans cette affaire, le mal était plus profond. Simone Marchand est comme une gangrène et elle s'est étendue aux lisières de la bonne société. De prime abord, elle a l'air d'une simple cocotte. Mais une cocotte avec du métier, une cocotte avec du vice et qui sait y faire. J'ai tout de suite deviné qui elle était. Pas une poule de bas étage, plutôt du genre à aller chercher le miché dans les dancings où les bourgeois et leurs fils vont s'encanailler. Elle exerçait ses talents plus précisément au Palais de Cristal, un établissement de type américain près de la

Cannebière, avec alcool et spectacles, où les hommes viennent sans leur légitime pour faire des rencontres.

Je me suis méfié d'elle et j'ai enquêté sur sa vie, sur sa « carrière ». Elle était protégée. Un riche armateur, B., une vieille et bonne famille marseillaise. C'est lui qui payait l'appartement rue de la République. Elle l'avait alpagué je ne sais où, peut-être au Palais de Cristal, et elle le tenait bien. Parce qu'elle a des goûts de luxe, la Marchand. Il lui faut des robes, des bijoux, des distractions. Elle se donne des airs, jusqu'à ce prénom, Simone, pas son vrai prénom, plus distingué selon elle.

Elle aime la richesse et les bonnes manières mais elle a pourtant toujours été attirée par les mauvais garçons, cette Simone Marchand. J'ai facilement découvert qu'elle fut à Lyon la maîtresse du cambrioleur Marius Langon, le chef de la « bande des Marseillais » avec Baptistin Travail et Joseph Dolmetta. Un mauvais garçon, c'est sûr, mais avec les moyens. En 1906 et 1907, il a volé avec ses complices 350 000 francs en trois cambriolages : le coffre-fort de la société Saint-Frère, à Marseille ; une maison de salaison, toujours à Marseille, rue Saint-Sépulcre ; et le coffre de la bijouterie Lévy à Nice. En 1910, la police italienne l'a recherché pour avoir profané la sépulture de la reine Élisabeth, à Turin, pour voler ses bijoux. Il faut lui reconnaître de l'ingéniosité : il a été le premier à découper les coffres-forts au chalumeau oxhydrique.

Tout de suite, pour moi, la pauvre victime a pris un autre visage. Elle a été l'amante, certainement, la complice, sans doute, d'un criminel chevronné. Elle est venue dans notre ville après la mort de son homme, tué d'un coup de revolver au cours d'une dispute au Caire, dans un bar de nuit. À Marseille, elle a séduit son riche industriel qui l'a couverte de bijoux. Elle a tellement de culot que ça ne lui suffisait pas : il lui a loué son appartement rue de la République, sept pièces. Il lui a offert aussi la gestion d'un salon de coiffure de luxe pour dames, puis du bar américain du Variétés-Casino. Deux échecs financiers, bien sûr, car la dame est plus cigale que fourmi.

J'enrageais de voir les journaux la présenter sous un jour favorable, parce qu'elle était allée pendant la guerre chercher sa mère malade dans les départements envahis par les Boches pour la ramener à Marseille. Que valent sept mois de dévouement face à des années de perdition ?

Pour moi, cette victime n'en était pas une. Elle était et elle restait une entôleuse, une de la pire espèce. La petite Yvonne, celle qui avait été assassinée, était encore jeune, mais elle semblait bien partie pour prendre le même mauvais chemin. Mais pire que ces deux femmes, il y avait le dénommé Fredval, et j'ai eu immédiatement l'intuition qu'il était, lui, au centre de l'affaire.

**Lettre adressée à M. Fredval, interceptée par la police
Hôtel Bristol, Cannebière, Marseille.**

Paquebot du Dafia, *à bord, le 11 mars 1921*

Mon petit époux chéri,
*Je t'écris dans ma cabine, où je suis très gâtée, étant une toute
petite fille un peu fatiguée par la mer. Voilà que quelques heures
que je suis loin de toi. Il me semble que voilà des mois tant
je suis habituée à vivre près de toi. Que fais-tu en ce moment
ami ! Tu dors peut-être près d'une brune ou d'une blonde... enfin
passons je ne tiens pas à le savoir encore.*
*Ce que je te conseille de tout cœur, c'est de te soigner un
peu – car de ta santé tu n'en fais qu'un peu et tu as tort m'ami.*
*As-tu pensé un peu à moi depuis mon départ. Je dois tenir
si peu de place dans ta vie – et elle est tellement compliquée.
Je t'en prie mon chéri ne sois pas enfant et ne complique plus
notre existence. Tu sais très bien qu'en te liant avec une autre
femme tu empoisonnerais nos deux existences. Passe tes
béguins pendant mon absence si tu le veux mais sois prudent
car j'arriverai bientôt – et n'ayant que toi sur cette terre. Je te
garde avec un soin jaloux – malheur à qui te détournera de moi.
Après toi je n'ai plus rien – donc je suis bien décidée.*
*Si aujourd'hui je suis en mer c'est pour avoir un peu d'argent
devant nous afin que tu puisses aller passer avec moi un bon
mois à Vichy qui j'espère saura te rendre ta santé. Je vais vendre
cette propriété c'est préférable.*
*Télégraphie tous les jours comme moi. Je serais tout à fait
satisfaite si tu te décidais à venir ici – enfin vois-tu tu es libre.
Car tu peux venir sans crainte.*
*Je te télégraphie à l'hôtel Bristol. Pense bien à mettre la lettre
de ma mère et de ma sœur à la poste.*
*Je t'embrasse mon mi chéri comme tu aimes bien ta toute
petite fille qui pense beaucoup à toi.*

Gaby

Cyprien Sodonou

On a débarqué sur le port, Bernard m'a guidé pour aller en ville. On est passés par la rue de la République. À mes yeux de nouveau venu, c'était une rue immense.

Ce qui m'a frappé, c'est le mélange de toutes les races de la Méditerranée et d'au-delà. On aurait dit que tout ce qui pouvait venir en bateau, à pied, par n'importe quel moyen, tout ce qui pouvait se retrouver à Marseille y était accueilli. Pas forcément le bienvenu, mais présent. Il y avait des Grecs, des Italiens, très nombreux, des Corses débarqués de leur île, des Français du Nord réfugiés à cause de la guerre, des Belges, des nègres d'Afrique et des Antilles, de toutes les couleurs et nuances de peau, des Jaunes venus des empires annamites ou de Chine, des Espagnols avec leur air fourbe, des Gitans, des Hollandais, des Arméniens, des Arabes, des Hindous au turban, des peuples dont je n'avais jamais entendu parler, et même des Américains. Ils étaient marins, commerçants, soldats, dockers, souteneurs ou voyous, et tout ça faisait un mélange de langues comme il n'y en a nulle part ailleurs, et pourtant j'en ai vu d'autres ports.

C'est ça qui m'a marqué, ça et le ciel, sans un nuage. Je craignais d'avoir froid en France, mais quand je suis arrivé il faisait beau et chaud, comme chez moi, moins humide. Avec Bernard, on avait pas attendu la nuit pour aller se remplir le ventre et il m'a emmené dans un bar tenu par un créole, rue Rose. On buvait, on mangeait, et puis quand la soirée commençait, arrivaient des musiciens qui faisaient danser tout le monde.

J'avais été très surpris de voir que, si la majorité des clients étaient noirs, il y avait aussi des Blancs, et surtout des femmes. Elles aimaient les nègres, ces femmes, elles dansaient et riaient avec nous. Il y avait des prostituées mais aussi des ouvrières, des modistes ou des vendeuses. Il était facile de coucher avec elles. On pouvait payer, sinon offrir un verre ou un repas, une ou deux danses et quelques mots gentils. Les hôtels du quartier acceptaient les couples d'une nuit ou de quelques heures.

Il y avait des rues entières avec devant chaque boutique des femmes, on pouvait entrer pour boire un verre ou pour une passe. Au bout d'une semaine à terre, Bernard m'a montré, dans notre créole, un grand nègre qui attirait les regards : il riait et il parlait fort, portait un costume et une cravate, de beaux souliers en cuir et une montre à gousset dorée. Je l'avais remarqué, toujours accompagné d'un ou deux autres nègres, et de filles, aussi, qui s'accrochaient à son bras, l'embrassaient dans le cou, riaient avec lui. Il s'appelait Cicofran, un ancien marin comme nous, trois filles travaillaient pour lui.

J'avais du succès avec les femmes, je payais rarement leurs services. Je voyais leurs regards se poser sur moi. Bernard m'avait expliqué, lui qui venait ici depuis plusieurs mois. Il y avait moins de jeunes hommes, ceux qui auparavant possédaient les femmes étaient partis à la guerre, beaucoup étaient morts. De nombreuses femmes étaient arrivées des régions envahies par les Boches, certaines perdues, ruinées, sans famille. Elles étaient sans hommes, morts, prisonniers, partis à la guerre, elles pouvaient avoir besoin d'un protecteur qui soit gentil avec elles.

Il fallait séduire une fille, se mettre à la colle, faire des promesses et puis lui demander comme un service de travailler, la taper un peu si elle voulait pas, mais moi j'ai jamais vraiment eu besoin. C'était moins dur que le bateau, plus agréable et ça permettait de gagner de l'argent. Il y avait de la place pour tout le monde et des clients malgré la guerre : marins, soldats en transit ou en permission, ouvriers, vieux ou permissionnaires.

Ça n'a pas traîné : les rues et les bars regorgeaient de filles, elles n'attendaient que ça, un homme pour les diriger et les protéger. Dès mon deuxième séjour à Marseille, j'en ai rencontré une, qui venait d'arriver de Corse, ma petite Antoinette, Toinette on l'appelait. C'était une gentille petite, je l'aimais bien. Elle vivait dans le Panier, le quartier corse juste au-dessus du Quartier réservé. Elle était venue avant la guerre, avec ses deux frères, tandis que ses parents étaient restés au pays. Ils étaient tous les deux partis pour la guerre, l'un était mort et l'autre il aurait mieux valu, un obus boche lui avait arraché la moitié du corps, du pied à la tête. Elle-même avait eu peur en voyant revenir ce monstre, son frère, il était retourné au village mais elle préférait rester à Marseille.

Elle voulait pas bosser à l'usine et quand je lui ai proposé de la protéger elle a pas dit non. Elle plaisait aux hommes, la Toinette, petite et vive, elle savait aguicher. Avec ce qu'elle gagnait, j'avais de quoi manger et boire, je m'en faisais pas trop. Pour être mieux il m'aurait fallu une ou deux autres femmes mais c'était déjà bien. Le seul problème était de garder sa carte d'inscrit maritime, naviguer un peu, ce qu'elle gagnait ne suffisait pas. Je n'avais pas de beaux costumes comme Cicofran, mais c'était un bon début.

Voyager, voir du monde, ça me déplaisait pas. Je ne pensais plus du tout à garder mon argent pour revenir à Porto-Novo, prendre une femme et acheter des terres. Je ne voulais plus devenir cultivateur, ni même marchand en ville. Je voulais rester en France, m'amuser, protéger Toinette et naviguer quand il le fallait. Bernard surveillait Toinette quand je partais naviguer. Il prenait sa part. Je lui faisais rencontrer des filles, je lui offrais à boire et à manger quand Toinette avait bien travaillé. Je crois que si la guerre avait pu continuer, on aurait encore vécu comme ça, des nègres comblés. Mais elle s'est terminée, cette guerre, et ceux qui étaient soldats sont revenus à Marseille.

Ils sont pas tous revenus sur leurs deux pattes, y en avait des sacrément abîmés, même. Mais surtout, les Corses qui tenaient le trottoir avant de partir au front étaient de retour. Tous ces apaches, ces durs de durs, certains qui avaient fait les Bat' d'Af', d'autres les commandos de nettoyeurs de tranchées, après avoir traqué les Boches dans la boue et sous les obus, ils se sont lancés dans une nouvelle chasse, la chasse au nègre. Et moi, débarqué de mon bateau, moi qui menais la belle vie, je me suis retrouvé cible. D'un coup Marseille m'a moins souri.

André Robert

J'ai mené l'enquête comme je sais le faire, avec énergie et détermination. Je dresse la liste de tous ceux qui de près ou de loin ont trait à l'affaire. Je les interroge. Avec les égards et la circonspection due à leur position pour les honnêtes gens. En n'hésitant pas à bousculer un peu les voyous. Il y avait des deux catégories dans cette affaire, et certains difficiles à classer dans l'une ou dans l'autre. M. Lion, par exemple, est un commerçant connu dans toute la ville, qui a bien réussi ses affaires. Sa femme, derrière de grands airs, est une demi-folle que son mari, dont c'est la seule faiblesse, aurait dû corriger depuis longtemps. Si ça n'avait tenu qu'à moi, j'aurais remis les idées en place à sa bonne femme avec une paire de claques. Par respect pour lui, il n'en était pas question, bien entendu. J'ai procédé à l'interrogatoire le plus doux dont j'étais capable compte tenu du dégoût qu'elle m'inspirait.

J'ai été prudent également avec Simone Marchand. Je l'aurais bien secouée mais avec la presse qui la prenait pour une victime, ça n'était pas possible. Le préfet sur mon dos, aussi, qui me demandait à la fois de résoudre l'affaire au plus vite et de ménager cette femme. Son armateur avait dû intervenir, j'imagine. C'est bien dommage. Les criminels sont faibles, j'en ai vu craquer, des durs, au bout de quelques coups. Attachés à une chaise et entre mes mains, les plus fiers des apaches ne font pas les malins bien longtemps.

On ne pouvait pas m'empêcher de gueuler sur la Marchand, jusqu'à la faire pleurer. Elle n'en a pas dit plus pour autant, elle me fixait toujours droit dans les yeux, pas possible de lui faire baisser son regard qui brillait, une coriace, à sa manière.

Pas comme son Fredval, qui a pleurniché au bout de quelques gifles. Il n'a pourtant rien dit, malgré ses pleurs, et de le voir agité de sanglots, ce bourreau des cœurs, si apprêté, comme une loque devant moi, ça me donnait seulement envie de taper plus fort. Un coup pour la morte, Yvonne ; un coup pour Mme Lion, un pour Simone Marchand, un pour chacun de mes fils. L'inspecteur Loublié a dû m'arrêter car je serais allé trop loin. Fredval avait le visage en sang, il s'était évanoui. Il n'a pas craqué, on a dû le laisser sortir. Il connaissait la chanson, il est parti sans faire d'histoire.

Je l'aurais volontiers interrogé tous les jours, en guise de sport. Une vie entière portée vers le vice. Un aventurier, un danseur, mi-mac mi-artiste. Un métèque, né en Italie, en Sardaigne. Alfredo Soggiu de son vrai nom, Fredval est un surnom, bien sûr. Vingt-cinq ans au moment du crime. Arrivé à Marseille dans son plus jeune âge, à la mort de son père, employé au secrétariat du procureur du roi. Études à la communale, menuisier. Il n'a jamais exercé. Un vrai travail, trop fatigant pour ce bon à rien. Il a été clown, contorsionniste, garçon livreur pour une société de limonade. Puis, le spectacle, chanteur dans les cafés-concerts en Corse et en Algérie.

Il vole sa première bicyclette à seize ans. Un début modeste. Quand la guerre éclate, ce lâche passe le permis de chauffeur pour ne pas aller en première ligne. L'armée n'est pas dupe, il va en prison pour un mois. Pendant ce temps d'autres se font trouer la peau au front. Libéré, il s'enfuit en bateau jusqu'à Barcelone. Il y devient danseur avec Bella Stella, une Italienne de vingt-trois ans. Il revient en France, essaye d'obtenir un passeport italien au consulat à Marseille, pour retourner en Espagne.

Pas de chance pour lui, l'Italie entre en guerre, de notre côté. Sa classe est appelée et il doit gratter sa date de naissance sur le passeport pour échapper à l'enrôlement. Ce pauvre subterfuge échoue, il achète alors à un camelot un faux certificat de réforme militaire français pour repartir en Espagne. Il s'enfuit avec Bella Stella au Brésil et en Argentine où il tourne même comme acteur dans un film cinématographique. Il en revient après la guerre avec un petit pécule, alors qu'il aurait mérité plutôt douze balles dans la peau. Ses amis le surnomment Ficelle, parce que c'est un as de la débrouille.

Il est devenu spécialiste de tango et de shimmy, une danse à la mode, d'origine américaine, une sorte de fox-trot. Il séduit, par la danse et par sa belle gueule, toutes sortes de femmes. Il détrousse celles qui sont riches, met sur le trottoir les pauvres. Ce petit gominé en tire son profit dans les deux cas. C'est alors qu'il rencontre Simone Marchand. Elle s'amourache de lui au point de lui offrir de l'argent, des bijoux. Elle veut financer son projet d'académie de danse rue Beaumont, elle lui achète même une automobile Delahaye. Tout l'argent de son armateur y passe, ça ne suffit pas, il lui fait faire des passes, à elle, à Yvonne. Il profite d'elle. Il sait faire.

Voilà son palmarès, voilà pourquoi j'en ai fait mon suspect numéro un. Parce que l'animal est tombé amoureux, lui aussi, de Mme Lion. Une femme du monde, pour le sortir de sa médiocrité. Une imbécile, pour céder à ses charmes. Pour moi, l'affaire était limpide. Fredval voulait se débarrasser d'Yvonne, devenue encombrante. Peut-être de Simone, à moins qu'elle n'ait été sa complice, puisqu'elle avait ramené les deux hommes à la maison. Je ne crois pas aux coïncidences.

Le juge Laurès était sur l'affaire, un mou, un raisonnable, toujours prêt à étouffer ce qui touche aux gros bonnets. D'emblée, il n'a pas cru à ma théorie. Il m'a orienté sur d'autres pistes, il m'a obligé à enquêter, il m'a fait perdre un temps précieux.

Il fallait que je trouve les deux assassins, pour faire le lien avec Fredval, prouver qu'il les avait commandités. Les indices étaient maigres. Un sac oublié par les tueurs dans la précipitation, avec des objets de toilette, quelques vêtements, des cartouches. Plus étonnant, un manuel pour apprendre l'espagnol, de la teinture pour cheveux et deux fausses moustaches. Des assassins escrocs, ou qui se prenaient pour des artistes ? En tout cas, c'était évident, ils avaient rendu service à Fredval, le débarrassant de femmes qui étaient autant d'obstacles à sa passion pour Jeanne Lion.

Police de Marseille. Commissariat central.
Service de la Sûreté.

Procès-verbal

L'an mil neuf cent vingt et le 21 du mois d'octobre à 17 heures et demie, Nous, Robert André, Commissaire de Police, (...) avons fait comparaître, à notre cabinet, le témoin ci-après :

Je me nomme Richard Jeanne Clémentine épouse Lion, je suis née le 4 septembre 1890 à St Raphaël (Var) de Gabriel et de Carlon Marie. J'ai un enfant, je suis sans profession, domiciliée à Marseille, 118 rue de Rome.

J'ai fait la connaissance de Fredval vers le mois de novembre 1919, pour avoir pris de lui des cours de danse au Palais des Sports. Je suis devenue sa maîtresse vers le milieu du mois de janvier 1920. Il m'avait fait une cour très assidue et j'ai eu le tort de céder à un moment de faiblesse. Par la suite, je me suis un peu attachée à lui, en raison de ses prévenances et je sentais qu'il m'aimait profondément. Je ne le voyais pas de façon régulière, nous nous rencontrions dans les thés et nos relations avaient lieu à cette époque, c'est-à-dire vers le mois de mars, presque journellement, au domicile de Fredval, 1 place du Lycée. Au moment de Pâques, je suis allée passer quinze jours de vacances, avec mon mari, au grand hôtel de Bonvallon. À mon retour à Marseille, j'ai appris que Fredval avait fait la connaissance de Simone Marchand. C'est lui-même qui me l'a appris. Cela m'a froissé et j'ai voulu rompre mes relations avec Fredval, qui me disait vouloir s'associer, plus tard, avec Simone Marchand. J'ai signifié à Fredval que nos vies n'étaient pas faites pour continuer de façon parallèle et Fredval a alors quitté son appartement de la place du Lycée pour venir demeurer avec Simone Marchand.

Par la suite Fredval s'est montré à nouveau si pressant que nos relations ont repris, mais très espacées, c'est-à-dire que l'après-midi nous sortions très souvent ensemble et nous ne nous voyions de façon intime que de temps à autre, notamment le samedi à l'hôtel Régina. Fredval avait un caractère bizarre et très changeant, il se montrait très tendre ou très brutal, je dois même avouer qu'un jour à l'hôtel Régina, Fredval m'a giflée parce qu'il m'avait rencontrée le matin avec des amis. Fredval était très jaloux, il semblait souffrir d'une situation qu'il jugeait inférieure à ce qu'il valait, il m'a fait de nombreuses scènes de jalousie qui me révoltaient, mais je lui pardonnais en raison du remords qu'il manifestait sitôt après.

Je dois mentionner qu'au commencement d'avril 1920, je suis allée passer 4 jours avec lui à Toulon, au Grand Hôtel. Fredval se montrait de plus en plus jaloux, j'ai vainement essayé plusieurs fois de lui faire comprendre qu'en raison de nos différences de classe, il ne pouvait en somme rien espérer de moi. Je lui conseillais de rester avec Simone, qu'il me disait avoir de l'argent et qui sans doute devait lui venir en aide. Fredval n'a jamais voulu entendre raison, entre-temps j'avais fait la connaissance de M. Rosa dont je suis devenue l'amie et Fredval a dû l'apprendre. Sur ces entrefaites, l'incident est arrivé, au cours duquel mon mari a giflé Fredval ; mon mari a en effet été mis au courant de la situation, il s'en est suivi un scandale au café de l'Univers dans les derniers jours du mois de septembre. J'ai parfaitement entendu mon mari dire à Fredval : « Si tu ne quittes pas Marseille dans les 48 heures, je te tuerai comme un cochon. » Ça s'est passé, je crois, deux ou trois jours avant l'assassinat d'Yvonne Schmitt.

Le lendemain matin de l'incident avec mon mari, j'ai vu Fredval à la brasserie St Georges, où je lui avais donné rendez-vous entre 11 heures et midi. Je lui ai conseillé de partir pour éviter le scandale et comme il me demandait instamment d'aller le rejoindre, je lui ai dit vaguement que si mon divorce était prononcé j'irai peut-être le retrouver. Je ne lui laissais pas cependant ignorer que je tenais beaucoup à mon confort de ménage et que je ferai tout pour conserver les avantages matériels que j'avais auprès de mon mari. Fredval me parut navré et il se résigna à cette situation. Nous nous sommes séparés et *je n'ai pas eu de relations intimes avec lui depuis ce moment. Le même soir ou le lendemain, je revenais en voiture avec des amis, c'est-à-dire avec M. Rosa et Odette Lacoste que j'avais connue à Évian. Nous avions dîné au Petit Nice à la Corniche, il était environ 22 heures 30 et notre voiture passait en face le 19 rue de la République, au moment même où Fredval et Simone partaient eux-mêmes en voiture pour se rendre à la gare. Je fus très étonnée parce que je pensais que Fredval était parti par le train le plus commode, à 18 h. D'autre part, Simone m'avait l'air d'être en tenue de voyage, j'en fus très choqué, car j'avais toujours pensé qu'il partirait seul. Le lendemain à l'annonce du crime de la rue de la République, j'ai pensé que Fredval allait revenir à Marseille et je lui ai télégraphié au café de l'Univers pour lui donner rendez-vous à la Brasserie Saint-Georges. J'ai par la suite changé d'avis et je lui ai fait savoir par un mot que je l'attendais chez Odette Lacoste à l'hôtel Bristol. Il est venu me voir vers 18 heures, il n'a pas eu l'air trop préoccupé de la question du crime, et il m'a dit : « Ce qui me désole, Jeannot, c'est que je sens que je vous perds et que vous n'avez pas l'intention de venir avec moi à Paris. » Nous avons cependant causé du crime, et j'ai demandé à Fredval ce qu'était cette Yvonne, dont je n'avais jamais entendu parler, il me répondit que ce n'était nullement sa maîtresse, une petite camarade de dancing avec laquelle il comptait monter un numéro, et que sur sa demande Simone avait bien voulu héberger. Nous n'avons pas parlé plus longuement de cette affaire.*

Jamais je n'ai prêté ou donné d'argent à Fredval, lorsque nous sortions ensemble il réglait les dépenses, il m'avait l'air assez aisé et je pensais qu'il gagnait de l'argent avec ses danses. D'autre part, Simone ne se cachait pas dans le monde des femmes galantes et chacun sait qu'elle aidait pécuniairement Fredval. Je ne connais pas personnellement Simone et je ne lui ai jamais causé. Je sais qu'elle était très jalouse, c'est ainsi qu'un jour, alors que nous quittions le garage place d'Aix dans l'automobile de Fredval l'été dernier, elle nous a poursuivis quelque temps en taxi et j'ai dû quitter Fredval pour éviter des incidents. D'autre part j'ai entendu dire que Fredval avait été mêlé à une histoire de coups de revolver.

*   ***Sur interpellation** : Il est exact qu'au cours de scènes de jalousie, il m'a menacée de me balafrer la figure, mais je n'ai jamais pris cette menace au sérieux. J'étais gênée en sa compagnie parce qu'il disait bonjour à des camarades d'allures peu recommandables. Je le voyais surtout avec la bande des boxeurs, Rossi, Olivier et autres. Actuellement, je n'ai qu'un désir c'est d'être débarrassée de Fredval, pour lequel je n'ai plus qu'un vague sentiment d'amitié.*

Lecture faite, persiste et signe.

Lettre postée par le nommé Soggiu Alfred, dit Fredval, le 13 octobre 1920, adressée à Madame Jeanne Lion, Poste restante, Nice. Interceptée par la police.

Mercredi 4 h 1/2 du soir.

Mon M'Ami !

Comment puis-je te faire comprendre la détresse de mon âme mon m'amie jamais tu ne pourras comprendre ce que nous sommes sujet dans la vie à souffrir. Mais je ne crois pas qu'il y et plus grand malheur que celui qui m'arrive. M'amie arrête toi cinq minutes de réflexion de voir celui que t'as autrefois aimer revois tout notre passer tout poin par point.

Tu m'as aimer non pour le vernis que j'avais non mais parce que tu as reconnu en moi quelques qualités. J'avais un cœur une noblesse d'âme. Et j'avais besoin d'une amie. Et à l'heure le jour que j'ai ressentie cette nécessitée c'éttais toi que j'avais rencontrée sur ma route. Et tu m'as parrut sincère je me suis tant ouvert je me suis donner à toi les yeux dans un sac tellement j'ai eut confiance. Je ne veut rien te reprocher je n'en ai pas le droit. Je prend part même dans mon malheur au tiens j'ai entendu dire que ton mari veut divorcer je comprend ce que tu peux souffrir toi qui n'a jamais eut à penser un seul instant pour la difficultée de la vie. Je t'es offert de partager ma vie à la tienne mais tu as peur de la misère. Pourtant tu sais que je travaillerai pour toi j'aurais tant de volontée. Enfin je comprend que je suis fou de te proposer cette vie. Il faudrait que tu m'aimes comme tu m'as, ou, que j'ai cru, que tu m'aimais il y a six ou sept mois. Mais pas en ce moment. Mon m'amie comprend moi réfléchit bien dans quelle situation je me trouve ici pas pouvoir partir car je suis à la disposition de la justice pas pouvoir travailler et personne à qui je peut m'apuyer dire ce que je souffre. Donc mon Janot je ne veut que de toi qu'une seule chose que tu me garde ami. Seulement ami rien autre. Je sais tout tout je ne t'en veux pas mais ne me refuse pas la charitée que je te demande. Peut-être un jour moi-même je ne te répondrais plus mais si je venais à apprendre que tu puisse souffrir la moitier de ce que mon pauvre cœur souffre je n'ésiterais moi un homme de rien un aventurier ainsi que la société me nomme à venir si je pourrais te consoler et te gâter.

M'amie je suis malheureux.

Ecrit moi au café Bristol.

Fred

Simone Marchand

Vous vous appelez Simone Marchand et vous êtes vivante. Vous vous êtes accrochée, avec vos doigts, avec vos cris, comme vous vous êtes toujours accrochée à la vie, pourtant elle ne vous a pas fait de cadeaux, si ce n'est ce beau visage, ces gestes gracieux. Ces atouts, vous les avez appris, petit à petit, dans le regard des hommes, dans les mouvements des femmes, pas votre mère, non, pas votre mère, et pourtant vous l'aimez et vous l'avez aimée jusqu'au bout.

Être belle, être gracieuse, c'était une solution, la seule solution pour ne pas faire comme la mère, pas l'usine non, pas la bonniche, non, c'est vous qu'on servira, qu'on admirera, à qui on obéira. Vous êtes vivante mais vous êtes seule et vous buvez, ce soir. Vous buvez pour oublier que vous avez failli mourir. Vous vous êtes interdit d'y penser jusque-là parce qu'il fallait faire face, il fallait répondre, il fallait survivre. Vous évitez de boire trop souvent, alcool mauvais, alcool querelleur, alcool triste. Mais ce soir tant pis, vous avez besoin d'être ivre pour supporter tout ça.

La journée a été dure. Vous avez répondu aux questions des policiers, vous avez senti leurs regards, leur convoitise, sur votre peau. Il y en a qui ont pensé, peut-être, bien fait pour ces deux femmes, elles ne méritent pas mieux. Il y en a qui vous baiseraient bien, vous le savez. Vous avez été interrogée par le commissaire en personne, un gros type qui ne vous plaît pas. Il vous a harcelée de questions, d'un air soupçonneux. Il a insisté sur vos relations avec Fredval, sur votre emploi du temps le soir du meurtre, il a paru mettre en doute la rencontre fortuite avec l'Athlète et Nez-Pointu. Quand il vous a demandé pour vos revenus, vous avez mentionné B., il a paru gêné et il est aussitôt passé à autre chose. Vous le détestez, vous voudriez lui faire avaler ses petits cigares qui empuantissent son bureau.

Vous êtes fatiguée et vous vous accrochez à la bouteille, au verre, vous le videz, remplissez, videz, remplissez, puis au goulot, vous vous accrochez à la bouteille, au verre, comme vous vous êtes accrochée à la fenêtre, à la vie, et pourtant en buvant c'est à votre père que vous pensez, le peu que vous l'avez connu. Vous vous accrochez à la bouteille, au verre, et pourtant, en buvant, c'est à la mère que vous ressemblez, la pauvre, l'alcool, elle en est morte, rongée par la fatigue, par le travail, par la misère, mais vous étiez allée la chercher avant qu'elle meure, ne pas la laisser seule.

Ne jamais travailler, s'épuiser, se laisser ronger de l'intérieur, se fatiguer, vieillir, vous vous l'êtes promis. Vous vous accrochez à l'alcool comme vous vous êtes accrochée à la fenêtre. Ce mouvement, ce geste, remplir, vider, remplir, vider, vos yeux se brouillent, danser, il faudrait danser, mais Yvonne n'est plus là, Fredval loin. Il va revenir, il l'a écrit, en attendant vous êtes seule, désespérément seule, comme toujours après tout. Il a écrit, il a envoyé un télégramme dès qu'il a appris ce qui s'est passé. Il tient peut-être à vous finalement, toutes les autres, elles ne comptent pas, seulement vous. Vous avez reçu sa carte et son télégramme, la carte dérisoire après ce qui s'est passé et pourtant en la lisant vous avez frissonné et vous avez eu envie de pleurer de joie, de peur, de soulagement. Elle fait plaisir cette carte, une simple carte postée de Dijon, Dieu sait pourquoi de Dijon alors qu'il allait à Paris, un de ses mystères. Il a envoyé un télégramme, il sera là avec vous, il vous aime, il l'a dit dans la carte. Allez, vous pouvez bien boire encore un petit verre.

Paris, 14 octobre 1920, suite du rapport n° 130

Inspecteur Loublié, direction de la police judiciaire

La nommée Schmitt, Yvonne-Juliette, née le 12 avril 1897, à Paris, a logé 30, rue du Mont-Thabor, à plusieurs reprises, avec son amant, le sieur Walch James, né le 9 octobre 1889, à Bolton (Angleterre), sujet anglais.

En raison de son inconduite, celui-ci a rompu toute relation avec elle et paraît être en-dehors de cette affaire. Les renseignements fournis sur le sieur Walch sont favorables, et il ne correspond en aucune façon au signalement des assassins.

Des informations confidentielles recueillies au débit Rainaldi, 36 rue du Mont-Thabor, qui était fréquenté par la victime, ont fait connaître qu'en dernier lieu, la nommée Schmitt avait pour amant de cœur un chauffeur d'automobile répondant d'une façon troublante au signalement de l'un des assassins (celui signalé comme ayant le nez pointu).

Cet individu avait un nom à consonance italienne et aurait amené la victime à Marseille, pour qu'elle s'y livre à la prostitution. L'enquête faite à New-York Garage, 38 rue du Mont-Thabor, a fait connaître que le chauffeur dont il s'agit était au service d'un sieur Meyrargues, René (sans autre précision). Celui-ci a logé en dernier lieu 19 rue Gaudot de Mauroy et 74 avenue des Champs-Élysées, du 19 au 21 août 1920. Il serait actuellement à Nice, où il est très connu et demeurerait 36 rue Gioffredo.

Le chauffeur du sieur Meyrargues se nommerait Amédée Farinetti et son signalement est le suivant : 30 ans environ, corpulence mince, nez pointu très allongé ; cheveux bruns et frisés, moustaches à la Charlot, accent marseillais prononcé. Il habiterait 46 rue des Petites Maries à Marseille (Bouches-du-Rhône). Il fréquentait, lors de son séjour à Paris, un compatriote du nom de Pisano.

La nommée Signol, Germaine, 22 ans, dite Rougaglia, ayant logé 172 rue Legendre et actuellement 9 rue du Pont des Loges, entendue, a déclaré :

J'ai vaguement connu Yvonne Schmitt qui fréquentait l'Olympia. Elle avait de nombreux amis mais je n'en ai jamais connu aucun. J'ignore ses relations et je ne savais même pas qu'elle avait quitté Paris. Elle avait une mentalité déplorable et je la crois capable d'avoir été l'indicatrice du crime dont elle a été la victime.

Aucune autre information utile n'a pu être recueillie jusqu'à présent sur cette affaire qui sera tenue en observation au cours du service journalier. De l'ensemble des informations qui précèdent il semble que l'audition du nommé Farinetti chauffeur du sieur Meyrargues permettra de poursuivre l'enquête sur de nouvelles bases.

L'inspecteur
Signé : Loublié

André Robert

Je trouvais ça providentiel, les menaces du mari cocu qui fournissent à Fredval son alibi pour quitter Marseille. Quand j'ai rencontré M. Lion, j'ai compris cependant qu'il aurait vraiment été capable de tuer Fredval. Il était furieux, il était homme à prendre des décisions et à s'y tenir en assumant les conséquences. Je ne lui en aurais pas voulu de débarrasser la société d'un tel individu. Peut-être aurait-il dû le faire, pour le bien de tous.

Le juge Laurès ne croyait pas à la culpabilité de Fredval. Il me pressait d'agir vite. Je pouvais m'accommoder de sa défiance, car je savais bien que Fredval n'avait pas commis le crime de ses propres mains, et il me fallait donc des coupables. Je connais peu d'hommes, payés pour commettre un crime, qui n'acceptent pas de dénoncer leur commanditaire s'ils peuvent espérer échapper à la peine capitale. Trouver les hommes de main, il le fallait de toute façon. Le juge croyait en un crime de hasard, je pensais à une préméditation, il fallait simplement les pincer et on verrait bien qui avait raison. C'est alors que l'inspecteur Loublié a tenté de me doubler. Il avait enquêté sur Yvonne Schmitt et il lui est venu à l'idée que l'homme qui l'avait embarquée à Marseille était peut-être aussi celui qui l'avait assassinée. Il s'agissait d'un certain Jean Pisano. Son nez très pointu pouvait faire penser au signalement de l'assassin. Il a cru avoir trouvé son complice en la personne de Jean Farinetti, surnommé lui aussi Ficelle, comme Fredval, un surnom de voyou. Les deux hommes, Pisano et Farinetti, travaillaient pour M. Meyrargues, marchand d'automobiles à Nice, et avaient conduit pour lui une voiture à Paris. Un parvenu, qui s'est goinfré pendant la guerre, peu regardant sur sa main-d'œuvre.

Le Pisano fréquente les établissements de plaisir, les dancings et il a une femme en pension rue Pisançon. Un petit souteneur sans envergure. Être le chauffeur régulier de Meyrargues lui permet d'impressionner les filles qui le veulent bien. Il a entraîné Yvonne Schmitt à Marseille après leur séjour à Paris. Mais si cet homme avait été le tueur, Yvonne Schmitt l'aurait reconnu quand Simone Marchand l'a ramené chez elles.

Le petit inspecteur m'a trahi. Il est allé voir le juge sans m'en parler en disant avoir trouvé les coupables. Je ne sais pas ce qu'il espérait, promotion, reconnaissance, gloire d'avoir résolu l'affaire. Je le prends comme le symptôme d'une France malade qui refuse l'obéissance aux supérieurs. Il ne l'a pas emporté au paradis. Les deux hommes avaient un alibi, confirmé par Meyrargues et des notables niçois insoupçonnables. Sans doute coupables de bien des choses, mais pas de ce crime. Le juge a quand même tenu à les confronter à Simone Marchand, je l'ai donc convoquée, mais elle les a mis hors de cause.

De mon côté, je restais fidèle à mes intuitions, et j'ai mis Fredval sous surveillance. Je n'ai pas été déçu du résultat.

Rapport de surveillance
du nommé Soggiu Alfred dit Fredval

Sûreté de Marseille

Journée du 18 octobre 1920

Le soir à 6 heures 30 le nommé Fredval s'est rencontré au Café de Paris avec le nommé Kahn, vers 7 heures. Ces deux individus ont pris une voiture place Massens et se sont fait conduire chez Boutau restaurateur dans les vieux quartiers, où ils ont dîné. À 8 heures 30 ils ont quitté ce restaurant pour se rendre à l'Eldorado, où ils ont pris deux fauteuils, et où ils sont restés jusqu'à 10 heures 1/2. Pendant les entractes ils ont joué et Fredval a fait changer un billet de mille francs. Le changeur s'est plaint qu'il lui manquait une somme de 10 francs, ce qui porterait à croire que Fredval aurait en quelque sorte escroqué cette somme. Au cours de la soirée il aurait perdu 200 francs environ. Son collègue n'a joué que très peu.

À la sortie du Casino de l'Eldorado tous deux se sont rendus au bar du Delta rue de la Terrasse d'où ils sont partis tout de suite pour se diriger vers la place Masséna et rentrer au restaurant Maxim's, où ils sont restés jusqu'à 1 h 30. Là Fredval et son ami ont conversé avec une femme nommée Noël Camille dite Mimi née à Montreuil le 13 juillet 1897 de Arsène et de Papillon Louise, se disant artiste. À deux heures du matin, ils rentraient, Kahn à l'hôtel moderne, tandis que Fredval accompagnait cette femme chez elle où il passait la nuit.

Journée du 19

Vers 3 h 30 de l'après-midi le dénommé Fredval qui sortait de la Jetée promenade s'est rendu au Café de Paris où il est resté une demi-heure environ. À sa sortie, accompagné d'une jeune femme connue du service des mœurs, il s'est rendu au Novelty Cinéma, pour en sortir une demi-heure après et se rendre seul au café de Paris. Peu après, il continua sa promenade et rentra à l'Hôtel Moderne d'où il ressortit cinq minutes après accompagné du nommé Kahn. Tous deux se rendirent au café Glacier, place Masséna, d'où ils sortirent trois quarts d'heures après pour faire une promenade dans le Jardin public.

À 7 h 20 Fredval et Kahn sont allés prendre leur repas au Restaurant du Bœuf à la Mode, rue Paul Déroulède. À leur sortie à 8 h 45 ils se sont rendus au café de Paris d'où ils sont ressortis à 9 h 30 pour aller aux Variétés Cinéma boulevard Victor Hugo en compagnie d'une femme. À la fin du spectacle tous trois sont rentrés au café de Paris et de là à l'hôtel Moderne où la femme a passé la nuit avec Fredval.

Journée du 20 octobre

À 8 heures du matin Kahn est sorti seul de l'Hôtel Moderne, pour se rendre à la Taverne niçoise, où il a pris son petit déjeuner. Il a pris ensuite le tramway de la place Saluzzo. Fredval n'a quitté l'hôtel que vers 1 h 20, pour aller prendre son repas seul au restaurant du Bœuf à la Mode d'où il est sorti pour se rendre au café de Paris. Puis il est allé se promener seul Promenade des Anglais et est rentré à l'hôtel vers 6 heures. Peu après il en sortait avec Kahn et tous deux se rendirent en voiture au Savoy pour aller ensuite au café Glacier vers 17 h 15.

À 7 h 30 Fredval et son ami se sont rendus au Bœuf à la Mode où ils ont dîné. La note s'élevant à 43 francs a été payée par le premier. Après le repas ils sont allés au café de Paris et ensuite au Savoy, où ils sont arrivés vers 10 heures. Kahn est rentré à l'Hôtel Moderne peu après.

Fred a dansé et consommé jusqu'à 11 h 30, puis il s'est rendu au restaurant Maxim's. À 1 h 40 il est sorti en compagnie de deux femmes qu'il a accompagnées chez elles rue Paradis. Il est rentré à l'Hôtel Moderne vers 2 heures.

Journée du 21 octobre

À 1 h 50 Fredval a pris le train pour Marseille. Avant de partir, il a rédigé la dépêche suivante : « Simone Marchand. Hôtel des Princes Marseille. Arriverai ce soir pour dîner ».

Le nommé Fredval s'est présenté le 18 octobre à 19 h Hôtel William, rue de l'Hôtel des Postes, pour rendre visite à la nommée Lion Jeanne, 29 ans, se disant artiste et originaire de Marseille, qui a été de passage à Nice, du dit hôtel du 29 septembre au 14 courant.

Cet individu a paru très préoccupé du départ de Nice de la femme Lion.

Cette dernière aurait quitté Nice le 15 courant, pour se rendre à Marseille où elle devait se présenter chez M. Le Juge d'Instruction pour être entendue comme témoin dans l'affaire d'assassinat de la rue de la République.

En ce qui concerne le nommé Kahn Émile, âgé de 45 ans, célibataire, il est arrivé à Nice le 17.10.1920, venant de Marseille où il a séjourné en compagnie de Soggiu dit Fredval. Cet individu exerce la profession de représentant de commerce. Il représente, en effet, plusieurs maisons de parfumerie et s'occupe très sérieusement, visitant avec activité les coiffeurs et parfumeurs de Nice et de la région, avec lesquels il faisait des affaires bien avant la guerre. Mobilisé en août 1914, il fut blessé assez gravement et jouirait d'une pension de retraite. Il jouit d'une bonne réputation, et il est connu pour être un honnête homme et un travailleur. Sa conduite et sa moralité sont au-dessus de tout reproche, bien que l'on ait pu le voir en compagnie de Fredval dans certains établissements où l'on s'amuse.

Lettre adressée à M. Alfredo Soggiu,
interceptée par la police
104 rue Loubon - Marseille
Bouches-du-Rhône

Paris le 24 mars 1921 10 heures soir

Mon Fred chéri et aimé !

Ce matin j'ai reçu ton télégramme et j'ose croire que tu auras déjà reçu le mien envoyé ce soir avant dîner.

Tu me dis sur ce télégr. que tu ne peux écrire, Fred ! J'ai beau chercher les raisons qui puissent t'empêcher d'écrire je n'en trouve aucune car chéri tu peux écrire chez ta mère, et faire mettre l'adresse par elle-même.

Fred ! Fred ! Quelles raisons peuvent t'empêcher d'écrire ? Moi qui ne suis point libre, et ayant ce Monsieur presque continuellement à la maison, je trouve bien le moyen de t'écrire et longuement encore. Fred ! Combien d'idées ne me passent par la tête, tu ne peux t'en rendre compte, cependant mille et mille m'assaillent et me font par moment craindre tout de toi. Tu es tourmenté, tu ne peux m'écrire, pourquoi, mon Dieu pourquoi ?

Est-ce à cause de cette mauvaise affaire ? Est-ce à cause... à cause d'elle ?

Quoi ? Pourquoi ? Hélas je ne peux sortir de ces deux questions ; et cela me rend d'une humeur massacrante. Oh je t'en prie écris-moi, ne serait-ce que deux lignes pour me tranquiliser, ou bien fais moi écrire par ta maman, par ton frère, mais explique moi, fais moi savoir pourquoi tu es tourmenté, pourquoi tu ne peux écrire. Je suis presque à douter que tu m'as envoyé ce télégramme ou fait envoyer. Pardon, si je me trompe. Fred ! Mon grand ami chéri, je suis dans un état d'esprit tellement surexcité que je ne sais plus retenir le fil de mes idées.

Tu me dis dans ton dernier télégr. que tu ne reçois rien de moi, Fred, je t'ai écrit trois lettres au Bristol, et deux télégr. Je t'ai écrit longuement, en doutais-tu ? Preuve que n'ayant aucune réponse j'ai écrit chez ta maman. Que moi je ne t'écris pas... oh Fred !

Fred ! Écris-moi, je t'en prie, sincèrement explique-moi ce qui se passe, je suis si ennuyée d'être continuellement dans le doute. Eh bien sais-tu que cela est indéfinissablement douloureux, mille et mille idées sans solution plausible et sûre.

M'Amour pour ce soir je termine. Malgré tout, toi, toujours toi, occupe mon esprit et mon cœur, cependant combien d'efforts n'ai-je point fait pour t'en chasser, aucun, non rien n'a réussi.

Je t'ai aimée, aussi « t'en souviens-tu ? » et encore je t'aime oui je t'aime de tout mon douloureux moi.

Tuya Magda.

Police de Marseille. Commissariat central.
Service de la Sûreté.

Procès-verbal

L'an mil neuf cent vingt et le 24 du mois d'octobre à 12 heures, Nous, Robert André, Commissaire de Police, (...) avons fait comparaître, à notre cabinet, le témoin ci-après :

Je me nomme Faulcon Germaine, dite Yvette, née le 21 avril 1896 à St Gerbais-les-Trois-Clochers (Vienne) de Pierre et de Eugénie Léger, célibataire, sans enfant, sans profession ou modiste domiciliée à Marseille, 5 rue Pisançon, jamais condamnée.

J'habite à Marseille depuis deux ans environ et je m'y livre à la prostitution clandestine. Précédemment j'habitais à Paris, boulevard Magenta, cité Bauxall.

J'ai fait la connaissance de Jean Pisano à Nice, il y a environ deux ans, il y était avec un nommé Meyrargues René, et s'occupait du commerce d'automobiles et je suis sa maîtresse depuis cette époque.

Par suite de la crise d'essence à Nice nous sommes venus à Marseille où nous avons toujours habité tous deux, soit 21 rue de la Darse, soit rue Pavillon n° 7, soit rue Pisançon n° 5. Nous avions dans le même immeuble chacun notre chambre pour me faciliter mes passes. J'ai connu Yvonne Schmitt lorsqu'elle est devenue la pensionnaire de la dame Caspar, rue Pisançon 5, il y a deux mois environ. C'est seulement après son assassinat que Pisano m'a appris qu'il l'avait connue antérieurement à Paris, avec d'autres petites camarades. Yvonne Schmitt prenait pension avec nous chez la dame Caspar, elle était en bons termes de camaraderie avec Pisano, mais je n'ai jamais compris qu'elle fut ou qu'elle ait été sa maîtresse. Je me suis disputée avec Yvonne Schmitt il y a un mois environ parce qu'elle était lesbienne et me donnait à comprendre qu'elle voulait coucher avec moi. Par la suite elle est revenue quelquefois pour venir chercher du courrier, je crois du reste qu'il n'y a jamais eu de lettre à son nom, et nos rapports sont devenus meilleurs. Alors qu'elle habitait 5 rue Pisançon j'ai vu Fredval sortir de sa chambre vers minuit à deux reprises différentes. Je ne sais pas si Fredval la battait, mais après son départ de la rue Pisançon, lorsque je rencontrais Yvonne j'ai remarqué plusieurs fois qu'elle avait des « bleus » à la figure. Quelques jours avant son assassinat, Yvonne se trouvait avec moi et Lucette au Casino, lorsqu'elle vit arriver Fredval qu'elle pensait parti pour Paris. Elle eut un vif mouvement de contrariété et s'écria « Ah ! Voilà encore Ficelle ! Je le croyais parti ! » Jamais Yvonne ne s'est plainte directement à moi des agissements de Fredval. Je sais qu'elle racontait à d'autres camarades que celui-ci la battait, et la tenancière du lavabo du Café du commerce avait eu l'occasion de constater qu'Yvonne avait le corps meurtri, pour avoir été jetée dans l'escalier.

Lecture faite, persiste et signe.
Le commissaire de la Sûreté

André Robert

J'avais beau l'avoir secoué lors de son interrogatoire, le Fredval continuait à mener la belle vie et à nocer. Les surveillances l'avaient établi. Ça défilait. Il voyait plus de derrières féminins qu'un vieux bidet. Il courait encore après la dame Lion, rencardait Simone Marchand, et quantité d'autres femmes. Il fréquentait des juifs et des prostituées. Il soignait ses relations. Il se pensait hors d'atteinte.

Première étape, démasquer le séducteur de femmes. Avec son amante Lion, monsieur se voulait sentimental. J'ai fait saisir son courrier, ses lettres, celles de ses garces énamourées. Ensuite, prouver qu'il vivait du labeur de ses femmes. Petite pute après petite pute, je les ai convoquées dans ma salle d'interrogatoire. J'ai distribué quelques claques, quelques gueulantes, j'ai obtenu ce que je voulais savoir. Un dossier sur Fredval, pièce après pièce. Sa violence, ses coups, sa mauvaise réputation. À la fois mac, escroc, hâbleur. Un efféminé qui jouait au dur, à détruire à coups de pied par terre, si j'avais pu. Mais je comptais sur la justice pour lui régler son compte. L'enfermer pour très longtemps, au minimum. Le raccourcir d'une tête, dans l'idéal. Ou bien le bagne, comme un juste milieu.

La presse continuait de s'agiter autour de l'affaire. Le préfet m'avait convoqué, il voulait savoir où en était l'enquête, il voulait des résultats. Le ministre l'avait appelé, en personne. Il fallait faire cesser les désordres d'après la guerre. J'approuvais l'intention, mais elle aurait nécessité des actes forts. De la brutalité, pour répondre au crime, aux attaques multiples contre la société. La force, le seul langage que comprennent les voyous, les apaches, les criminels. La force pour démontrer aux faibles les dangers encourus à passer du mauvais côté, à vouloir échapper à son destin. La force pour contraindre au travail, au respect de l'ordre, à l'obéissance du citoyen, à la discipline et aux vertus de la famille. Elle inculque la vertu aux classes inférieures, portées naturellement vers la paresse et le vice. Elle aguerrit, endurcit les élites, qui prennent conscience de leur tâche. Diriger la société entraîne des honneurs mais implique également des sacrifices : le doux doit forcer sa nature et se contraindre à être implacable ; le dolent au travail sans relâche ; le pingre à la prodigalité ; le luxurieux à la retenue. Dans tous les domaines, il s'agit d'être exemplaire.

La force, quatre ans durant, a permis à notre nation de ne pas déchoir, de rester parmi les premières. Il ne faut pas en manquer désormais, même après la victoire, car les périls restent vifs. Croit-on qu'il plaisait à nos généraux et nos ministres de voir décimée la fine fleur de la jeunesse de France ? Il ne me plaît pas plus de secouer des pauvres filles et de faire cracher des proxénètes. Mais la salubrité publique requiert des tâches parfois dégradantes. Je ne m'y suis jamais dérobé.

Dans cette affaire, j'ai agi comme toujours, selon mon devoir, avec les éléments dont je disposais. Méthode, méticulosité, quand mon tempérament m'aurait entraîné vers plus de hâte. J'ai agi, je dois l'avouer, avec plaisir, au fur et à mesure que je sentais l'étau se refermer autour de Fredval.

Simone Marchand

Vous êtes vivante mais vous êtes seule, comme quand le
père vous a laissées, vous et la mère, comme quand il a fallu
se défendre, seule, la mère plus bonne à rien, la bouteille aux
lèvres, à même le goulot, et vous dehors avec les hommes.
Les hommes, il y a ceux qu'on aime et ceux qu'on plume,
il y en a eu davantage de la deuxième catégorie mais ce ne
sont pas eux qui font souffrir. Seule contre tous c'est pas pour
vous déplaire, seuls contre tous quand on est deux, c'est être
fort, être plus fort que les autres, c'est comme du temps avec
Marius. Vous étiez deux, lui et vous, vous et lui, comme dans
les livres, vous et les autres, mais les autres l'ont eu.

Vous êtes vivante mais vous êtes seule, seule comme un
chien, seule comme après Marius. Comme un chien, c'est
drôle, car vous êtes plutôt chatte, en fait, bien brossée, câline
et distinguée, le coup de patte quand il faut, sans les griffes,
avec les griffes. Seule au monde, supérieure, le monde entier
tourné vers votre désir, comme une chatte, oui, vraiment, une

chatte capricieuse. Pourtant, là, seule, vous vous sentez tellement comme un chien. Vous n'êtes définitivement pas une lionne, trop faible, trop fragile, vous l'avez compris. Chien galeux repoussé, délaissé sur le palier, dehors, à coups de pied, à coup de mains serrées contre votre cou. Ou non pas chien, plutôt gibier, à plumes bien sûr, gibier chassé, harcelé, par ce fox-terrier de commissaire, un fox-terrier avec une tête de bouledogue, ça vous amuserait presque si ce n'était à vos basques qu'il mordait et grognait. Il vous a convoqué encore deux fois, toujours les mêmes questions, toujours le même air narquois et puis les cris. Il pense que vous allez craquer, qu'il y a quelque chose à cacher. Il vous fait attendre longtemps dans le commissariat, sous le regard de tous ces flics, puis vous entrez dans son bureau. Il alterne, longs silences et avalanche de questions, ton calme et voix haute, il veut vous impressionner mais vous les connaissez, ces trucs.

Vous êtes trop triste pour avoir peur de lui. Seule au monde quand vous pensiez être deux avec Fred, quand vous vouliez être deux avec Fred, quand c'était le vœu le plus cher, le souhait, une nouvelle aventure, seuls mais à deux, oh mon Dieu, faites que nous soyons deux. Mais vous êtes seule. Vous n'avez même plus votre amant de pacotille, celui qui vous entretenait, B. Il a eu peur du scandale et il vous a lâchée. Avec une bonne petite somme pour calmer votre courroux, mais fini l'appartement, fini le salon, fini les robes et les bijoux. Il a peur, le pauvre homme, peur pour sa réputation, son honneur, sa femme, comme si vous ne saviez pas ce que c'est vraiment la peur, ses mains autour de votre cou. Mais peu importe B., Fred est revenu, alors quand B. a annoncé la nouvelle, quand il a pleurniché en suppliant de ne pas lui en vouloir, quand il a promis qu'il vous aimerait toujours et qu'il allait utiliser toute son influence pour que l'affaire aboutisse, pour qu'on ne vous embête pas, peu importait alors car seul compte Fred.

Fred de retour, vous vous foutiez de tout sauf de votre amour, vous avez pensé qu'il était là pour vous, qu'il avait eu peur de vous perdre, lui repoussé par sa bourgeoise et vous par votre bourgeois, dans ce monde-là on n'aime pas le scandale, vous deux réunis, ensemble. Mais non. Fred est reparti. Fred est reparti dès qu'il a su que c'était fini avec B., dès qu'il a compris que le commissaire le soupçonnait, vous soupçonnait.

Vous le détestez, un hypocrite, un sale hypocrite, il est revenu pour l'argent, il pensait qu'avec le meurtre, avec l'affaire, B. allait se montrer généreux. Il s'est trompé et il vous a trompé, trahie, utilisée une fois de plus. Il est revenu triomphant, arrogant, la mort d'Yvonne, votre agression, tout ça lui donnait de l'importance. Il a pensé que l'affaire le protégeait des menaces de Lion, de la police, il pensait que les bourgeoises ou que sa bourgeoise le prendraient en pitié.

Vous lui avez dit la fin avec B., vous n'étiez plus un nid à argent mais à problèmes, la police qui l'interroge et il est parti. Vous avez vendu des bijoux pour le satisfaire, ces bijoux que l'Athlète n'a pas réussi à vous voler, vendus pour Fred mais ça n'a pas suffi. Il a pris les baisers, il a pris l'argent, mais il est parti. Fred n'est pas Marius, Fred a peur de la prison, Fred ne vous aime pas, et pourtant vous continuez à pleurer et à souffrir à cause de lui. Vous vous rappelez des coups, les souvenirs ressortent, les mauvais, il y en a eu beaucoup, des mauvais, avec lui. Vous vous rappelez de ces fois par terre, quand les poings ne lui suffisaient plus, les coups de pied et vous chancelante, sanglotante, les marques sur votre corps, la honte, la culpabilité de lui avoir déplu. La peur aussi de le perdre, de le voir partir.

Ces coups partagés avec Yvonne, elle plus que vous, comme vous avez failli partager la mort, comme vous avez partagé les mains autour de votre cou, autour du sien, son cou qui se brise, le vôtre qui résiste. Avec Fred, vous auriez pu oublier Yvonne, oublier ce qui s'est passé. Vous vouliez être avec Fred, à deux, seuls contre tous, mais c'est sans lui qu'il faut se battre, affronter le juge, le commissaire, les gens, car on vous toise, on vous juge dans la rue, vous les sentez, tous ces regards, toutes ces questions, toute cette haine et vous êtes dure, vous êtes forte, mais ça vous effraie.

**Police de Marseille. Commissariat central.
Service de la Sûreté.**

Procès-verbal

L'an mil neuf cent vingt et le 21 du mois d'octobre à 15 heures, Nous, Robert André, Commissaire de Police, (...) avons fait comparaître, à notre cabinet, le témoin ci-après :

Je me nomme Boriani Marinette, je suis née le 13 mai 1899 à Terge, province du Piémont, Italie, de Joseph et de Malfati Louise. Je suis célibataire, sans profession, domiciliée à Marseille, en garni, 3 rue du Musée.

J'habite à Marseille depuis trois ans environ ; Précédemment je n'avais jamais quitté mes parents et je vivais avec eux à Terge. En 1917 je suis venue demeurer chez ma sœur, Madame Tassio, dont le mari est wattman à la compagnie des tramways. Vers la fin 1917 j'ai quitté le domicile de ma sœur pour être occupée d'abord en qualité de femme de chambre à l'hôtel d'Europe rue des Récollettes ; je n'ai occupé cet emploi que pendant un mois environ et depuis ce moment je n'ai plus travaillé. J'ai habité, depuis lors, successivement à Marseille 32 rue Sénac, 42 allées de Meilhan, 5 rue Pisançon, 9 et 10 rue du Théâtre français, 16 rue des Feuillants et enfin 3 rue du Musée où je suis depuis environ un mois. Depuis le commencement de 1918, j'ai toujours vécu de la prostitution, mais je n'ai jamais eu aucune condamnation. Je fréquentais les établissements de plaisir, plus particulièrement le Casino et le Café Riche. J'ai eu deux amants, à vrai dire,

1e Campaio Gladtone, 24 ans, sujet brésilien, capitaine marchand sur l'Ignaco, et qui est retourné définitivement au Brésil il y a deux ans environ pour se marier.

2e De Souza Antonio, 23 ans, sujet brésilien, lieutenant sur le bateau de passagers Bajet, je dois l'épouser prochainement.

Je dois avouer qu'en dehors de ces deux amants, j'ai eu plusieurs amis de passage dont les subsides me permettaient de vivre.

Sur interpellation : Je connais Fredval pour avoir dansé avec lui quelquefois au Casino. Je n'ai jamais eu de relations intimes avec lui. Il n'est jamais venu chez moi et je ne suis jamais allée chez lui. Je ne connais pas Simone Marchand, je ne crois pas l'avoir jamais vue. Il y a deux mois environ, j'ai fait au Casino la connaissance d'Yvonne Schmitt, qui fréquentait cet établissement et disait être depuis peu de temps à Marseille. Nous ne sommes jamais sorties ensemble et elle n'est jamais venue chez moi, avant le 22 septembre écoulé. Jusqu'à ce moment, nous n'avions eu que peu de conversation et insignifiante. Le 22 septembre 1920, dans la soirée, je l'ai rencontrée au Grand Casino, nous avons dansé ensemble je crois et nous avons quitté cet établissement vers une heure du matin. Yvonne m'a demandé si je voulais l'accepter chez moi, parce qu'elle devait de l'argent à sa logeuse et qu'elle n'osait pas se représenter à son domicile, 19 rue de la République. J'y ai consenti et nous sommes toutes deux rentrées 3 rue du Musée. Nous étions seules, nous avons couché toutes les deux ensemble, et Yvonne n'a pas quitté mon domicile pendant deux jours ; elle était absolument démunie d'argent. Elle a pris ses deux repas du 23 chez moi, nous avons déjeuné ensemble dans ma chambre, toutes les deux seules, le soir je suis allé dîner à la pension Villeneuve, rue Villeneuve, ainsi que j'ai coutume de faire ; pendant ce temps ma propriétaire, la dame Chabert, a fait prendre au restaurant des aliments qu'elle a servis à Yvonne dans ma chambre. Après mon souper, je suis allée ce soir-là au Palais de Cristal. Je suis rentrée à mon domicile seule, Yvonne était déjà couchée seule également. Je me suis mise au lit auprès d'Yvonne, nous avons causé un peu mais personne n'est venu nous rendre visite. Je dois mentionner que dans la matinée du 2 septembre ou peut-être dans l'après-midi, Yvonne Schmitt, pour éviter que Simone Marchand se mette à sa recherche, lui a écrit un mot, lui indiquant qu'elle avait été faite par le service des mœurs. C'est le petit garçon de ma propriétaire qui l'a porté au domicile de Simone. C'est Fredval qui aurait reçu ce mot. Yvonne n'est pas sortie de chez moi avant le lendemain seize *heures environ ; à ce moment-là elle m'a quitté pour rentrer, me dit-elle, chez Simone. J'ai revu Yvonne ce même soir, 24 septembre, à 20 h 30 environ. Elle me dit qu'elle avait été très bien reçue, rue de la République, par Fredval et Simone, et que son histoire du violon avait bien pris.*

Yvonne me confirma ce soir-là, ce qu'elle m'avait dit précédemment, à savoir que Fredval, à la suite de menaces d'un monsieur, dont la propre femme était la maîtresse de Fredval, devait quitter Marseille ce même soir. Je précise que le 24 septembre, vers 20 h 30, au moment où elle allait se rendre au Palais, Yvonne Schmitt m'a dit : « Fredval part ce soir pour Paris par le train de six heures ; en ce moment même, il doit être en route et Simone est allée l'accompagner à la gare ! »

À ce moment nous pressons le témoin de questions. Boriani Marie fond en larmes et nous dit : « Je suis décidée à vous raconter tout ce que je sais. Je ne veux pas être inculpée pour d'autres dans cette affaire. »

Pendant les deux jours où elle est demeurée chez moi, Yvonne m'a dit que Fredval était son maquereau, comme il était aussi celui de Simone. Yvonne devait lui remettre chaque soir tout l'argent qu'elle avait fait dans la journée et quand il n'y en avait pas assez Fredval la frappait. C'est pour éviter ces coups qu'elle est venue se réfugier chez moi le 22 septembre 1920, elle m'a fait voir son ventre et ses cuisses qui étaient couverts de « bleus » provenant des coups de pied donnés par Fredval. Yvonne a fait les mêmes confidences à ma propriétaire la dame Chabert et à une voisine. Fredval frappait aussi Simone pour les mêmes motifs et il y a longtemps que Simone et Yvonne projetaient de s'enfuir, mais elles n'osaient pas parce qu'elles avaient peur de Fredval. Yvonne m'a dit le 24 septembre, à 8 heures et demie, au moment du départ de Fredval pour Paris, ce même jour, elle avait voulu l'embrasser et que Fredval l'avait repoussée, en lui crachant à la figure. Fredval, me dit-elle, avait des allures de fou, l'embrassant et la frappant parfois sans motif.

Sur interpellation : J'ai caché ces détails parce que mes amis m'avaient recommandé de ne rien dire. Particulièrement le 13 octobre courant, dans la soirée, veille du jour où je suis venue dans votre cabinet, au Grand Casino, une femme en carte, connue sous le nom de Lili, petite, un peu voûtée, 21 ans environ, fréquentant les Japonais, vêtue habituellement soit d'un tailleur écossais à fond vert et marron ou d'une robe de soirée avec une cape manteau beige foncée, à ceinture, coiffée soit d'un chapeau à velours rouge avec des carreaux brodés noirs soit d'un chapeau noir, est venue me trouver au promenoir, elle m'a dit qu'un individu voulait me causer et m'a conduite auprès de lui. C'était un jeune homme de 20 ans environ, petit, corpulence moyenne, vêtu d'un costume noir ou foncé et coiffé d'un chapeau mou fendu de couleur foncée ; je crois qu'il avait une giletière en or ; à l'accent du midi. Il me dit : « C'est toi Marinette ? Si tu es appelée à l'Évêché, fais bien attention à dire que tu ne connais pas Fredval et que tu ne sais pas s'il est le maquereau d'Yvonne, car sans cela Fredval a peur que ton témoignage le fasse arrêter ! »

Je lui ai répondu que je ne dirais rien et je l'ai quitté. Je ne l'ai pas revu depuis et je ne l'avais jamais vu auparavant. Je ne puis vous fournir aucune autre indication à son sujet.

Sur interpellation : Fredval a bien tourné autour de moi pour que je devienne sa maîtresse, mais j'ai toujours refusé ses avances car j'en connaissais le danger. En ce qui concerne Yvonne, Fredval avait l'habitude de dire partout que c'était sa bonne.

Lecture faite, persiste et signe.

Continuant notre information, entendons à nouveau la nommée Boriani Marinette, 21 ans, laquelle après avoir prêté serment de dire la vérité, rien que la vérité, nous déclare sur interpellation :

Si Yvonne Schmitt est venue coucher chez moi le 22 septembre dernier, c'est que ce soir-là elle n'avait pas fait de « miché » et elle savait que Fredval la frapperait si elle rentrait sans argent.

Dans la soirée du 24 septembre je suis allée au Regina et ensuite au Palais de Cristal où j'ai revue Yvonne. Je suis sortie du Palais de Cristal avant la fin de la représentation. Je suis rentrée chez moi avec un ami de passage, japonais, qui travaille dans un bureau Place de la Bourse. J'ai su qu'Yvonne s'était rendue au Bristol en compagnie de notre camarade Lili dont je vous ai déjà parlé et qui m'a conduite auprès de l'individu qui m'a fait des menaces au Cristal. Plus tard, Lili m'a raconté comme à tout le monde qu'Yvonne avait quitté le Bristol en compagnie d'un miché, un petit jeune homme qu'on ne connaît pas et qu'elle n'avait pas revu. Dès les premiers jours qui ont suivi l'assassinat la même Lili m'a recommandé de ne rien dire quand on m'interrogerait parce que je risquerais de me faire du mal.

Après lecture persiste et signe.

Mentionnons que la nommée Boriani Marinette est expulsée de France, elle a fait l'objet d'un procès-verbal séparé et a été déférée au Parquet, le 22 octobre 1920, pour infraction à un arrêté d'expulsion et à un arrêté d'interdiction de séjour.

Le Commissaire de la Sûreté, Robert André.

Police de Marseille. Commissariat central.
Service de la Sûreté.

Procès-verbal

L'an mil neuf cent vingt et le 23 du mois d'octobre à 15 heures, Nous, Robert André, Commissaire de Police, (...) avons fait comparaître, à notre cabinet, le témoin ci-après :

Je me nomme Mourier Marie Louise épouse Chabert, née le 16 mars 1879 à Chomerac (Ardèche) de feu Louis et de Séraphie Cloud, je suis logeuse en garni à Marseille, 3 rue du Musée, mon mari travaille à l'usine St Louis raffinerie de sucre.

La nommée Boriani Marinette est ma locataire depuis plusieurs mois, elle occupe une chambre au 3e étage de mon immeuble, au prix journalier de huit francs. Cette femme vit de la prostitution, en dehors de M. de Souza je ne lui connais pas d'amant régulier.

Je ne me rappelle pas bien si j'ai vu Yvonne Schmitt le 22 septembre 1920, chez Marinette. Par contre, je me souviens de ce que le 23 septembre Yvonne Schmitt, pour permettre à Marinette de recevoir un client dans sa chambre au cours de la soirée, dut recevoir l'hospitalité d'une autre locataire, connue sous le nom de Lili et demeurant au 4e étage ; à son tour Lili reçut une visite et Marinette qui avait toujours son client, vint me demander une chambre pour Yvonne, celle-ci ne voulant pas sortir de la maison. J'ai ouvert à Yvonne la chambre n° 7 pour qu'elle puisse se reposer sur le canapé, en attendant le départ du client de Marinette. Yvonne m'a parlé de choses sans importance, me disant qu'elle adorait Fredval, qui du reste était aimé de toutes les femmes.

Je ne me rappelle pas qu'elle m'ait dit avoir été frappée par Fredval et elle ne portait pas de traces de coups. Mes souvenirs sont confus, en ce qui concerne les repas qu'elle a pris avec Marinette. Je ne puis préciser le moment où elle est partie de la maison. J'ai appris l'assassinat par Marinette qui m'a apporté le « Petit Marseillais » le 23 septembre. Je ne sais si c'est à ce moment ou plus tard que Marinette m'a appris que si Yvonne était venue passer deux jours dans sa chambre, c'était pour éviter les coups de la part de Fredval, à qui elle n'avait pas d'argent à donner, mais je me rappelle que Marinette m'en a causé.

Lecture faite persiste et signe.

Confrontons les nommées Boriani Marie et Mourier Marie-Louise, serment préalablement prêté par elles, de dire toute la vérité, rien que la vérité.

Sur interpellation, Boriani Marie déclare : Je me rappelle parfaitement avoir au cours des journées des 23 et 24 septembre, dit à Madame Chabert qu'Yvonne Schmitt s'était réfugiée chez moi parce que Fredval la battait et que même elle portait trace d'un gros coup au bas-ventre et Madame Chabert m'a dit : « Oui. Je le sais cette pauvre petite m'en a parlé, c'est malheureux, en la frappant ainsi il pourrait l'estropier. »

Madame Chabert déclare : « C'est exact mes souvenirs se précisent, j'ai bien tenu le propos que rapporte Marinette. Je me rappelle maintenant qu'Yvonne alors qu'elle était dans la chambre n° 7, m'a parlé de Fredval ainsi que je vous l'ai déjà dit et qu'elle a ajouté que celui-ci avait coutume de la battre. Je me rappelle même, plus tard, avoir fait des reproches à Marinette qui, postérieurement au crime, m'avait dit avoir rencontré Fredval et lui avoir causé au Casino.

Boriani Marie déclare : Il est exact que quelques jours après le crime j'ai rencontré un soir Fredval au Casino et je lui ai dit en plaisantant : « Vous ne portez pas le deuil ? » Il a haussé les épaules et m'a répondu : « Penses-tu pour une bonniche ! » Je n'ai pas depuis lors recausé à Fredval.

Le jour même où je suis venue pour la première fois dans votre cabinet, Fredval a demandé à ma camarade Lili, celle du Palais de Cristal, ce que j'avais raconté à l'Évêché. Lili lui répondit que je n'avais rien dit et Fredval a dit : « C'est bien, elle est gentille. »

Lecture faite persistent et signent.

**Lettre adressée à M. Fredval,
interceptée par la police. Non datée.**

Bristol Univers Cannebière Marseille

Athènes ce samedi

Mon Fred, enfin me voici à Athènes depuis mercredi. Quel cafard j'ai c'est formidable je crois que je ne pourrais pas y rester j'ai pourtant beaucoup de succès ici en tant que femme et malgré tout je m'ennuie à mourir. Fred je t'en supplie dis moi ce que tu comptes faire. Veux tu venir me rejoindre ou veux tu que nous allions ailleurs j'ai si tu veux un engagement pour Bucarest Le Caire ou Barcelone dis Fred veux tu ? As-tu reçu mon télégr je suis toujours sans nouvelles de toi c'est fou. Je m'ennuie à mourir je t'envoie la lettre que j'avais écrite sur le bateau et que je n'ai pas pu terminer car j'ai été très malade excuse moi. Je te l'envoie tel que. Notre théâtre est une petite bonbonnière c'est très joli mais nous sommes trop nombreux. Et toi cher comment va ? A-t-on retrouvé les assassins ? Vite une longue lettre ! Puis après écris moi tous les jours, et puis sois assez gentil pour m'envoyer le journal de Marseille tous les jours de ce fait j'aurais des nouvelles de France. Réfléchis bien et viens me retrouver nous serons heureux Fred car je t'aime. Je te quitte car c'est l'heure de m'habiller. Je t'aime de toutes mes forces mon cher.
Mes plus fous baisers,

Ta petite Odette.

Milou m'a baptisée Joujou, cela te plaît-il comme nom ?
Odette Lacoste, Variétés étoile, ou si tu préfères poste restante, Athènes.

À bord ce samedi

Mon Fred. Non vois-tu je n'aurais jamais cru qu'un jour je t'appelerai Mon Fred. Je n'aurais pas cru non plus que notre bonne camaraderie aurait tourné en un fol amour (de ma part du moins) et juste la veille de mon départ aussi mon Fred chéri si tu savais comme je me suis embarquer le cœur gros, il me semble que nous ne nous reverrons plus, et pourtant je ne vis que dans cet espoir, te revoir, travailler avec toi, dis chéri tu veux bien ? Nous ferions un joli numéro tous les deux et nous serions heureux. Jure mon Fred de m'écrire régulièrement, je suis si malheureuse d'être si loin de toi. Je t'aime Fred de toutes mes forces, je m'ennuie je suis sans énergie je pleure...

Nous ne faisons pas escale paraît-il aussi suis-je encore plus désolée, car dans combien de temps vais-je avoir de tes nouvelles ? À mon arrivée je t'enverrai un télégr avec mon adresse et tu me télégraphieras comme cela je te lirai plus tôt. Mon Fred adoré écris-moi tous les jours et quand tout sera terminé à Marseille quand tu le pourras viens me retrouver ou moi je viendrais et nous ne nous quitterons plus. Je t'écrirai demain car à présent nous allons dîner. Je t'aime je t'aime. Mes lèvres poupée chéri.

Odette

À bord ce dimanche.

Mon amour. Quel temps c'est affreux. Un orage formidable, une tempête affreuse, la mer est mauvaise, et beaucoup de monde malade. Moi je ne sent rien au moins pour le moment. La nuit dernière j'ai bien dormi car j'ai ma couchette près d'un hublot et je le laisse ouvert toute la nuit de cette façon j'ai beaucoup d'air, mais peut-être bien que cette nuit avec ce vilain temps ce ne sera pas pareil. Qu'as-tu fait hier soir mon chéri ? as-tu été sage ? Quant à moi tu peux compter sur ma parole. Je t'aime chéri. À demain mon amour. Mes plus fous baisers.

Ta petite Odette.

Ce lundi à bord du Daphné

Enfin ça y est la mer est plus calme mais quelle nuit ! Je t'avoue que j'ai eu un peu peur, une tempête formidable cette nuit et cependant je n'ai pas été malade on m'a dit aujourd'hui que les lettres d'Athènes à Marseille mettent 12 à 13 jours tu vois cela c'est affolant aussi je t'en supplie écris-moi tous les jours.

Cyprien Sodonou

Quand la chasse aux nègres a commencé tout le monde a morflé. Ceux qui nous tiraient dessus, c'était déjà des durs avant de partir et la guerre avait rien arrangé. Ils avaient vu mourir leurs copains dans les tranchées. Ils avaient eu faim, ils avaient eu peur, ils avaient eu froid. Ils avaient rampé dans les tranchées ennemies pour égorger des sentinelles, ils avaient enfoncé leur couteau dans des ventres jusqu'à sentir la chaleur des entrailles, alors nous tuer c'était à peine égorger un poulet.

Ça a commencé par un ou deux macs retrouvés dans le Vieux-Port, une sorte de message, ils revenaient et ils voulaient rattraper le temps perdu, alors pas de négociation, pas de discussion, il fallait leur laisser la place. Ils n'étaient pas là pour tabasser, pour casser des nez ou des bras, ils étaient là pour tuer. Ils visaient les macs, les nègres bien habillés, avec des costumes brillants, des souliers cirés, des vêtements de couleurs vives. Ils leur tiraient une balle dans la nuque ou leur plantaient leur couteau dans la poitrine. Il y en a un qui a gémi et pleuré toute la nuit, le ventre ouvert. Tous on avait peur.

On ne sortait plus seul dans le Vieux Quartier. Il fallait être deux ou trois, un qui regarde devant et l'autre derrière, et puis garder sur soi un couteau ou un pistolet. On ne s'est pas laissé faire et on a retrouvé quelques Corses baignant dans leur sang, ils avaient échappé aux balles boches pour finir sur le trottoir marseillais. On se regroupait dans nos rues ou dans nos bars, l'union fait la force, on se tenait rue Bouterie, rue de la Loge, rue Vivaux et rue Reynard. C'était trop facile de nous y trouver, alors nous, les barbeaux, on s'est rapprochés des autres bars nègres, ceux où allaient des simples marins et ouvriers. On avait besoin de voir nos compatriotes autour de nous pour se sentir en sécurité et on est allés sur le Vieux-Port, au bar de la Renaissance, au bar Villard, au bar Bernard, au bar Victor Gelu ou au bar Mandarin.

Sénégalais, Antillais, Dahoméens, nègres d'Afrique ou des îles, les barbeaux corses ne faisaient pas le détail. Nous non plus, d'ailleurs, il faut bien se défendre. Ceux qui parlaient avec un accent corse et qui nous paraissaient menaçants, on leur tirait dessus avant qu'ils ne fassent pareil. Cicofran, qui m'avait fait si forte impression, a été arrêté pour avoir tué un agent de la sûreté avec son complice, un nommé Simplon avec qui j'avais déjà causé à l'occasion. En voyant le policier arriver derrière Cicofran, il l'avait pris pour un barbeau corse, il avait paniqué et l'avait tué. Il s'était enfui à travers le quartier corse comme un possédé, puis caché dans un hangar, vite retrouvé. La foule l'avait à moitié lynché. On lui avait même tiré dessus et un policier avait pris la balle dans la jambe.

Dans chaque camp il y avait des morts et les filles ne pouvaient plus travailler correctement. Il y en a bien eu une ou deux défigurées ou plantées mais en général ça se réglait entre hommes. Une femme qui trahissait pour un barbeau adverse, on pouvait lui mettre une bonne correction mais la tuer non, que ce soit nous ou les Corses. Tout ça ne m'empêchait pas de garder mon amitié pour Pascal. Il ne se mêlait pas de ces histoires de barbeaux et il connaissait Toinette.

On ne se cantonnait plus à nos rues habituelles, les Corses avaient du mal à nous reconnaître dans la foule des nègres du port et ils ne pouvaient pas tuer tout le monde. On se faisait discrets, on évitait les costumes. Il y avait eu quelques fusillades devant les bars du Vieux-Port mais c'était plus difficile que dans les petites rues, il fallait éviter la police, même si elle s'en fichait pas mal de nos affaires.

Nous n'étions pas aussi organisés que les Corses : il y avait des bandes, bien sûr, mais moi je suis toujours resté un solitaire, même si Bernard pouvait me donner un coup de main de temps en temps. Simplement, quand il fallait sortir, on surveillait, on ne restait pas seul, ça n'empêchait pas chacun d'avoir ses propres filles, et de faire ses affaires de son côté. Les Corses, eux, se connaissaient du village ou du quartier de Marseille où ils avaient grandi ; ils avaient vécu les tranchées ensemble pour certains, ils faisaient dans la prostitution mais aussi d'autres trafics et ils avaient plus d'armes que nous. Ils avaient aussi des complices dans la politique ou dans la police, dans le syndicat du port. C'est évident, nous ne faisions pas le poids. J'ai survécu par miracle.

Fiche anthropométrique
de police de Gabriel Simplon.

André Robert

Des doutes, j'en ai eu, il le faut bien, c'est mon métier de douter après tout. Il faut être méfiant, mettre en cause, se mettre en cause. Mais les doutes servent souvent à vérifier mes intuitions, à les mettre à l'épreuve afin qu'elles ressortent à l'état d'arguments, d'éléments de dossier, de documents rangés dans des classeurs et remis au juge. C'est de cette manière que je travaille.

Dans cette affaire je n'ai jamais douté que Fredval soit de la vermine. Il y a des rois antiques qui construisaient des mausolées pour leurs femmes disparues. Je construis des édifices pour mes suspects, des bâtiments de preuves, bien construits et bien charpentés, pour les enterrer tout autant. Je reconstitue des mécanismes, je reproduis des raisonnements et des cheminements, je retrace des événements. Ces dossiers sont mes cathédrales, proclamant à l'humanité tout entière le triomphe de la vertu sur le vice, de la justice sur le crime, de la police sur le coupable. Je ne suis pas poète, mais ce sont mes odes à la vérité. Je ne laisse personne mettre la dernière main à l'ouvrage, je suis tout à la fois architecte et artisan, bâtisseur et ouvrier.

Je peux les contempler, mes belles affaires résolues. Elles sont une trace de ma vie sur terre. Quand je repense au crime de la rue de la République, j'ai un goût terrible d'inachevé. Je suis l'auteur d'un chef-d'œuvre méconnu. J'ai approché les méandres du cerveau humain, les ressorts tortueux de la convoitise, de la jalousie, de l'orgueil et de l'ambition mal placée. J'ai compris, comme souvent, les raisons de leur crime mieux que les criminels eux-mêmes. Ils se mentent, se cachent souvent derrière la faiblesse humaine, derrière l'erreur, le repentir, la pauvreté. Pour moi le crime a une seule et même origine : le désir de sortir de sa condition, le refus d'accepter la place que la société nous donne et qui doit demeurer immuable sous peine de tout bouleverser. Je suis, comme Platon, un partisan de l'être, car l'essence de chaque humain donne un sens à sa vie. Les penseurs du devenir, du mouvant, de l'instable, sont des sophistes qui excitent le peuple, comme les bolcheviks en Russie. Ils vouent le monde à sa perte. Ils doivent être combattus. Platon contre Héraclite, vieille lutte sans cesse renouvelée, sans cesse nécessaire.

Il y a les théoriciens de ce mouvement, et les praticiens. Les premiers sont philosophes, démagogues, journalistes, poètes ou révolutionnaires professionnels. Les seconds sont bandits, escrocs, criminels, syndicalistes ou faux-monnayeurs. Grâce en soit rendue, rares sont les hommes capables de combiner théorie et pratique. Les bandits sont rarement des philosophes : tant mieux. Ils n'ont pas conscience, parfois, de la façon dont leurs actions minent la société. Il faut leur mettre du plomb dans la tête, au sens littéral si nécessaire.

Quand le grand parti de l'ordre, qui rassemble tous les honnêtes gens, est désuni, les bases de la société tremblent. J'ai construit mon dossier aussi sérieusement et aussi solidement que je le fais toujours. On n'a pas suivi mes conclusions dans cette affaire. On a mis en cause mes intuitions. On a eu tort. On le paiera. Ce n'est qu'une petite affaire, un petit élément de ce grand navire qu'est la société, mais relâcher la vigilance en un point, c'est la certitude de voir d'autres voies d'eau s'ouvrir. C'est, petit à petit, aller vers le naufrage.

Cyprien Sodonou

Tout s'est gâté pour nous quand les Ouolofs ont rencontré les barbeaux corses. Pour les Blancs, en France, nous étions tous des Sénégalais. Mais les Ouolofs savaient, eux, que ce n'était pas vrai. Ils avaient été les premiers à venir en France, ils se prenaient pour de bons ouvriers et ils ne nous aimaient pas car on attirait les problèmes sur tous les nègres de Marseille. Ils ne voulaient pas se prendre des balles perdues ni mourir pour les autres. Avec l'âge, je les comprends. Ils ne demandaient qu'à travailler sur le port ou dans les bateaux pour ensuite rentrer au pays.

Ils se sont choisis des délégués pour régler le problème. Ils ont d'abord essayé de nous parler mais on leur a rigolé au nez ; on avait goûté à la vie de pachas et pas question de devenir raisonnables. On était bien décidés à se battre. Alors les délégués sont allés voir les patrons des bars qu'ils fréquentaient et leur ont demandé de faire les intermédiaires pour rencontrer des barbeaux corses, dans une arrière-salle de bar.

Ça devait être beau à voir, je peux imaginer ces travailleurs nègres avec leurs plus beaux habits, effrayés par leur audace, des gens tranquilles, des pères de famille pour certains qui avaient même leur femme et leurs enfants à Marseille. En face, les Corses avec leurs costumes mieux coupés, leurs cheveux coiffés en arrière, leurs chapeaux de barbeaux et leurs airs menaçants. Et pourtant ils se sont bien entendus, sur notre dos. Les délégués ont expliqué que les Ouolofs étaient des ouvriers honnêtes, qui ne faisaient pas travailler de filles, que c'était les Martiniquais, les Guadeloupiens, les Soussous, ceux qui venaient de Guinée qu'il fallait punir. Eux étaient de bons nègres prêts à aider pour faire le tri. Ils ont demandé la fin des expéditions contre leurs bars et ils se sont engagés à en chasser ceux qui vivaient aux crochets des femmes. Ils ne nous faisaient pas peur, mais ils étaient plus nombreux et les patrons des bars les soutenaient, les fusillades n'étaient pas bonnes pour le commerce.

On a dû retourner dans nos rues. Il y en avait de plus en plus qui tombaient.

J'y ai eu droit, moi aussi. Je sortais d'un bar, un peu ivre. Trois barbeaux corses sont arrivés. J'ai couru avec une seule idée en tête : quitter les Vieux Quartiers où j'étais une cible facile et me rapprocher de la Cannebière, plus éclairée, où il était plus difficile de tirer sur un homme. J'avais déjà évité des balles quand je suis arrivé rue de la République. J'ai su que je n'arriverais jamais à la Cannebière.

C'est alors que j'ai vu Simone Marchand. Elle sortait d'un fiacre et se dirigeait vers la porte de son immeuble, une apparition, blonde, belle, habillée avec soin. J'entendais les cris de mes poursuivants qui s'encourageaient, j'ai foncé derrière elle quand elle a ouvert la porte. Une balle m'avait effleuré, je saignais. Je lui ai dit, des gens à mes trousses, ils voulaient me tuer. J'ai supplié, j'ai menacé, elle m'a laissé monter chez elle. Elle m'a fait boire de l'alcool, elle en a mis un peu sur ma plaie.

J'étais seul avec elle mais je n'ai même pas pensé à la forcer. Je ne savais pas qui la protégeait, sans doute quelqu'un d'important pour avoir un si bel appartement. J'ai dormi sur un tapis, comme un chien grelottant, mon couteau serré contre moi. Elle m'avait donné une couverture. Je me suis réveillé avec le soleil, j'allais partir, elle m'a parlé d'une dette, elle m'avait sauvé la vie. Elle avait l'air tellement sûre d'elle, je lui ai dit où m'envoyer un mot pour me trouver.

Je l'avais échappé belle et de voir la mort de si près m'a convaincu de négocier avec les Corses. Beaucoup de barbeaux nègres étaient morts ou en prison, d'autres s'étaient enfuis, certains dans d'autres ports, à Bordeaux. Je suis allé voir Pascal, il m'a présenté son cousin, il connaissait des gens du milieu. Je les ai rencontrés, j'ai expliqué. Je n'avais volé Toinette à personne, elle ne travaillait pas avant moi. Je ne cherchais pas d'autre fille. Je n'avais tué personne. Ils m'ont demandé de respecter leur autorité, il fallait obéir aux règles. Celui qui faisait des affaires dans leur quartier, même dans les rues nègres, il devait payer sa protection. On s'est mis d'accord sur une somme chaque mois.

Le cousin de Pascal s'est porté garant, je lui remettais l'argent. J'avais sauvé ma peau mais ça me coûtait cher et j'ai dû me remettre à naviguer occasionnellement. Les Corses avaient repris le contrôle du trottoir, ils étaient les plus forts. Ils avaient gagné leur guerre contre les barbeaux noirs. Tant pis pour nous. J'étais un survivant. Simone Marchand a voulu que je paye ma dette.

Simone Marchand

On vous a voulu gibier dans la chambre, de grosses mains autour de votre cou frêle, vos cheveux blonds sur l'oreiller. Le commissaire aussi veut votre peau. Gibier pour lui aussi, qui ne vous croit pas. Le juge est plus sympathique, un vieil homme, moins cassant que le commissaire. Il ne regarde pas vraiment en face, il parle trop doucement, mais il n'a pas cherché à vous piéger, à vous prendre en défaut, à vous humilier.

Gibier pour l'assassin, gibier pour la police. On n'y échappe pas. La presse parle de vous, de vos amants, vos sentiments, votre conduite, votre morale, vos valeurs, votre déshonneur, vos revenus, votre appartement, votre rue, votre vie, votre petite vertu. On vous a voulue morte, abattue, mais vous marchez encore, en titubant certes, mais vous marchez, vous vous maintenez. Vous n'avez pas recommencé à boire, pas comme la dernière fois qui vous a donné mal à la tête. Vous auriez des raisons, pourtant.

Fred est revenu, vous ne le voyez plus, vous voyez un visage, une haleine, des mains autour de votre cou, ça halète, ça transpire, c'est sur vous, c'est en vous, c'est autour de vous, autour de votre cou. Vous criez encore la nuit. Vous vous réveillez en sueur, vous n'habiterez plus là-bas, on ne veut plus de vous, vous êtes celle par qui le scandale arrive, la mante religieuse, la michetonneuse, l'entôleuse, la gagneuse, la garce, la voleuse d'hommes, la salope, oui, la salope.

Vous ne l'avez pas volé, ça devait bien vous arriver, quand on fait des bêtises, c'est arrivé, c'est bien fait, vous ne l'emporterez pas au paradis, on récolte ce qu'on a semé après tout. Vous vous sentez petite, toute petite. Vous pensez parfois à Yvonne, vous l'entendez rire, parler, pleurer. Vous pensez aussi à ses cris mais vous ne l'avez pourtant pas entendue crier ce dernier soir, cette dernière nuit. Rire, ça oui, gémir, ça oui, mais pas de douleur, pas de peur, de désir. Le désir, son dernier sentiment, sa dernière pensée, peut-être, vous l'espérez.

Vous avez ri aussi, vous avez gémi puis gémi de nouveau mais de douleur, de peur, cette fois pas de désir, plus de désir. Vous ne pensez plus du tout à B. C'est comme s'il n'avait jamais existé. Il est passé, il a donné, il est reparti. Vous pensez parfois au commissaire qui vous scrute, qui vous méprise, qui voudrait bien vous coincer. Vous pensez à ces regards dans la rue, ces gens, ils ne vous connaissent pas mais ils vous dévisagent, ils se retournent quand vous passez, ils chuchotent, c'est elle, c'est la Marchand. Vous savez les distinguer ces regards, regards de pitié ou regards haineux, difficile de dire lesquels font le plus mal. Vous avez envie de crier, ça vous a sauvé, ça vous sauverait des regards, un simple cri et brusquement ils fuiraient. Vous pensez souvent à Fred, à ses yeux, à son sourire, à sa voix, à ses mains qui frappent parfois mais qui savent aussi être douces, qui savaient.

Vous êtes gibier, petit gibier, menu fretin qu'on attrape et qu'on relâche ou qu'on laisse crever. Vous dormez et vous vous réveillez en pensant à Fred, vous avez du désir ou vous n'en avez plus, de l'envie, de la jalousie, vous avez envie de crier. Vous criez comme cette nuit où vos cris vous ont sauvé la vie.

Cyprien Sodonou

Ma logeuse a apporté le mot de Simone Marchand dans un bar rue Bouterie où je me soûlais gentiment la gueule. Elle me donnait rendez-vous chez elle. Je ne sais pas pourquoi j'y suis allé. Elle m'avait abrité quand j'étais poursuivi, mais je ne lui aurais pas donné le choix, de toute façon, avec mon couteau. Je m'en foutais pas mal de sa dette. J'étais curieux. Je la trouvais belle.

Elle m'a servi encore de l'alcool. Elle avait un bleu sur le front. On l'avait frappée. J'ai jamais eu trop besoin de dérouiller mes filles, parce qu'elles sont attachées, elles veulent me plaire. Si on veut qu'une fille puisse travailler, il faut faire attention et retenir ses coups. Il faut frapper pour corriger et pas pour blesser. Elle, on l'avait abîmée.

Elle aimait un danseur, Fredval. Il était dur. Elle supportait ses humeurs mais l'idée d'une autre femme qui comptait plus qu'elle la rendait folle. Elle l'avait suivi, elle avait fait un esclandre, il était furieux. Elle voulait que je prenne le relais.

Personne pour se méfier de moi, on n'irait pas imaginer son lien avec un nègre. Elle m'a proposé de l'argent, une forte somme. J'ai accepté. J'ai réclamé la moitié de suite. Elle me l'a donnée. Alors j'ai su que je pouvais demander plus.

André Robert

Il y a des pistes qui n'ont jamais abouti. Le client d'Yvonne Schmitt, le jeune homme renvoyé pour faire place à l'Athlète et Nez-Pointu, par exemple. Impossible de savoir s'il a eu le temps de faire sa petite affaire avant que la fille lui demande de s'en aller. En tout cas, disparu, évaporé. Un fantôme, vu au Palais de Cristal, mentionné par Simone Marchand, mais impossible à retrouver. L'imbécile de l'histoire, obligé de laisser le lit encore chaud pour les deux autres. Parti sans demander son reste, humilié, dindon de la farce tragique. Il aurait pu fournir de précieux renseignements sur le signalement des deux hommes. Un militaire, selon certains témoins. Avec si peu de détails, autant retrouver une aiguille dans une botte de foin.

Il y a aussi de nombreuses fausses pistes qui ont ralenti mon enquête. Après Pisano et Farinetti, on en a soupçonné d'autres. Tout ce que Marseille faisait de suspects, de récidivistes, de malhonnêtes, a défilé dans mon bureau. Des hommes de petite envergure, séducteurs vieillissants, jeunes coqs arrogants et idiots. Des femmes de petite moralité et d'intelligence encore moindre. Tout un peuple de dégénérés, de maudits, déserteurs et tire-au-flanc.

Un Oranais, ancien amant de Simone Marchand, condamné pendant la guerre. Gérant de meublé, pour la galerie, mac, à coup sûr. Je sais les reconnaître. Corpulent, beau parleur, avec son accent de là-bas. Il avait vu Fredval et Marchand le soir du crime, à la gare Saint-Charles.

La teinture retrouvée sur les lieux du crime avait été achetée dans un bazar, à Metz, par un acrobate de cirque. L'athlète, tout de suite, nous est venu à l'esprit. Le saltimbanque était innocent. Un bohémien quelconque, pas un tueur.

Mes hommes ont coffré deux tatoués qui correspondaient au signalement des assassins. Deux anciens bagnards, des hommes sans foi ni loi. Nez-Pointu était tatoué, sur l'avant-bras et la cuisse, Simone Marchand s'en rappelait. Je l'ai convoquée pour identifier les deux prisonniers. Tout était possible de sa part. Faire mine de ne pas les reconnaître, si elle était complice de Fredval. Les dénoncer, par vengeance, si elle estimait avoir été trahie à cause de sa propre tentative d'assassinat.

Elle ne les a pas reconnus. Elle a dit que ce n'était pas eux, pas les mêmes tatouages. Impossible de connaître la valeur de sa parole.

Parole de pas grand-chose, je m'en suis rendu compte par la suite. Simone Marchand était au cinéma quand elle a fait appel aux agents. Elle criait, elle pleurait, elle en était sûre, elle venait de voir un des assassins. Un dénommé Marcel Silve, un vaurien, encore un, mais certainement pas l'Athlète, ni Nez-Pointu. Pas de tatouages, un alibi, c'était vite vu. En fouillant son passé, un détail troublant, cependant : un ancien amant de Simone Marchand. Encore un. Beaucoup de répétitions dans cette affaire. La garce avait voulu se venger, lui créer des problèmes, ou bien elle était folle.

Le juge était impressionné par elle. Mes inspecteurs aussi. Une très belle femme, une voix chaude, habituée à couler sucrée pour les hommes. Je ne m'en laissais pas conter pour autant. J'en ai vu d'autres, des ensorceleuses, des croqueuses de diamants. Fausses petites souris, vraies tigresses.

Il y avait les faits, dans cette affaire, et il y avait les fausses pistes.

Les articles des journaux. Les lettres de dénonciation. À vérifier.

Les lettres anonymes. À vérifier.

Les bonnes idées du préfet, du juge. À vérifier.

Les prétendues révélations envoyées par des fous furieux. À vérifier quand même.

Beaucoup de travail, en somme, pour un résultat qui tardait à venir. Un exutoire pour une société déjà malade. Et moi, le médecin, à qui on ne donnait pas les moyens du remède.

Carte de type érotique adressée au juge Laurès, 28 décembre 1920

© Archives départementales des Bouches-du-Rhône, dossier 2 U2 1602.

Laurès,
je vous serai très obligée d'envoyer un mandat d'arrêt contre Fontaine Com : du 2e arrondissement qui est venu chez moi 14 rue Noailles et ma menacer de me tuer au lieu de mettre votre langue dans le cu de S. Marchand et au lieu de lui prendre son argent.

Au verso de la carte : *vous voilà avec Simone Marchand en train de lui mettre votre langue ou tous les hommes ont mis leur salles queues, vous en faites autant avec son maquereau tous cela vous plaît surtout son argent depuis des mois vous faites un deuxième maquereau on voit que le métier de juge vous rapporte l'argent fait tout. Mlle Perin Eloïse 14 rue Noailles Marseille.*

**Police de Marseille. Commissariat central.
Service de la Sûreté.**

Procès-verbal

L'an mil neuf cent vingt et le 25 du mois d'octobre à 17 heures, Nous, Robert André, Commissaire de Police, (...) avons fait comparaître, à notre cabinet, le témoin ci-après :

Je me nomme Espaignac Julie, je suis née le 8 septembre 1897 à Boussenac (Ariège) de père non dénommé et de mère Espaignac Marie, je suis célibataire, sans enfant, sans profession, domiciliée à Marseille rue Longue des Capucines 29 au 1er étage.

Je connais le nommé Silve Marcel depuis environ deux ans et je suis sa maîtresse. Depuis cette époque il m'aide un peu mais il ne m'a jamais fait cadeau de grosses sommes d'argent ou de bijoux. Nous sommes restés fâchés pendant deux mois environ et nous nous sommes remis ensemble il y a environ un mois quelques jours après l'assassinat d'Yvonne Schmitt. Je ne connais pas d'occupation à Marcel Silve, il joue souvent à la baraque.

Sur interpellation *: Je connais Fredval comme tout le monde ici et je connais Simone Marchand pour l'avoir rencontrée en ville et au Casino.*

Je fréquentais un peu Yvonne Schmitt qui était la maîtresse de Fredval. Yvonne portait souvent la trace de coups et me racontait que c'était Fredval qui la battait.

Environ quinze jours avant son assassinat, Yvonne Schmitt est venue me faire une scène au Casino, en prétendant que j'étais allée faire le tour de la Corniche, avec son amant Fredval et que j'étais sa maîtresse. Ce n'était pas moi et je le lui ai dit, et à dater de ce moment, nous ne nous sommes plus causé.

Simone Marchand, à partir de ce moment là, m'a regardé également avec un air agressif lorsqu'elle me rencontrait dans la rue. Elle me rencontrait souvent alors que j'étais en compagnie de Marcel Silve qu'elle connaissait donc parfaitement de vue et qu'elle n'aurait pas hésité à reconnaître s'il avait été l'un des assassins. Je m'étonne donc beaucoup qu'elle le désigne aujourd'hui et je ne doute pas que ce soit par esprit de vengeance.

Toutefois, je ne puis vous dire où était Marcel Silve le 24 septembre au soir, puisque nous étions fâchés à ce moment-là, comme nous l'étions déjà, du reste, au moment où Yvonne m'a fait une scène.

Lecture faite, persiste et signe.

Cyprien Sodonou

Surveiller Fredval, c'était facile, j'ai pu en raconter beaucoup à Simone Marchand. Il n'était pas discret. Plusieurs amantes. Des riches, surtout. Il fréquentait de beaux endroits pour les rencontrer. Très élégant, brillantine dans les cheveux. Un galant homme. Elles lui donnaient leurs bijoux, il les revendait à un Arménien. Il en aimait peut-être quelques-unes. Il faisait aussi travailler des michetonneuses qui s'étaient amourachées.

J'ai dit la vérité à Simone Marchand. Les larmes dans ses grands yeux.

Simone Marchand

Vous ne pouvez plus supporter les regards, vous ne pouvez plus supporter les hommes. Vous avez toujours croisé des hommes, beaucoup d'hommes, mais en ce moment vous n'en croisez qu'un seul, il rit avec vous, il vous embrasse, il vous dit des mots tendres à l'oreille, puis il vous serre le cou. Vous avez posé la bouteille, les bouteilles, vous sortez, vous voyez moins cet affreux commissaire, il a peut-être abandonné.

Vous sortez donc, vous croisez des hommes, vous ne les voyez pas, ou plutôt vous les voyez, vous le voyez, toujours le même, il vous terrifie. Vous sortez quand même. Vous ne voulez pas finir chez vous, comme votre mère, vous êtes allée la chercher, vous l'avez ramenée, elle a fini chez vous, en douceur, chez elle. Vous n'êtes pas une sainte, vous avez beaucoup péché mais à votre crédit il y aura au moins ça, si un jour on vous juge au ciel, même si vous n'y croyez pas. Vous sortez et vous voyez des hommes et vous avez peur.

Vous ne voyez plus Fred, Fredval, Ficelle, le danseur, le beau Ficelle, le beau Fred, il vous a menti, il s'est joué de vous. Vous ne le voyez plus et vous ne savez pas si vous le regrettez, vous avez vu des hommes chez le commissaire, des suspects, mais ce n'était pas lui, pas celui qui vous a serré le cou. Vous auriez pu finir brisée, désarticulée, mais vous vous êtes accrochée à la vie, vous avez résisté, vous avez crié, pas comme Yvonne, la pauvre Yvonne. Vous ne voyez plus Fred, vous ne voyez plus B. qui a eu peur du scandale, de la presse, de la publicité, il vous a dit en chialant que c'était fini, son cœur brisé, plus jamais il n'aimera comme il vous a aimée, le lâche le salaud. Vous êtes triste pour Fred, vous vous foutez de B., sauf pour l'appartement et les belles toilettes.

Vous voyez toujours le même homme, encore dans votre tête, effrayant, mais bientôt d'autres hommes, il le faut, vous le savez, il vous faut un homme, ou plusieurs, peu importe, plusieurs c'est mieux, mais il vous faut un homme, au moins un, pour vivre, pour vous accrocher à la vie comme votre mère s'accrochait au goulot. Vous avez vu des hommes et vous avez vu le tueur à chaque fois, vous avez crié au cinéma, vous avez frémi dans la rue en croyant le reconnaître. Vous avez accusé un ancien amant, le pauvre Marcel, vous vous rappelez d'une scène de jalousie, ça paraît fou. Accusé à tort mais peu importe, à sa façon il était coupable, à leur façon ils sont tous coupables de quelque chose, ces hommes, ils sont coupables du malheur de leur femme, de leur amante, de leur fille, vous le savez, vous l'avez compris.

Les hommes, la source du malheur, le péché originel, Adam, pas Ève. Alors si Marcel innocent avait payé, il aurait payé, tant pis. Vous ne savez plus, tous les visages se mélangent, tous ces hommes, les bons, les mauvais, comment savoir.

Comment distinguer quand il y a tant de mauvais en chacun d'eux, vous voulez qu'il paye, vous voulez tous qu'ils payent. C'est tombé sur Marcel, pas de chance, ce « pas de chance » qu'il a tatoué sur son bras. Vous riez de ce pauvre con. Vous voulez boire, vous voulez baiser, pour oublier, vous avez peur des hommes mais vous vivez par eux. Vous avez failli mourir par l'un d'entre eux.

La Goulue ou le goulot, votre choix, votre vie. Votre mère a perdu son homme, elle a choisi le goulot. Vous avez recommencé à boire, encore une fois, une autre soirée comme la dernière fois. L'alcool étouffe les cris dans votre tête mais vous ne voulez pas, vous savez que ça n'est pas bon, vous êtes plus forte.

Vous étouffez à Marseille, vous voulez partir, vous vous accrochez à la vie, mais pas ici, plus ici, trop de souvenirs dans les rues, dans les bars, les yeux de Fred, ses mensonges, les rires d'Yvonne, les mains autour de votre cou. Vous étouffez à Marseille, vous croisez trop d'hommes mais toujours le même, vous voulez partir pour échapper à tous ces regards. Est-ce lui ? Ses mains ? Ses yeux ? Vous voulez partir de Marseille pour échapper aux hommes, à l'homme, mais pour ça il vous faut un homme. Avoir un homme pour ne plus être aux hommes, vous étouffez, il faut quitter Marseille.

Cyprien Sodonou

J'ai pris son argent, une belle somme, je l'ai caché, je suis parti quelques semaines sur un bateau. J'ai dit au revoir à Toinette, je l'avais confiée à Bernard. Il devait payer les Corses pour ne pas m'attirer d'ennuis. À mon retour, Toinette s'était rapprochée d'un Martiniquais à qui elle reversait ses gains à ma place. Il l'avait cédée à un autre, un de ses amis et compatriote. Elle avait accepté. J'ai voulu régler ça. On ne m'enlève pas le pain de la bouche de mon plein gré.

Il y avait les deux Martiniquais chez Toinette. Ils étaient armés. Elle pleurait. Je l'ai emmenée avec moi. Je suis allé chercher Pascal dans un bar où il avait ses habitudes. Je voulais qu'il lui parle. On a marché, tous les trois. Ils discutaient dans leur langue.

Sur le terrain vague derrière la Bourse, près de la Cannebière, ils nous ont attaqués. C'était une bêtise de passer par là. Je me suis enfui. Pascal et Toinette ont pris une balle. J'ai couru chez moi, j'ai pris mon revolver, je suis sorti pour tuer les Martiniquais. Je savais où les trouver, au bar créole rue de la Rose. J'ai pas eu le temps, la Sûreté nous a arrêtés.

On est passés en procès, les trois nègres. Toinette a survécu un moment, elle a parlé aux policiers. Pascal ne m'a pas montré son amitié au tribunal comme je l'aurais souhaité. Il m'en voulait et moi aussi je lui en veux. J'ai pris cinq ans. Toinette a mis six mois à mourir de ses blessures, à l'hôpital, je ne l'ai jamais revue.

C'est en prison que j'ai appris la mauvaise affaire de Simone Marchand. Il me restait son argent pour me relever. J'ai fait mon temps, je suis sorti, j'ai rencontré Lucie, qui a travaillé pour moi, on a pris d'autres filles, elle a acheté notre bar. Je paye toujours les Corses. Pas les mêmes qu'au début. Je ne me plains pas, ma vie a bien tourné. J'ai eu de la chance. Le reste, c'est de l'histoire ancienne.

André Robert

Quand j'ai reçu la lettre de dénonciation d'un détenu de la prison Chave, je me suis dit que l'affaire était en bonne voie. Il disait avoir entendu deux autres prisonniers se vanter d'avoir commis le meurtre de la rue de la République. Deux souteneurs, emprisonnés pour bagarres et divers actes de violence. Tout correspondait. J'avais identifié autour de Fredval une bande de demi-sels et de petites frappes, fascinés par son bagout et son succès avec les femmes. Quelques boxeurs parmi eux. Ils intimidaient, menaçaient ou faisaient le coup de poing à son service. Une tripotée de petits malfrats, pas le vrai milieu corse, des ritals avec plus de gueule que de muscle. À son image, à Fredval.

La guerre avait désorganisé les Vieux Quartiers. Les bandits traditionnels montés au front, d'autres avaient pris leur place. Des étrangers, des nègres, des aventuriers. Pour trois ou quatre fois plus de filles, des réfugiées, des orphelines, des dépravées, de celles à qui il ne faut surtout pas lâcher la bride.

Cartes rebattues pour la vermine. Pour ceux qui voulaient de cette anarchie, de ce désordre, faire surgir un nouveau monde du crime et de la débauche.

Après l'armistice et la démobilisation, les apaches revenus du front ont voulu récupérer leur part de gâteau. On a retrouvé dans les eaux du Vieux-Port des blancs-becs, Sénégalais, Espagnols, Arabes, tous ceux qui pensaient que leur tour était venu. Ils avaient pris la parenthèse de la guerre pour une nouvelle donne. Ils s'en sont mordu les doigts. Nous, on regardait, pas mécontents de voir la racaille se décimer entre elle. On arrêtait les flagrants délits, quand on pouvait, où quand ça se dénonçait de part et d'autre. Il y a eu quelques dégâts dans nos rangs, je me rappelle un agent tué par un Sénégalais trop sûr de lui.

Tout ce grabuge a été fini en quelques mois. Les anciens maîtres des Vieux Quartiers ont repris ce qu'ils croyaient être à eux. Leurs remplaçants éphémères ont été tués, pour les plus malchanceux et les plus orgueilleux, se sont enfuis, pour les plus avisés, ou se sont entendus avec les autres, pour les plus habiles. Il y avait bien quelques trous à boucher, quelques niches à occuper.

Pendant ce temps-là, les filles continuaient à travailler. Il y avait moins d'hommes après la guerre, mais les besoins n'avaient pas diminué. Il fallait bien se réfugier dans des bras féminins pour oublier les tranchées. Il fallait se récompenser des bonnes affaires conclues pendant la guerre ou bien se consoler de faire partie des perdants. Il y avait moins d'hommes mais ils avaient survécu, triomphants ou déconfits, peu importe, ils mettaient deux fois plus d'ardeur à l'ouvrage.

Les amis de Fredval avaient à peine participé à ce grand raffut, à ces filles passant de maître en maître. Lui-même se croyait au-dessus des bas quartiers, et son orgueil lui a valu de survivre, car je n'aurais pas donné cher de sa peau s'il avait tenté le jeu qui s'y était déroulé. Fredval ne voulait pas se contenter des lieux marginaux que l'ordre public octroie aux truands et au vice. Il voulait goûter aux hautes sphères ; il pensait y accéder par les femmes. Celles qu'il faisait travailler, grâce à Simone Marchand et son appartement de la rue de la République, n'empiétaient pas sur le territoire traditionnel, à Marseille, de la pègre. Voilà pourquoi il est passé entre les gouttes. Il avait su profiter des interstices de la société pour naviguer entre le monde des bas-fonds, où il aurait dû être, et celui de la bonne société, où il aspirait à demeurer.

Il avait profité de ses connaissances dans le milieu pour recruter deux tueurs. J'en étais persuadé. Jalousie de Simone Marchand, bavardages d'Yvonne Schmitt, je ne sais pas ce qu'il craignait le plus. Simone sans doute complice, pour faire venir les deux tueurs dans l'appartement. Quelle terreur de s'apercevoir qu'elle était visée autant que sa camarade. À moins que ce ne soit Yvonne, après tout, qui avait manigancé un rendez-vous manqué pour que Simone rencontre à la gare les deux hommes. Un beau stratagème, bien combiné, de la part de Fredval.

J'aurais aimé causer la perte d'un tel homme. Le manque de valeur d'une âme n'est jamais l'assurance de sa déchéance. La chance, la détermination, l'opportunisme, peuvent toujours conduire certains hommes plus haut qu'ils ne le méritent. Il faut un obstacle pour les faire tomber, on ne peut pas compter sur le destin. J'aurais voulu les voir rouler dans la poussière, lui, Simone Marchand, leurs complices, leurs amis. Voir rouler leurs têtes dans le panier du bourreau. Débarrasser la ville d'une sale engeance. Nettoyer l'air et le sol de leurs pas, de leurs paroles, de leurs corps. Les faire disparaître plus sûrement encore que mes fils ont disparu sous les obus allemands.

Simone Marchand

Vous en avez eu des hommes, vous vous dites que vous n'en voulez plus mais pourtant il vous en faut un, pour être libre. Vous avez eu Marius, vous avez eu B., mais pas Fredval. Vous êtes vivante mais vous étouffez et vous êtes en colère. Vous étouffez de peur, de jalousie, de haine, de ressentiment. Vous n'êtes pas morte mais c'est tout comme et il faut quitter Marseille pour être vivante de nouveau. Vous avez peur des hommes mais besoin d'un homme, un riche, un qui a les moyens de vous emmener ailleurs et puis de faire des promesses et de les tenir.

Qui vivra par les hommes périra par les hommes, n'est-ce pas, ma pauvre Yvonne ? Vous tenez bon, le grain est passé, il faut partir maintenant, relever les voiles et partir loin, loin de Marseille, loin de la rue de la République, loin de l'Athlète, loin de Nez-Pointu, loin de Fredval, loin du commissaire, loin du cadavre d'Yvonne, pauvre Yvonne. Loin du Palais de Cristal et loin de la Cannebière, loin du Vieux-Port, loin de la

Bonne Mère qui n'a pas veillé sur vous, pas de bonne mère non plus pour vous protéger.

Vous vivrez encore par les hommes car c'est la seule façon de vivre. Vous avez peur des hommes, à jamais, mais il en faut un. Un qui se laisse faire, un riche, un vieux, un fragile, il aimera vos moues, vos caprices, votre rire, vos désirs, vos petits bras et votre taille, votre menton et vos fossettes, et il faudra encore offrir le cou à ses baisers, à ses lèvres mais surtout à ses mains et c'est ça qui vous hante.

André Robert

Simone Marchand a été chassée de son appartement, obligée de vendre ses meubles aux enchères. Je l'ai su à la fin de mon enquête, au moment de conclure, d'envoyer le rapport au juge. Le bel appartement, celui qui lui permettait de parader, payé par B., son armateur, par ce vieil homme riche et séduit, fou d'amour pour une garce. Les voisins l'ont fait partir, le docteur Gallerand en tête, ses propres voisins. Chassée comme une malpropre qu'elle est, une malpropre de l'âme, une malpropre du corps, souillé par tous ses amants, ses clients. Une humiliation qui la suivra. De celles dont on se rappelle toute sa vie, de celles qui laissent un goût de revanche, de celles qui ne peuvent s'effacer complètement quand bien même on accumule succès et richesses, tout juste s'atténuer, tout juste devenir le souvenir ténu et brûlant d'une vie d'avant, mais d'une vie toujours présente en soi.

Elle va crever seule, pauvre, sa beauté l'abandonnera, c'est certain, la seule question est de savoir si elle aura pensé à mettre de côté ou réussi à se faire épouser. Je voudrais que ses années de jouissance soient équilibrées par autant d'années de souffrance. On finit toujours par souffrir, par perdre les amis, les aimés. C'est une question de temps. Le mien est venu tôt, on m'a enlevé ce que j'avais de plus cher. Il y en a d'autres qui sont chanceux. Il y en a qui gardent plus, plus longtemps, mais au bout du compte on finit par perdre. Elle sera malheureuse, à la fin, je n'en doute pas. Mais elle le sera peut-être trop tard.

J'en viens à me dire qu'il y aurait dû y avoir deux victimes, pas une seule. Ou alors seulement elle. Étranglée dans son bel appartement, prisonnière de cet étau doré. Morte après avoir fait l'amour, par où elle a péché toute sa vie. J'ai plus de compassion pour les putes esquintées des Vieux Quartiers.

Je repense à mon interrogatoire de Fredval. Ses cris, son pantalon souillé. Je n'ai pas eu le pouvoir de l'envoyer croupir au bagne, au moins ai-je eu ce pouvoir-là. Au moins ce plaisir de se savoir devenir trace indélébile, de se sentir au bord d'aller trop loin, de justesse.

Les assassins restaient introuvables, j'ai fait mon rapport. Il était argumenté, précis et circonstancié. Il expliquait pourquoi Fredval était le commanditaire et Simone Marchand sa complice. J'étais allé au bout des possibilités. Seul le sort pouvait intervenir, désormais.

Marseille, le 22 décembre 1920.

Le commissaire de la Sûreté
à M. le Juge d'Instruction de la 4e Division

J'ai l'honneur de vous retourner ci-joint votre délégation, en date du 25 septembre 1920, aux fins de recherche des auteurs ou complices de l'assassinat de la fille Yvonne Schmitt, commis le 24 septembre 1920 à Marseille.

Toutes les pistes indiquées, soit par les éléments d'information, soit par des renseignements privés, n'ont pas donné de résultats probants.

L'hypothèse du crime occasionnel conserve sa valeur, mais il faut avouer qu'elle apparaît de plus en plus fragile. En effet, si nous étions en présence de professionnels du « vol de bijoux de demi-mondaines », il est certain que les voleurs n'eussent pas agi ainsi à la légère ; ils auraient pris le loisir d'étudier l'affaire, de choisir même plus intéressante que Simone Marchand, et de mettre leur projet à exécution sans assassiner une ou deux personnes.

Le contenu du sac découvert sur le lieu du crime me semble assez étrange ; on se demande en vain quel peut être l'usage de la fausse moustache retrouvée, qui ne répond à aucun besoin, soit d'artiste soit de criminel ; c'est un postiche très ordinaire, incapable de donner une figure à l'artiste qui l'emploie ou de procurer un déguisement à un malfaiteur professionnel, qui emploierait dans ce cas une fausse barbe, seule de nature à égarer suffisamment les recherches. Le complément du sac semble encore bien mince pour des professionnels de cette envergure : lames de rasoir, manuel d'espagnol ?

En ce qui concerne l'exécution même du crime, celui-ci aurait dû être combiné dans tous ses détails par les assassins pendant le court laps de temps employé par Simone à la poste, alors qu'elle expédiait un télégramme. À noter également qu'à ce moment les assassins ne connaissaient à Simone que les bijoux dont elle était porteur et dont la possession semble, malgré tout, même pour des professionnels, ne pas mériter l'assassinat de deux ou d'une personne.

Le crime peut donc être occasionnel mais tout semble démontrer le contraire.

Les coïncidences sont nombreuses qui méritent de retenir l'attention. Les sujets de premier plan, SOGGIU Fredval et MARCHAND Simone, sont des moins intéressants et dénués de tout scrupule.

Des renseignements particuliers nous font connaître que Simone Marchand est considérée comme une femme vindicative et redoutable ; à Lyon, il y a plusieurs années, elle passait pour une entôleuse de première force ; par la suite elle parcourut un peu toutes les parties du monde, en particulier, en compagnie d'un cambrioleur très connu Marius LANGON, dont elle était la maîtresse.

À Marseille elle passe pour ne pas toujours s'être désintéressée des affaires douteuses. Dans les derniers mois, elle était très éprise de Fredval, à l'égard duquel elle se montrait d'une jalousie intransigeante, le filant et lui faisant des scènes violentes et continuelles. Depuis longtemps mais en vain, Fredval, et il le déclare lui-même, cherche à s'en débarrasser.

Fredval présente le type du parfait aventurier, d'envergure modeste, mais prétendant aux plus hauts sommets ; nous le voyons, après avoir évité les dangers de la guerre et circulé pendant ce temps de façon singulièrement suspecte entre la France et l'Espagne, arriver à Marseille nanti de quelques ressources de provenance au moins douteuses, venant de Buenos Aires où il a vécu avec la lie de la population, dont une certaine partie semble malheureusement avoir momentanément élu domicile à Marseille.

Dans notre ville, Fredval « prend le vent », cherchant à tirer parti de ses avantages physiques et de sa connaissance de la danse, il rencontre Simone Marchand qui s'éprend follement de lui et lui procure sans compter les ressources dont il a besoin, soit pour monter une académie de danses, soit pour satisfaire sa passion du jeu. Pour compléter ses ressources Fredval adjoint à Simone la malheureuse Yvonne Schmitt, qui à leur contact permanent dut apprendre bien des secrets dangereux pour qui les possède. Grâce à l'entregent de ces femmes, qui lui permet de faire bonne figure, Fredval rencontre Mme Lion, et dès cet instant Simone lui devient insupportable. Mme Lion est pour lui une maîtresse qui flatte son amour-propre, il veut à tout prix se la conserver et rompre avec le vilain passé qu'il juge déjà si nuisible que représentent Simone Marchand et Yvonne Schmitt et dont, cependant, il continue à tirer grand parti.

Simone Marchand est devenue à ce point l'esclave de Fredval qu'elle consent à héberger chez elle Yvonne, dont elle ne peut ignorer les relations avec Fredval et ces deux femmes travaillent pour lui. Il ne leur ménage pas les coups ; et deux jours avant son assassinat Yvonne Schmitt quitte le domicile de Simone. Elle est lasse des coups et elle a peur ; à plusieurs camarades elle fait voir la trace des mauvais traitements dont elle est l'objet et elle fait des confidences.

Les bavardages de cette fille ne doivent pas laisser que d'inquiéter Simone et Fredval, car au 19 rue de la République ont défilé nombre d'individus aux allures louches dont les occupations pourraient intéresser la justice.

Dans le même temps survient l'incident Lion, Fredval est giflé et quitte Marseille. Il a peur dit-il d'être tué par M. Lion. On peut difficilement croire cette version, en songeant que le même Fredval a toujours le revolver à la main. Un fait domine la situation, M. Lion va chasser sa femme, la maîtresse idolâtrée de Fredval, et celui-ci veut à tout prix l'emmener à Paris où ils vivront ensemble, Fredval ne concevant plus l'existence sans elle. Ce projet ne sera réalisable que si Simone disparaît et jusqu'alors Fredval n'a jamais pu s'en débarrasser.

Fredval est un impulsif violent, un être compliqué qui affectionne les mises en scène cinématographiques, incapable peut-être d'agir par lui-même, mais susceptible dans son amoralité de préparer un crime dans ses plus petits détails.

Les circonstances de son voyage paraissent bizarres, il se trompe de train, s'arrête à Dijon où il prend soin de faire connaître officiellement sa présence par des lettres ou des cartes postales, il eut voulu préparer son alibi qu'il n'eut pas procédé d'autre façon. Jamais il ne manifeste la moindre émotion relative à la mort de sa petite camarade Yvonne.

Depuis le crime Fredval ne cesse de plastronner, s'affichant avec impudence, volant des bijoux aux femmes, les rançonnant, les frappant, et lorsqu'elles récriminent, menaçant de les faire tuer. Son inconscience égale son cynisme.

Simone, avec laquelle il avait cru rompre, à son retour de Paris, est venue le relancer et il n'a pas pu la repousser malgré tout le désir qu'il peut en avoir et qu'il a déjà exprimé. Il semble qu'il en ait peur et c'est en vain qu'il la menace, revolver à la main, de la tuer si jamais elle parle. C'est une amie de Simone qui parle en présence de Simone et de Fredval : « Fredval est un homme pour qui on tue et on se fait tuer. »

Certaines divergences existent entre les dépositions de Fredval et de Simone, Fredval déclare n'avoir jamais entendu parler de rendez-vous entre Simone et Yvonne à la gare Saint-Charles ; il prétend qu'au moment de son départ pour Paris, les deux femmes lui ont paru être en froid.

Si on arrive à penser que Simone Marchand a dénaturé les circonstances du crime et qu'elle a sciemment égaré les recherches, en faisant arrêter un individu, Marcel Silve, qu'elle savait ne pas être au nombre des assassins, on doit alors admettre : ou qu'elle est complice de l'assassinat d'Yvonne ou qu'elle connaît les assassins et qu'elle ne peut ou ne veut causer, soit par crainte de représailles soit pour épargner Fredval qui les aurait guidés.

Depuis le crime Simone a encore vendu des bijoux au profit de Fredval et celui-ci se livre également au négoce de bijoux de grande valeur et de provenance inconnue.

Enfin, le peu d'indices mêmes recueillis au cours de l'enquête donne à penser qu'il s'agit d'un véritable crime du « milieu » c'est-à-dire d'un monde où les délations sont rares, et les exécutions fréquentes.

André Robert

Je suis un policier, pas un justicier. Un justicier veut la vengeance, il sacrifie tout, famille, carrière, à ce qui doit être, à ce qu'il croit. Ma carrière touche à sa fin, je n'ai pour ainsi dire plus de famille depuis que je n'ai plus de fils, et pourtant j'ai obéi. J'ai bouclé le dossier à la manière dont on me l'a demandé, j'ai validé ce que je pense être une vérité pervertie, une vérité qui laisse Fredval et Simone Marchand en liberté. Si les principes avaient plus sûrement guidé ma vie, j'aurais convoqué Fredval, je l'aurais arrangé comme il faut, jusqu'à ce que son cœur lâche, et il aurait lâché, j'en suis sûr. J'ai vu la lâcheté au fond de ses yeux, j'y ai vu la peur de la douleur physique. Elle n'est pourtant rien à côté de la douleur de l'âme. Mais un tel homme a-t-il une âme ?

Je n'ai pas mis le point final à cette enquête. Seul le sort pouvait y mettre un terme, il est intervenu, par l'intermédiaire d'un commissaire parisien. Ce commissaire Brouchier, presque par hasard, a trouvé les assassins. Même pas besoin de les arrêter, seulement de les transférer. On ne m'a pas laissé les interroger. Je m'étais grillé dans cette affaire, m'a dit le préfet. Mes méthodes n'étaient pas convaincantes, m'a dit le juge. Je ne méritais pas ça. Mais la vie n'est pas une question de mérite, je le sais.

De brillants enquêteurs, à ma place. Mon rapport balayé, mes conclusions, méprisées. Fredval hors de cause. Simone Marchand hors de cause. Affaire classée, résolue, un meurtre de hasard, d'opportunité. Le commissaire Brouchier, à la barre, lors du procès, fasciné comme tous les autres par la Marchand, qui lui tresse ses lauriers, la précision des informations apportées par la femme, grâce à elle les coupables arrêtés, des innocents relâchés. Oubliée, l'accusation contre Marcel Silve. Quand le commissaire l'a envoyée chercher, pour confondre ses suspects, elle était en villégiature à Aix-les-Bains. Elle s'était refaite en quelques mois, déjà entre les mains d'un autre richard. Brouchier a pourtant fait pleurer la salle en disant combien elle avait eu peur, combien elle ne put supporter le choc et se retrouva indisposée, en reconnaissant l'Athlète, son assassin, sur photographie. Sur l'autre, elle n'avait pas osé se prononcer, il lui semblait moins chauve, il a été fait à cause de ses tatouages, indiscutables.

Le commissaire Brouchier a été encensé. Son flair. Son efficacité. Son humanité. Et moi, moqué par la presse, j'aurais pu en écrire, des romans, a dit Le Petit Marseillais. La messe est dite, ma carrière ne s'en est pas relevée, je m'en fous.

Je n'ai rien à redire sur les assassins. Les coupables, sans aucun doute. De beaux oiseaux, d'ailleurs, l'Athlète et Nez-Pointu. Albert Polge et Yves Couliou. J'ai épluché leurs carrières. Je n'ai pas pu les arrêter, mais j'ai cherché à les connaître.

Quand Nez-Pointu, l'assassin d'Yvonne, est retrouvé, il vient d'être condamné par la cour d'assises du Loiret à cinq ans de prison pour vol qualifié au cours de l'affaire dite « des Aubrais » ; il attend son jugement à Rouen pour une autre affaire de vol. Un sacré palmarès, déjà.

Dans l'affaire des Aubrais, cet Yves Couliou n'est qu'un simple comparse. J'avais entendu parler vaguement de cette affaire. La gare des Aubrais, près d'Orléans, avait connu en 1920 de nombreux vols de marchandises. Jusqu'en en mars 1920, quand les gardiens ont surpris un cambriolage. De simples ballots de draps, embarqués dans une camionnette. Une fusillade, terrible. Un employé de la gare, sorti voir le grabuge, tué par une balle perdue.

Puis la course des gendarmes après la camionnette. Barrages. Nouvelle fusillade. Un voleur tué, un arrêté. Les autres qui s'égayent à travers les champs. Deux malfaiteurs réfugiés dans une auberge, de nouveau une fusillade. Un bandit blessé à la jambe, l'autre se fait sauter la cervelle plutôt que de se rendre.

J'ai noté méticuleusement les noms de tous les complices de Nez-Pointu, de tous ceux de la bande des Aubrais. Des fois qu'ils auraient connu Fredval. Pour faire le lien.

Charles Grout, ajusteur, tué à Artenay, au barrage.

Henri Isaac, 26 ans. Il voulait qu'on le surnomme Bonnot en référence à la bande à Bonnot. Il s'est tiré une balle dans la tête.

Jean Rouchy, blessé à la jambe dans l'auberge.

Georges Kieffer, 30 ans, le premier à s'être rendu. Un ancien soldat de l'infanterie, chauffeur automobile de profession. Il conduisait la camionnette, sa camionnette, et n'en a pas bougé quand ses complices se sont enfuis.

On peut avoir fait la guerre et ne pas en sortir plus courageux. Kieffer a dénoncé tous ses complices et pour faire bonne mesure les auteurs de précédents vols commis dans la gare, dont Couliou. Ça ne l'a pas empêché de prendre dix ans. Ils ont tous chargé Isaac-Bonnot, les mains de son cadavre noires de poudre, le seul à avoir tiré selon les accusés. Ils ont tous payé pour son crime, pour leur crime.

Je n'ai pas réussi à trouver de relation entre eux et Fredval.

Pour Yvonne, encore, Couliou a été dénoncé. Par une femme, dans un bar louche de Montmartre, un mot griffonné sur un bout de papier, remis à Brouchier.

« Couliou Sansandre a tué Yvonne Schmidt. »

Le commissaire n'a eu qu'à vérifier, le mettre nu dans sa cellule pour regarder ses tatouages. Polge et lui menaient une vie de rapines depuis la fin de la guerre. Eux et leurs femmes. Léo, dite Germaine, et Marcelle.

J'ai égrené leurs adresses, rue après rue, de garni en hôtel miteux. Ils ont changé souvent de lieu et de nom, pour ne pas laisser de traces.

4 rue de Steinkerque - 107 rue de Turin - rue Labat. Metz
53 rue de la Victoire - rue de Steinkerque. Le Havre, hôtel Marécal.
Place des Halles - 10 boulevard Saint-Martin - 61 rue de Provence. Deauville, pendant les courses.

Ils préparaient un coup, ils ont envoyé leurs femmes à Toulouse en septembre 1920, se donnant rendez-vous à cinq heures du matin, soi-disant pour faire de la bicyclette. Ils les ont rejointes, les ont renvoyées à Paris, puis sont partis pour Marseille.

À leur retour à Paris, elles logeaient de nouveau rue de Provence, pendant dix jours de septembre. Sur leurs fiches,

Marcelle dactylographe, Germaine artiste. Quand leurs hommes sont rentrés après leur crime, affolement général. Nouveau déménagement.

Un meublé, 129 avenue de Villiers.

Puis Levallois-Perret, à l'hôtel Vallois, au 26 rue Vallier. Lui Georges Dufour, 30 ans, représentant de commerce, né à Blois, elle Germaine Guillemin, 21 ans, employée de commerce. Dans la propre ville du père d'Yvonne Schmitt.

Germaine travaille alors dans une maison de rendez-vous située au 122 rue de Provence, sous le nom de Germaine Jeanne Verdier, née le 16 octobre 1896 à Neuilly-sur-Seine. Un faux état civil, emprunté à la maîtresse d'un complice de la bande des Aubrais, pour cacher qu'elle est mineure. Ils se rendent aussi quelques jours à Ancenis, en Loire-Atlantique, chez les parents de la fille.

Leur parcours me fascinait malgré moi. Il m'effrayait. Tant de mobilité, tant de crimes impunis. Nous étions donc tombés si bas. La guerre, au lieu de régénérer notre nation, l'avait dépravée car les meilleurs étaient partis.

Ces deux filles me terrifiaient. Toujours prêtes à suivre leurs hommes dans la déchéance.

Elles ne savaient pas pour le crime de la rue de la République, ont-elles dit. Elles devaient se douter.

C'est Marcelle, le lendemain du retour de Polge, qui fouille son sac de voyage et trouve des bijoux et un sac à main de dame. Elle s'empare d'une bague, un saphir entouré de brillants. Elle la porte quelques jours avant qu'il ne la revende à un receleur.

C'est Germaine, pas étonnée quand Couliou prétend avoir oublié son sac dans le train.

Après leur crime, les deux hommes se sont séparés. Polge a vendu les bijoux volés, pour 10 000 francs à des receleurs de sa connaissance. Finalement, assez cher payé, pour la vie d'une Yvonne Schmitt.

L'enquête était terminée, le procès a pu avoir lieu. On ne m'a pas demandé mes conclusions, on a pris celles de Brouchier. Il a eu la vedette. Je suis sûr qu'il a manqué quelque chose. J'ai cherché, je n'ai pas trouvé. Ils n'ont pas agi seuls. Ce n'est pas possible. Je n'ai pas pu me tromper.

J'aurais voulu les coincer tous, Fredval, ses amis, Simone Marchand. Il aurait fallu coffrer même les innocents dans cette affaire, parce qu'ils étaient tous souillés. Par la misère, par le goût du luxe, par l'envie. Les éliminer, les mettre hors d'état de nuire, de corrompre, voilà ce qui comptait. Mon échec est celui d'une justice trop faible. Les assassins ont été faits, je pourrais m'en contenter. Voilà qui est bien, mais le bien est l'ennemi du mieux.

La vie souterraine de ceux qui ne respectent pas les règles continue, à Marseille. La subversion des limites, des nécessaires barrières de classes. La faiblesse mortifère de ceux qui dirigent.

Reste chez les protagonistes de cette affaire, chez ceux qui en ont réchappé, la frayeur saine que je leur ai inspirée. C'est tout. C'est peu. Peu m'importe, après tout. Mon nom ne sera pas porté par des petits-enfants.

27 septembre 1921.

Rapport du Commissaire mobile Brouchier
à M. le Contrôleur général des services
de police judiciaire.

J'ai l'honneur de vous rendre compte qu'au cours des investigations auxquelles j'ai procédé ces jours derniers à Paris dans le quartier Montmartre, relativement à diverses affaires de vol, j'ai appris, à titre tout à fait confidentiel, que l'individu qui avait étranglé dans la nuit du 24 au 25 septembre 1920 la nommée SCHMITT Yvonne, dans la chambre qu'elle occupait à l'époque 19 rue de la République, à Marseille, n'était autre qu'un nommé Couliou Yves, Alexandre, Joseph, né le 23 avril 1890, à Quimperlé (Finistère) de feu Joseph et de Naour Véronique, dit « Sansandre » dit « Le Parisien ».

Son complice n'a pu m'être désigné, mais des renseignements que j'ai pu recueillir au cours de l'enquête à laquelle je me suis livré, il ne me paraît pas douteux que celui-ci ne soit autre que le nommé Polge Albert, Illide, Charles, dit « Bébert », né le 5 février 1894 à Mirande (Gers), de Philippe, Illide et de Burgau Marguerite, Hélène, Jeanne.

Le nommé Couliou est l'individu qui a été désigné communément à Marseille au cours de cette affaire sous le surnom de « Nez-Pointu » et Polge sous celui de « l'Athlète ».

Toutefois Couliou ayant à présent le visage entièrement rasé, il est à supposer qu'au moment du crime il portait une moustache à la « Charlot » vraie ou fausse. Couliou a été photographié et mensuré hier à la maison d'arrêt de Rouen où il est détenu. Au cours de cette opération il a été relevé sur son corps les tatouages ci-après :

1°) Sur l'avant-bras droit une femme en costume de soirée, coiffée d'un semblant de chapeau avec grande plume, de 20 cm/4 à 4 cm du poignet du cubital antérieur.

2°) Sur jambe droite une femme nue fumant une cigarette.
Or il est à signaler que ces tatouages ont été indiqués dans le signalement de Nez-Pointu.

Couliou possède actuellement un complet gris ainsi qu'un veston et gilet noirs, avec pantalon fantaisie, il est chaussé de souliers noirs avec bouts vernis.

Quant à Polge également détenu à Rouen, il est encore en possession d'un complet bleu marine avec petites rayures blanches. Enfin Polge est très bien doué physiquement et fréquentait la salle de culture physique de la rue Véron.

Le nommé Couliou a été arrêté par notre service le 4 janvier 1921 dans le courant de l'après-midi alors qu'il venait rendre visite à Polge qui avait été arrêté la veille.

Au moment où il a été appréhendé, il était porteur notamment d'une carte d'électeur et d'un passeport français établis au nom de Rousseau, Jean, Robert, né le 8 mai 1894 à Paris, d'une montre plate dite « savonnette » à double boîtier avec chaîne à anneaux allongés en métal jaune, et d'une pince monseigneur à l'usage des cambrioleurs de 48 cm de longueur.

Couliou a comparu devant la Cour d'assises du Loiret le 3 février dernier avec tous ses complices de la bande des Aubrais. Il a été condamné à cinq ans de réclusion pour vol qualifié.

Couliou, qui le 16 août 1919 avait été condamné à deux mois de prison par la 10e Chambre correctionnelle à Paris pour port d'arme prohibée, avait à cette époque comme maîtresse une nommée Le Floch Françoise, Louise, née le 11 janvier 1891 à Hennebont avec laquelle il est peut-être resté en relations épistolaires.

Cet individu simule actuellement la folie et ne répond qu'évasivement aux questions de M. Ragot, Juge d'Instruction à Rouen. Le docteur Gossiau l'ayant examiné a conclu dans son rapport que Couliou n'était pas atteint de démence lors des faits qui lui sont reprochés et qu'actuellement il présente un très léger état de lassitude généralisée.

Polge, de son côté, est noté comme suit aux sommiers judiciaires :

2 mois Nantes, le 28 novembre 1913, vols, violences
6 mois guerre maritime, Lorient, le 2 mars 1916, vol

Il a été arrêté le 28 octobre 1920, après s'être échappé quelques instants des mains de l'inspecteur chargé de le rechercher. Quelques jours après, le 5 novembre suivant, il réussissait à fausser compagnie aux gendarmes.

Arrêté à nouveau le 3 janvier 1920 à Paris par notre service, Polge fut blessé d'une balle dans la tête.

Il sera jugé au sujet de deux vols dits « au pavé » commis les 29 septembre et 4 décembre 1919 dans des bijouteries du Havre. Il est en effet un professionnel de ce genre de méfait.

Il a comme maîtresse une dénommée Thibaut, Geneviève, Clémence, dite Marcelle, née le 16 septembre 1898 à Saulzet (Alliers), qui se livre à la prostitution et chez laquelle doivent se trouver les effets de son amant.

Cette femme, entièrement vicieuse, n'a certainement jamais ignoré les déplacements de Polge, et elle l'a suivi dans certaines villes notamment au Havre, à Dunkerque etc... Elle est même allée résider pendant quelques temps à Bruxelles vers la fin de l'année dernière et commencement de cette année alors que Polge s'était réfugié en Belgique, après son évasion.

Je sais également que la nommé Thibaut, dite Marcelle, devait se trouver, peu avant l'assassinat de la fille Schmitt, à Toulouse, en compagnie d'une nommée Schwalm Berthe, Léonie, dite Léo, âgée de 20 ans, fille galante, probablement la maîtresse du nommé Couliou.

Les nommés Couliou et Polge sont certainement en relations depuis assez longtemps. Ils fréquentaient à Paris les mêmes individus, les mêmes établissements. Au cas où ils viendraient à prétendre qu'ils ne se connaissent pas – ce qui est assez probable – je crois que je pourrai démontrer le contraire.

En résumé, les dénommés Couliou et Polge sont des malfaiteurs très dangereux, cambrioleurs, souteneurs, capables de commettre toutes besognes louches. Ils sont retors, peu communicatifs.

Ci-jointes, à toutes fins utiles, la fiche de voie publique anthropométrique du nommé Couliou, ainsi que plusieurs photographies de cet individu et du nommé Polge.

Le Commissaire de police mobile, Brouchier.

Fiche anthropométrique de police d'Yves Couliou

© Archives départementales des Bouches-du-Rhône, dossier 2 U2 1602.

Photographies d'Yves Couliou et Albert Polge saisies par la police

Simone Marchand

Vous avez quitté Marseille et vous revenez à Marseille pour le voir, lui, ses mains, votre cou, vous étouffez, mais retour à Marseille. Il faut être courageuse, ne pas s'écouter. Vous revenez pour en finir. Vous le verrez, vous le reconnaîtrez, ses mains qui vous ont aimé, qui vous ont caressé, qui ont failli vous tuer.

Vous êtes en colère mais vivante, grâce à vos cris. Vous auriez pu choisir l'autre, vous auriez pu être l'autre, morte, étranglée, au pied du lit. Vous verrez ses mains et vous saurez que c'est fini, vous serez là devant lui, encore là, preuve vivante de son crime, vous serez peut-être sa condamnation à mort.

Un athlète, il pouvait vous soulever d'un bras, il aurait pu vous tordre le cou d'une main, il a essayé. Vous allez l'achever, dire « C'est lui », tout simplement, et ces paroles vont serrer son cou comme un étau. Vous aurez peut-être quelques larmes. Sa gorge oppressée quand vous direz « C'est lui », son cou serré une dernière fois, avant qu'on le lui coupe, qui sait. Alors vous allez accrocher encore une fois, une dernière fois, vos souvenirs, cette soirée, il est fort, très fort, mais vous êtes forte, plus forte que lui.

Empreinte digitale (dossier de police)

Assassinat commis dans la nuit du 24-25 Septembre 1920 au N°19 de la rue de la République à Marseille.

Trace digitale révélée sur un verre trouvé dans l'appartement de la victime et concordant à l'index gauche du prévenu Couliou. (agrandissement à 5 diamètres)

PARTIE 3
Prisons
1921-1925

État des pièces à conviction. Affaire Polge-Couliou.
Inculpés d'assassinat, tentative d'assassinat, et vol.

Il a été déposé au greffe correctionnel les objets ci-après :

I - Une valise renfermant
1° Un livre intitulé L'espagnol sans maître
2° Un indicateur des chemins de fer du midi et quatre feuilles séparées d'indicateur
3° Un rasoir STAR en morceau et deux boîtes de lames
4° Une boîte contenant deux flacons et une brosse, marque OREAL
5° Deux brosses à dent, un blaireau, un peigne, une boîte de poudre de riz, une boîte savon dentifrice GIBB
6° Une paire de fausse moustache
7° Un tampon à poudre de riz, une boîte de crème, une boîte ERASMIC vide, une boîte d'allumettes, une savonnette
8° Deux paires de chaussettes hommes vert et marron dont une avec jarretelle, une paire de bas de soie, une brosse à cheveux, un passe-lame de rasoir, une paire de lorgnons avec étui, une paire de lunettes, un crayon avec protège mine
9° Une boîte de cartouches 6/35, de 20
10° Un faux col en toile, un bloc de nature inconnue

II - Un médaillon photographique et un doigt en caoutchouc
Un revolver pistolet automatique chargé de six balles
Le tout trouvé dans les appartements de la nommée Marchand Simone.

III - Un scellé ouvert contenant un imperméable en gabardine kaki, un gilet noir à rayures blanches, une casquette grise et une paire de gants en caoutchouc saisis au domicile de la fille Thibaut Marcelle, 10 Bd St Martin à Paris.

IV - Un paquet recommandé renfermant un tricot et un caleçon de couleur mauve saisis sur le nommé Polge Albert.

V - Un scellé contenant des bijoux appartenant à l'inculpé Polge :

Une chaîne de montre « gentleman » fantaisie en métal jaune à anneaux allongés et une montre remontoir « savonnette » en métal jaune, extra plate avec boîtiers ciselés, appartenant à l'inculpé Couliou.

À l'intérieur les inscriptions 18K, Vulcain 3/362 – 18 K Vulcain 3/914262 et sur le boîtier intérieur levées visibles double plateau spirale Breguet, 15 rubis Vulcain.

Marseille le 31 mars 1925, le commis-greffier.

Couliou et Polge, petits malfrats sans envergure, au point d'abandonner leur matériel et leurs bagages sur les lieux du crime. Le coup de la rue de la République, un mélange d'improvisation, d'impréparation, d'opportunisme, de détermination, jusqu'au meurtre.

Les bijoux volés à Marseille, pour la plupart, ont été vendus au bijoutier Isidore Steimberg, situé 8 boulevard Poissonnière, à Paris. Polge est aussi en relation avec un certain Jean Chassagne, receleur de bijoux, recherché par la police. En fuite, embauché comme soutier dans un paquebot à destination de Montevideo. Un autre complice, encore, Albert François Joseph Filimondi, né à Tizi-Ouzou en Algérie, embarqué en octobre 1920, quelques jours après le crime, sur un bateau à destination de Buenos Aires.

L'Argentine, pays en plein essor, prospère, qui accueille de nombreux émigrants venus d'Europe. Un pays de cocagne pour la pègre. Sa capitale est le « Paris de l'Amérique ». Les

Françaises ont bonne réputation dans les bordels argentins, les souteneurs français peuvent faire fortune. Pour les filles aussi, la certitude de gagner beaucoup d'argent, afin de permettre à leur mac ou elles-mêmes d'ouvrir un commerce, un bar ou un hôtel. Elles ne rechignent donc pas au voyage, encouragées par le système de la « remonte » : les proxénètes installés en Amérique du Sud écrivent à leurs amis restés en France de leur envoyer des filles.

L'Amérique du Sud, un refuge pour de nombreux truands évadés du bagne de Cayenne. L'évasion, c'est le rêve des forçats. Cet imaginaire, ils le gravent dans leur peau : dans les papiers du docteur Lacassagne, médecin lyonnais de la fin du XIXe siècle passionné par les bas-fonds, la photographie d'un dos de bagnard impressionnant, rempli d'un immense tatouage, une « évasion de forçats ». Quatre forçats sur un frêle esquif, une mer pleine de poissons. Un *Radeau de la Méduse* illicite. Certains se sont évadés par bateau, en effet, d'autres par la jungle. Beaucoup y ont laissé leur vie, d'autres ont réussi et refait leur vie, pourquoi pas en Argentine. À Buenos Aires, ils sont aidés par d'autres truands.

Les bordels sont menacés en 1911, fermés par la municipalité socialiste de Buenos Aires. Aussitôt remplacés par des *casitas*, maisons avec une seule fille, éventuellement aidée d'une gouvernante plus âgée. Deux mille *casitas* à Buenos Aires à la fin des années 1920, aux mains des anciens propriétaires des bordels. Les *casitas* de luxe pour les Français, dans le quartier de la Quadra, celles du quartier populaire de la Boca pour les Polonais et leurs jeunes filles juives venues d'Europe orientale. Des conflits, entre eux, une grève des souteneurs français, accusant les Polonais de casser les prix et défilant dans les rues de Buenos Aires avec leurs filles et des drapeaux tricolores.

Ailleurs en Argentine, des bordels traditionnels. Comme à Marseille, la pègre rend des services, aide les hommes politiques pour leur réélection. Un eldorado, jusqu'aux années 1930, où une législation plus sévère pousse les proxénètes à fuir ailleurs en Amérique du Sud ou jusqu'à Barcelone. L'Argentine, Couliou et Polge y pensaient, eux aussi, sans doute. D'où ce manuel, *L'Espagnol sans maître*, non pas une brochure anarchiste mais une méthode d'apprentissage linguistique.

Ils ont été pris, gibiers de potence.

Au revoir la rue de la République, adieu l'Argentine. La prison. Les prisons. Pour Yves Couliou, dit Nez-Pointu, c'est Orléans, Rouen, Marseille, Aix-en-Provence. De janvier 1921 à octobre 1925, presque quatre ans de cellule, de procès, d'avocats, de gendarmes et de juges. Et aussi quelques lettres, avant l'échafaud.

ORLÉANS
Yves Couliou

Il a pas pu s'empêcher de baver, le petit salopard, il leur a tout raconté aux cognes, pour ce que ça lui a rapporté. Cinq ans, pour vol, comme nous, comme moi, cinq ans, pas plus pas moins. Ma règle à moi c'est pas vu pas pris, mais si quelqu'un jacasse, alors forcément… Tout ça pour un coup où j'étais même pas, je me retrouve en prison. C'était un bon filon cette gare, j'en ai profité, je dis pas, mais moi y me serait pas venu à l'idée de tirer sur des cognes. Je l'ai vu au procès et j'ai tout de suite reconnu son genre, le genre qu'aurait pas tenu quinze jours à Biribi. Un pleurnicheur, un môme, j'en aurais fait mon girond. Georges Kieffer, j'ai bien retenu son nom et des fois qu'ils nous mettent dans la même prison je lui apprendrai à fermer sa gueule. Ou plutôt non j'attendrai d'être dehors, je veux pas moufter tant que je suis ici. Mais il perd rien pour attendre. Je le frapperai comme les bleus m'ont cogné quand ils m'ont pris. De belles trempes, au moins sept ou huit, je compte plus, j'ai pris quelque chose. À plusieurs sur moi ils ont pas chiqué, ils voulaient que je leur donne mon domicile mais puisque j'étais sans domicile, pas possible de leur en donner un et aussi que je vivais avec une femme, ils voulaient que je leur donne Germaine. Enfin je comprenais plus rien à force, des choses qui avaient jamais existé. Moi c'est un simple vol et puis c'est marre.

Cinq ans, c'est long, je pourrai pas tenir mais je sortirai avant, je le sais. Je serai un agneau, je sais faire, être poli avec le juge, dire d'accord, d'accord. Cinq ans pour vol comme si c'était ma faute si ça a mal tourné, une fois où j'étais pas là. Je regrette pas, rien, jamais, j'ai eu un peu de belle vie, pour quelque temps. J'ai volé, c'est vrai, mais les plus grands voleurs c'est les gros, c'est pas les petits comme moi.

J'aurai une remise de peine, c'est sûr, cinq ans c'est trop, pour des tissus, j'ai même pas tiré un coup de feu. Je suis presque content de changer de prison, pour le procès à Rouen, je veux plus voir ces murs, cette cellule. Ça sera une autre, là-bas, ça sera pareil, mais ça fait du changement. C'est pour bientôt, c'est un gardien qui me l'a dit. J'aurai une confusion des peines et avec ma bonne conduite je serai libéré. J'aurai une grâce sinon. Je vais filer doux, pas de bagarres ici, pas besoin, on me respecte. Je sais ce qu'il faut dire et pas dire.

Je sortirai et j'irai voir la mère. Si je reste cinq ans, c'est trop long, elle va mourir. Je veux pas la voir ici, c'est trop loin pour elle, je veux pas voir ses larmes, sa peine. J'aurais pas voulu lui faire ça encore, son fils en prison. Ça me fait mal dans la tête quand j'y pense, à me taper à coups de poing pour que le bruit à l'intérieur s'arrête. J'ai le ventre qui se tord quand je pense à dehors. Je veux sortir pour elle, pour la mère, et puis aussi je retrouverai Germaine. On en a fait tant, avec elle, c'est une petite qui travaille bien.

On va se marier, elle a pas la majorité mais ses parents savent pas, je leur ai dit un métier respectable, représentant en pneumatiques, un métier en costume, sur les routes. Je vais l'épouser, ma Germaine, je crois qu'il est temps pour moi. Elle viendra voir son Sansandre en prison mais faut pas que ses parents sachent, sinon, c'est fini. Je suis en voyage, un long voyage, elle m'attendra et je vais la marier. Alors je serai dehors plus vite et on recommencera comme avant. Je serai encore plus prudent, plus malin, je la ferai peut-être un peu plus travailler. Elle leur plaît, aux hommes, elle rapporte. Moi aussi elle me plaît.

Il y en a deux autres avec moi en cellule, je voudrais les tuer mais faut pas. Un petit escroc avec des dents pourries. Je vais pas les plaindre, ses pigeons, de s'être fait avoir par un charlot pareil. Les cons, je les plains pas. L'autre est plus grand mais si je voulais je le tuerais aussi. Un bagarreur, nez cassé, fanfaron. Il prend trop de place. Ils risquent pas autant que moi, tous les deux. J'ai pris la meilleure paillasse.

Je veux être seul, ou avec Polge. Je veux les pousser, ces murs, j'ai mal à la tête, je veux de l'air. Je pense à la mer, je pense au désert, je vois un peu le ciel, je pense à ma mère et je pense à Germaine. On va m'emmener, bientôt, ça sera Rouen, une autre prison, un autre procès, et puis je serai patient, trente mois tout au plus, ça sera vite passé. Trente mois qu'est-ce que c'est ? J'ai connu pire, j'ai connu Biribi, j'ai connu la guerre. Je dirai oui je dirai oui oui oui. Je suis un homme comme les autres qui va se fiancer. Je ferai des lettres où je regrette et je me conduirai comme il faut et je sortirai.

Dix-huit. Dix-huit lettres à sa sœur, entre février et avril 1921. Et deux lettres de plus, à d'autres, pour faire vingt.

Il les appelle des bavardages, des babillardes. Comme si écrire était vain.

Il écrit parce qu'il est en prison. Parfois tous les trois jours.

Petites lettres au vent, saisies par le juge. Elles ne sont pas vaines, on en apprend sur « Nez-Pointu », Yves Couliou, « Sansandre ».

Ma chère sœur. Ma petite sœur chérie. Elle s'appelle Madeleine.

Il craint de l'ennuyer. Le cousin Mathias doit faire passer un certificat de parenté pour qu'elle vienne lui rendre visite.

Les premiers envois, de simples mots griffonnés sur des bouts de papier. Puis des lettres plus consistantes, longues phrases sans syntaxe. Lettres d'un homme mal à l'aise avec l'écrit.

Depuis la prison d'Orléans. Depuis celle de Rouen, où il est transféré vers la mi-mars.

C'est un petit monde qui apparaît. Sa mère. Sa sœur et son mari. Les cousins. Mathias, Georges et Louise. Le commerce, celui de la sœur et du beau-frère. Il s'en inquiète. C'est l'après-guerre, c'est la crise. Économie, politique, des mots

adressés explicitement au beau-frère, une affaire d'hommes :
« À ce qu'il paraît que les Allemands persistent à ne pas vouloir payer et que les troupes françaises étaient prêtes à envahir
l'Allemagne espérons que la situation va s'améliorer et qu'ils
vont s'exécuter de bonne volonté car si cela n'a pas changé le
commerce ne doit pas briller. » De sa prison, il verra que ça ne
s'améliore pas : en 1923 la France envahit la Ruhr.

Une fois, il reçoit des nouvelles de Bretagne : « Louis
est maintenant à Quimperlé et son commerce marche bien.
Louisette Gastoch est mariée avec Christophe Le Gros de la
rue Mellac depuis le mois d'octobre et Fanette Le Geoff avec
un employé de gare depuis le même mois. » Des noms de la
vie d'avant, de la vie honnête. Des noms d'enfance.

La sœur travaille loin en plus du commerce, peut-être domestique, il la questionne sur ses trajets, sur la foule au retour. « Je
suis bien sûr que tu resteras toujours bien sérieuse comme tu
l'as toujours été car tu as ton mari qui t'aime beaucoup. »

Répétitions. Recommandations. Formules incantatoires.
Se convaincre, convaincre son entourage. Tâche vaine ? À la
sœur : « Si j'avais suivi tes conseils je ne me serais pas laissé
entraîner aussi bêtement et je n'aurais rien eu à me reprocher. »

Mots de repentir. Lettres expiatoires. Courrier carcéral,
convaincre la famille, se convaincre, convaincre le juge. Il
est « résigné », prêt à payer sa « dette envers la société » et
« l'on aura plus jamais rien à [lui] reprocher à l'avenir ». Peine
acceptée « sans murmurer » même s'il la trouve un peu dure.
Courageusement, sans se laisser abattre.

Pas de chance, fatalité, c'est la destinée et il n'y a pas à aller
contre. Bonne leçon. Bonne conduite. Bon garçon. Repentir
sincère. Remords. « Je viens d'écrire à Maman tu peux croire

que j'ai été de ma larme et sérieusement pense donc à la honte de toute la famille et moi mêlé à cette bande des Aubrais. » Une bande qui n'existe même pas, pour lui, une pure invention des journaux, malintentionnés.

Maman lui pardonne. Il a bon espoir. Il l'écrit, plusieurs fois : « Il y aura encore de beaux jours. »

Hâte que tout cela soit terminé et au moins avoir la conscience tranquille.

ROUEN, MARS
Yves Couliou

Déjà deux mois de faits, janvier-février, maintenant mars le procès. Je suis seul, c'est mieux, je ferai pas de bêtise. Ils m'ont mis comme il faut ici, les cheveux ras, le costume pénal, un vrai prisonnier. Mais je m'en fous. Je peux marcher comme je veux dans ma cellule. Je marche, c'est bon pour ma tête, ça me calme. Je replie le lit contre le mur, je passe le balai puis je marche toute la journée. C'est mon domicile. Huit pas moyens en longueur et quatre en largeur, à peu près quatre mètres de hauteur avec une petite fenêtre, des barreaux en fer naturellement. J'ai tout compté. Faut bien s'occuper ici, pas de travail, pas d'amusement. Je me parle, je me raconte, ce qu'on a fait ensemble avec Polge, c'était beau. Y a pas à dire. La vie comme des bourgeois. C'était bien. Je pense à tout ça depuis que je suis ici, avant je vivais sans y songer.

Je veux pas me laisser aller, je vais sortir. Je mange bien, j'ai connu plus mauvais. À huit heures le café et le pain, vers dix heures du bouillon sans pain puis le midi du bouillon gras, enfin le soir un peu de viande avec des légumes. Des fois, c'est soupe aux choux le matin et le soir, vers cinq heures soit des haricots, des lentilles, des pommes de terre. Ça change chaque jour. Le dimanche, 75 centilitres de vin, du bifteck au ragout et soit des pâtes, de la confiture, des harengs. C'est comme une auberge, avec des barreaux. Pas de vin, la semaine, c'est dommage, aucun alcool, j'en boirais bien pourtant. Et les horaires. À sept heures faut se coucher et dans toute la journée une seule sortie d'un quart d'heure au plus, aux préaux dans la cour, toujours seul. Pas de danger de se disputer.

Le dimanche c'est la messe, je veux pas voir le curé, j'écris mes lettres. Je les entends chanter par la porte de la cellule. Je vais pas chanter Dieu alors qu'on m'a enfermé. Je vais pas prier, je garde mes prières pour le juge, c'est plus efficace. J'ai mes maux de tête, je me couche, je marche, quand j'ai trop mal je me serre la tête avec les poings. Ça fait passer la douleur ou bien je m'endors. Je m'ennuie beaucoup, j'ai le bourdon d'être là, on me veut du mal pour m'enfermer. Cinq ans. Ils veulent me tuer. Ça leur plaît pas de voir un ouvrier dans un beau costume. Tout ce qu'on a sur cette terre c'est aux dépens d'un autre, alors moi j'ai fait comme les autres. Je suis pas tant un vaurien, j'en connais des pires que moi.

Elle viendra Germaine et puis la mère et la sœur pour me voir sortir, la tête haute. Sauf s'ils brûlent mes lettres, le juge, les gardiens. J'ai pas confiance, sauf en Polge, ils l'ont arrêté aussi. On était peut-être les derniers hommes libres, c'est trop pour eux.

Ça tape dans ma tête, je vais écrire d'autres lettres, et ils m'auront pas. Ils veulent me rendre fou mais si je le suis qui pourra me juger ? Je sais ce que je fais. J'ai mon idée.

Le beau-frère, la sœur, ils sont avec moi. On a pas choisi la même route mais ils sont là. Je m'en souviendrai. J'ai de l'argent de côté, de l'argent caché. Je leur rendrai ce qu'il faut pour leur peine et avec le reste on verra. J'ai ce qui me reste des sous des tissus, et un peu de ce que le youpin m'avait donné pour les bijoux. C'est pas grand-chose mais c'est déjà ça et ça servira à personne si je sors pas.

J'ai failli frapper un gardien, aujourd'hui. J'avais une lettre de la sœur et il me l'a jetée sur le sol. J'ai serré mes poings, il attendait que ça, la main sur sa matraque. Ça bourdonnait et ça chauffait dans ma tête, la douleur encore à m'arracher les yeux des orbites, je me suis assis et j'ai serré fort les barreaux du lit. Ça faisait mal et ça faisait du bien. Quand il est parti je suis resté longtemps allongé avec le cœur qui battait. Je me suis contrôlé, il le faut. Je peux pas me permettre. Je me suis déjà beaucoup permis et je sais où ça m'a mené. J'aurais dix ans, quinze ans de moins, je l'aurais mis à terre, peu importe. Mais je sais ce que j'ai à perdre. Je garde espoir. Ils pourront rien me reprocher, les vaches. Il me reste moins de trente mois.

Deux, seulement deux, les autres perdues peut-être. Deux lettres à sa « petite femme chérie », sa fiancée, sa Germaine, il ne l'appelle pas Léo. Il y a aussi un petit mot écrit à la vavite, transmis par un ami, un faux ami, puisqu'il se retrouve dans le dossier du juge. L'occasion de convenir d'un code, embrouillé : « Maintenant quand tu auras quelque chose d'intéressant à me dire ou moi comprends bien si je te dis "bons baisers" tu commences dès les premiers mots et tu remarques que les premiers A se trouve [sic] dans beaux alors tu vois j'ai fait un point dans le bas et j'ai continué pour les autres lettres mais ce point il faudra le faire très petit qu'il n'y ait que moi ou toi qui puisse le remarquer je pense que tu m'as compris. »

Il ne lui parle pas du temps d'avant, du temps où ils étaient quatre, Sansandre et Albert, Germaine et Marcelle. Le temps où ils se disaient représentant, couturière, dactylo, artiste, acrobate. Des métiers modestes mais respectables, pas salissants. Des employés, des salariés. Dactylo, la nouvelle salariée parisienne d'après-guerre, la modernité, prête à se faire une place dans le monde masculin des bureaux. Les identités factices des deux couples, entre la bohème et le bureau, le spectacle et le respectable.

Quand Sansandre écrit à Germaine, à chaque fois, un mélange de sentiments et de menaces voilées. Mi-amant mi-souteneur. Il la laissait de côté, quand il parlait affaires avec Polge. Germaine et Marcelle devaient les précéder quand ils discutaient en marchant. À la police qui l'interroge sur les activités de son homme, elle répond que « Sansandre » était « très peu communicatif ».

En prison, pourtant, des petits mots tendres mais aussi des reproches, de la jalousie : « Rappelle-toi bien ce que je t'ai déjà dit au sujet de la personne que je crois tu continues à fréquenter (…) je crois aussi que tu ne travailles pas très régulièrement il y a beaucoup de laisser-aller il t'arrive souvent de te tromper de direction et d'aller du côté où doit habiter cette personne je croyais même que tu avais changé de quartier dans tous les cas ce n'est pas où se trouve la maison ne me mens pas sois sincère ne crois pas que je sois renseigné par qui que ce soit mais je le vois très bien par moi-même et je te le dirai plus tard. » La lettre d'après, il s'excuse, « Ne m'en veux pas si je t'ai grondée un peu sur ma dernière lettre », ses maux de tête le taraudent.

Peu de lettres pour Germaine, mais elle est toujours évoquée, dans les lettres à sa sœur. Il dit qu'il l'aime, il veut l'épouser. Il espère qu'elle pourra lui pardonner, comme si elle ne connaissait pas ses activités illégales. Une autre femme est mentionnée par la police, une certaine Françoise Louise Le Floch dont on ne sait rien, sinon que c'était sans doute une Bretonne d'origine, comme lui. Elle était sa compagne quand il a été condamné à deux mois de prison pour port d'arme prohibée en août 1919. Il ne parle jamais d'elle, déjà oubliée.

En revanche, beaucoup de souci pour Germaine. La sœur doit lui transmettre des baisers. Il pense à elle constamment, il ne faut pas qu'elle se décourage. Il sera pour toujours à sa petite Germaine. Il répète encore : « À Germaine tous mes meilleurs baisers et caresses qu'elle soit toujours bien sérieuse et qu'elle continue à suivre les bons conseils que je lui ai toujours donnés. »

Il s'inquiète de ses parents. Il s'inquiète d'elle, il aimerait savoir si sa sœur la voit, si elle ne lui en veut pas, « si elle veut toujours devenir ma femme que l'on pourra se marier et que comme cela elle pourra venir me voir de temps à autre car je l'aime beaucoup et que je souffrirai de ne plus la voir enfin explique-lui bien tu dois me comprendre ».

Le 22 février, dans la seule lettre dont on dispose de sa part, la sœur d'Yves Couliou lui parle de ce mariage : « Tu nous apprends tes projets de mariage et tu demandes à Maman si elle n'y voit pas d'inconvénient. Certes non tu es à l'âge où l'on sait ce que l'on doit faire et du moment que ton choix est fait nous ne pouvons que l'approuver. Mais tu sais bien que ton mariage maintenant ne se ferait pas dans des conditions ordinaires et cinq ans c'est bien long. Mais tu dois connaître assez ta fiancée pour savoir si ton choix est bien fait et du moment que vous vous plaisez c'est l'essentiel. Nous voudrions bien savoir quelque chose d'elle et de sa famille si elle en a et tu serais bien aimable de nous donner quelques renseignements. »

Il veut qu'elle ait une photo de lui, il veut aussi une photo d'elle, il faut passer par Mathias. Sur les photographies de la police, les seules dont on dispose, elle ne sourit pas, elle ressemble à sa camarade Marcelle. Deux brunes, des visages un peu lourds, Germaine est la plus jolie, plus jeune. Ses yeux clairs, maquillés, fixent intensément l'objectif, lèvres pulpeuses, cheveux rabattus sur le front en une sorte de frange.

Marcelle est lasse, ébouriffée, yeux sombres, paupières tombantes.

Malgré les projets de Couliou, Germaine s'éloigne. Il demande ce qu'elle devient, si elle l'aime toujours : « Je pense qu'elle saura bien me respecter car je veux bien que ce sera un peu long mais avec un peu de patience. » Il veut surtout « qu'elle travaille bien afin d'avoir toujours *beaucoup d'argent* de côté », c'est lui qui souligne, « en cas de maladie ou de chômage ».

Le projet de mariage est abandonné, Germaine ne veut plus, elle se décourage mais il espère quand même qu'elle sera assez forte pour attendre sa libération. Il sent qu'elle lui échappe, il aurait grand plaisir à la voir et « qu'elle demande tout ce dont elle a besoin je pense qu'il me reste une douzaine que j'en aurai suffisamment mais je ne pense pas que ce soit pour faire des bêtises, je lui pardonnerai bien quelques histoires mais qu'elle me respecte mon nom car il y a déjà assez de popularité du moins si elle a toujours les mêmes intentions ».

Le 24 mars il est rassuré, une grande joie de savoir par une lettre de sa sœur que Germaine a toujours les mêmes sentiments pour lui. Et pourtant elle veut partir, loin. Colère, grandes explications économiques : « Je ne crois pas que ce soit en Italie que Germaine a l'intention de partir ce serait folie de sa part car je ne crois pas que le change se soit amélioré je ne peux trop te l'expliquer mais figure-toi qu'elle fasse une bonne saison et qu'elle revienne admettons avec une somme de dix mille francs italiens en rentrant en France les billets de banque italiens n'ayant pas cours elle est obligée de faire le change sur les dix mille francs italiens et elle aura peut-être cinq mille francs français je ne peux t'expliquer n'étant pas au courant du cours des changes mais fais-toi expliquer par ton mari et tu verras que Germaine ferait une grosse bêtise en allant là-bas. »

Amour, argent, les deux liés dans ses lettres. À Germaine : 1 000 francs « aussitôt maintenant », pour l'avocat, ou à défaut une provision de 500 ou 600 francs. À la sœur : de l'argent, plutôt que du tabac, un paquet suffit, il ne peut pas fumer en prison, ou si peu. Il est question de dettes, celle de Marius, il ne se fait pas d'illusions, il sera sorti avant d'être remboursé. Celle du cousin Jacques, qui s'est mal comporté, il a demandé de l'argent à la sœur, il devra le rendre.

Couliou, au début, ne réclame rien : « Je ne voudrai pas que tu m'avances toutes tes économies ton mari ne serait peut-être pas content et il vaut mieux que tu aies une petite réserve en cas de maladie ou autre chose. Sois tranquille je n'ai besoin de rien pour le moment. »

Il a ses réserves. Cent francs reçus, du cousin Georges, il aurait aimé aussi une longue lettre. De l'argent caché entre les planches dans l'armoire, il y en a bien pour une livre. Méfiance : « S'il se trouvait que quelqu'un te demande de l'argent pour moi ou quoi que ce soit n'en donne jamais. »

Les semaines passent, de plus en plus difficiles car « les fonds sont tout ce qu'il y a de plus bas ». Il commence à demander, devient pressant : « Puisque tu me dis que ton mari va m'envoyer de l'argent je vais probablement le recevoir aujourd'hui ou demain il est temps car il ne doit plus m'en rester beaucoup. » Elle se lasse, sans doute, d'aider ce frère prisonnier. Il écrit un long courrier à son cousin, proclame son innocence, réclame de l'argent. Dans cette lettre, démuni de tout. Malade. Le cousin pourrait aller voir des amis qui l'aideraient. Couliou insiste, sa sœur l'a déçu : « Elle serait bien gentille si elle se décidait à m'assister un peu. »

Un dernier recours : sa prime de démobilisation, enfin demandée, plusieurs années après, mieux vaut tard que jamais.

Le mariage. L'argent. La famille. La prison, mais l'espoir, quand même.

En avril, il prend dix ans à Rouen. Germaine, c'est fini.

Photographies prises par la police
de Germaine Thibaud dite « Marcelle »
et Berthe Schwalm dite « Germaine » ou « Léo »

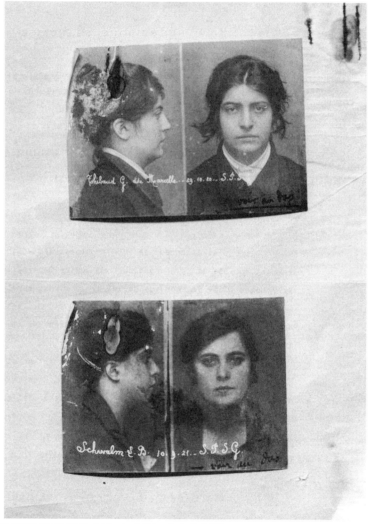

© Archives départementales des Bouches-du-Rhône, dossier 2 U2 1602.

ROUEN, MAI
Yves Couliou

Je dois gêner c'est ça qu'on me mette dix ans. Ils veulent jamais que je sorte mais il en faut plus pour m'abattre. Comme si j'allais me laisser faire.

Dix ans, il m'a mis, avec sa robe noire. Corbeau, corbeau de malheur. Ils veulent que j'y crève dans ce trou, mais j'en ai connu d'autres, je suis plus malin qu'eux. La loi, ça existe pas, y en a une pour les riches et une pour les pauvres, une pour ceux qui savent se débrouiller et une pour les autres. La loi c'est fait pour les forts contre les faibles. Je suis touché, on me veut plus bas que terre mais il est pas né celui qui va m'enterrer. Toute ma bonne conduite pour prendre une peine comme ça, faudrait une masse, un pieu, faire éclater leurs murs, leurs têtes. Je voudrais prendre leurs femmes et leurs filles et les faire miennes, et les mettre dans un bordel à Alger pour leur apprendre la vie. Je voudrais les voir pleurer et crier. Je voudrais qu'ils sentent la douleur dans leur crâne comme moi je la sens. Je voudrais des maillets, des piques, des haches.

Dix ans et comme si ça suffisait pas ils sont venus me chercher dans ma cellule, avec ce commissaire venu de Paris. Je l'ai vu de suite son regard, son mépris, son air malin, supérieur, ses beaux habits alors que je suis qu'un prisonnier, ici. Ils m'ont fait déshabiller, je voulais pas ôter mes vêtements mais pas possible de refuser. Les vaches ils m'ont mis nu et ils ont regardé mes tatouages, toute mon histoire, toutes mes peines sur mon corps. Ils ont regardé la femme que Le Bollech m'avait mise sur le derrière de la jambe, ils ont regardé ceux sur mes bras. Ils ont regardé longtemps et puis ils ont dit que j'avais tué Yvonne Schmitt. Je me suis évanoui. Ils m'ont réveillé pour me demander d'avouer mais je parlais plus, je pensais, dix ans pour vol, alors combien pour meurtre ? J'ai senti le désespoir, j'ai senti les coups à l'intérieur de ma tête. Je me suis retrouvé faible d'un coup.

Ils m'ont demandé d'avouer, de leur raconter ce qui s'est passé. Ils m'ont pris pour une bleusaille, pour un pleurnichard, mais j'ai fermé ma gueule. J'ai demandé un avocat.

Je suis seul. Ils sont contre moi, tous, juges, gardiens, police, médecins.

Je vais être transféré dans une nouvelle prison à Marseille. Germaine m'attendra pas, elle viendra pas me voir. La sœur pourra plus m'aider, je verrai pas mourir la mère.

Ils me veulent en prison pour longtemps pour toujours. Ils me veulent mort. Je le savais qu'il fallait pas aller à Marseille. Je suis piégé et c'est un piège mortel. C'est une machine dans ma tête qui me broie le front, les oreilles, la nuque. C'est la machination de ceux qui veulent me voir disparaître.

J'ai très soif d'un coup. Mais pas d'alcool ici. Si je buvais, même qu'un peu, j'aurais plus mal à la tête. C'est sûr.

Je vais prendre un avocat. Je vais écrire. Je vais pas laisser faire. J'aurai une stratégie et puis si ça suffit pas encore une autre. Je veux pas qu'ils disent qu'ils ont eu Yves Couliou et que c'était facile.

Dix ans pour un vol, alors c'est la mort, la guillotine, cette fille. Ils ont tout planifié pour ma perte. Je lui ai serré le cou trop fort peut-être mais je voulais pas qu'elle gueule. Y a personne qui l'a pleurée. Vivante, personne pour s'intéresser à elle. Mais la voilà morte et on parle de crime, de meurtrier, de procès pour faire rouler ma tête. Une petite pute, une fille de rien du tout et ça devient un crime capital.

Ils veulent m'envoyer à Marseille mais j'ai rien à y faire. C'est trop loin de chez moi. Ils ont fait le lien avec Polge, ils nous mettront peut-être dans la même prison et ça sera tant mieux. Ça sera quelque chose de bien dans tout ce mal qu'on me fait.

Je suis prêt à tout, plus rien à perdre. Je vais le jouer leur petit jeu, je sais comment faire, j'ai mon idée.

Si je sors je rentre à Quimperlé voir la mère et la sœur. Je vois Germaine et je l'épouse ou je la tue. Si je sors je pars très loin avec Polge, Alger ou Buenos Aires, là où on peut recommencer de rien. Si je sors je tue le commissaire et je lui rentre son air satisfait dans la gueule.

Si je sors je ferai plus d'erreur.

Deux ans de silence, de 1922 à 1924. C'est la stratégie d'Yves Couliou, en fin de compte. Deux ans de silence après un an de lettres folles. Au printemps 1921, alors qu'il a déjà pris cinq ans puis dix ans, il est reconnu comme l'assassin d'Yvonne Schmitt par l'avisé et bien renseigné commissaire Brouchier.

Départ pour la prison Chave, Marseille. Plus de lettres à la sœur, à la famille, plus de Germaine, plus de visites. Déjà compliqué de venir de Quimperlé à Orléans, alors Marseille... La solitude, pleine, complète. Des lettres de la famille apparemment retenues par le juge.

Couliou se fait passer pour fou, méthodiquement. Il l'est peut-être un peu devenu. L'asile, plutôt que la prison, plutôt que la mort. Il n'envoie plus de lettres à sa famille, il en envoie aux politiques : une écriture régulière, aisée à déchiffrer, bien moins de fautes d'orthographe que les lettres d'amour de Fredval.

Mai 1921 : lettre au député Marcel Cachin. Un communiste, ancien SFIO, qui a choisi les bolcheviks et la Révolution russe lors de la scission de Tours. Il dirige *L'Humanité.* Il est du côté des prolétaires, Couliou lui écrit plusieurs fois, il lui demande son aide car on continue à « le tourmenter ». Des phrases incohérentes. Une « machine diabolique », œuvre du président Poincaré, marchant au courant électrique, dans laquelle toutes ses pensées, ses faits et gestes depuis dix ans sont enregistrés. Il demande qu'on perquisitionne. Obsessions, délires de persécution. Maux de tête, encore, toujours.

Une stratégie de simulateur, sans doute. Mais pas seulement. Pendant la guerre, le matelot charpentier Couliou a été réformé au début de l'année 1917 après des épisodes où il était « triste », « sombre », « farouche », victime de maux de tête, d'insomnies et de toux. Il a essayé de se suicider : une entaille légère à l'avant-bras gauche, puis une tentative de pendaison, « sans énergie » selon les rapports de l'armée, sans vouloir « mettre sérieusement son idée à exécution ». Il le disait déjà : on voulait le tuer, des gens rôdaient autour de lui. Il restait des heures immobile, silencieux, le regard fixe. Pour les médecins militaires, qui l'observent de janvier à avril 1917, un « homme dégénéré, ayant contracté la syphilis, ayant fait pendant 20 mois de séjour à la Martinique des excès éthyliques », atteint de « mélancolie avec idées de persécution et début de négativisme ». « Pas dangereux pour les autres ». À réformer, à renvoyer dans sa famille.

Difficile de duper les médecins militaires. Dépressif, Couliou, à demi fou. Cinq ans plus tard, ceux de la prison ne le croient pas. Ils notent des fautes cliniques. Il reproduit des symptômes qu'il connaît mal et le résultat sonne faux.

Il se tait, alors. Il arrête de parler, à quiconque. Le procès prend du retard. Il est examiné par des experts, des spécialistes, des aliénistes. Ils sont perplexes.

Lui écrit encore. À Cachin, de nouveau. À Doumergue, le premier président protestant, un radical. Des lettres incohérentes. Magie noire. Machine. Poincaré, le chef de la droite, en maître d'œuvre du complot, de « l'invention diabolique que l'on ne cesse de faire des expériences avec mon cerveau et mon corps et je suis un véritable mannequin vivant que l'on ne cesse de tourmenter et de terroriser alors que je n'ai rien fait, l'inquisition n'est rien à comparer à ce que l'on fait contre moi depuis une dizaine d'années ce sont les inventions de la science au service de la sorcellerie ». Ses ennemis ? Des fauves. Il signe « le citoyen français Alexandre Couliou ».

Polge choisit une autre stratégie de défense. Il n'a pas tué, il n'est qu'un simple voleur, pas un assassin. Pas de connivence, pas de préméditation, pas de tentative de meurtre de sa part. Il écrit, lui aussi, de longues lettres au juge, très argumentées, pleines de déférence, de bonne volonté et de salutations. Il veut préciser des détails omis lors de son arrestation, tellement « surpris par l'inattendu de cette commission rogatoire ».

Il était à Marseille pour rencontrer une dame. Il tait son nom, gentleman. Avec Couliou ils ont mangé, fait un billard. Polge a vu son amie. Ils sont allés ensuite voir des filles, ils ont raté leur train. Ils ont rencontré Simone et puis Yvonne, « jeune, un peu délicate ». Couliou a « fait le comique en chantant ». Simone l'a embrassé, lui, aux waters. Polge a discuté avec elle, au lit, de Paris, de théâtre, de la petite Yvonne, selon Simone « une pauvre paumée qui est folle de mon amant et puisque nous faisons ménage à trois je ne suis pas jalouse et nous la gardons car nous n'y perdons pas ».

Il s'est réveillé par hasard à cinq heures. Il n'a pas voulu tuer Simone. Seulement récupérer ses propres bijoux. Il a alors remarqué ceux de la jeune femme. Elle lui avait avoué une relation intime avec un acteur jouant Arsène Lupin. La voler, juste retour des choses.

Il a élevé la voix,

il n'a jamais voulu tuer,

elle s'est griffé le cou toute seule.

Il l'a protégée de Couliou.

Elle lui a donné son bracelet elle-même. Suspendue à sa fenêtre, elle a crié « Au voleur », pas « À l'assassin ».

Il n'a pas menacé le voisin médecin et sa bonne avec un revolver ou un couteau mais avec un stylographe sorti de sa poche.

Il a su seulement après leur fuite la mort d'Yvonne Schmitt qui l'a bien gêné.

Il s'est séparé de Couliou. Il le décrit « détraqué », affolé au point de ne plus trouver la porte de l'appartement.

Il le charge, bien sûr, mais sans exagérer. Il va dans le sens de sa folie. Il lui écrit aussi, en mars 1924, alors qu'ils sont tous deux détenus à la prison Chave à Marseille. Avant de passer au tribunal, il donne à son complice sa version des faits, clandestinement, sur un morceau de papier, d'une petite écriture très serrée. Le surveillant Antoniotti fouille sa literie, l'intercepte, le surveillant-chef transmet au juge.

Couliou ne lui en veut pas. Il demande de ses nouvelles à sa sœur, régulièrement : « Tu me diras comment que cela va pour Albert à mots couverts bien entendu. » À Marseille, puis à Aix, ils sont ensemble dans la même prison.

Couliou sait que la guillotine le guette. Il ne veut pas mourir. Il écrit à son cousin, demande de lui faire rencontrer un journaliste anarchiste, ou de le faire visiter par un avocat anarchiste ou communiste de Marseille. Il veut des défenseurs engagés, du côté du peuple, contre les bourgeois.

Il continue à se taire. Il lui en faut, de la volonté, pour garder le silence pendant deux ans, pour duper l'administration. Tout ça pour rien.

En 1924, un avocat parisien réputé vient plaider à Marseille. Couliou lui écrit. Il veut le voir, le convaincre de prendre sa défense. Le juge l'apprend. Quand arrive dans sa cellule un homme en costume, Yves Couliou explique son affaire, il recommence à parler, intarissable. L'homme en face de lui se tait. Il l'écoute attentivement, longtemps. Il prend des notes. Puis, à la fin, il se présente : un nouveau médecin venu l'examiner. Le procès peut commencer.

Sa défense est incohérente. Polge l'a rendu fou, il a accompli sur lui des actes de sorcellerie avec Simone Marchand. Sa folie n'est plus guère crédible. Simulation, disent les experts, preuve à l'appui.

Ça se gâte pour Polge, aussi. Au tribunal, le médecin ayant examiné Simone Marchand confirme, au vu des marques, la tentative d'étranglement. Simone témoigne : si elle ne s'était pas débattue, elle serait morte.

L'avocat général réclame la peine capitale pour Couliou et pour Polge, il parle d'être « malfaisants » qu'il faut « écraser du pied ».

Les jurés épargnent la vie de Polge. Ils lui accordent des circonstances atténuantes : travaux forcés à perpétuité. Tant qu'à faire, il avoue au procureur général un vol au pavé commis en 1917 à Marseille. Il appartenait au 41e Bataillon d'Afrique, a profité d'une permission pour s'attaquer à la bijouterie Pollak sur la rue Saint-Ferréol.

On l'envoie en Guyane, pénitencier de Saint-Laurent-du-Maroni. Un dépôt temporaire, un centre de transit où les condamnés sont débarqués avant d'être envoyés vers d'autres bagnes, plus durs. La frontière toute proche, avec le Suriname néerlandais, une aubaine pour un as de l'évasion. Il s'enfuit, le 11 juin 1927. Jamais retrouvé. Mort ? Enfui ? En Argentine ? Peine prescrite en août 1951.

Couliou n'y échappe pas, lui. Coupable de vol, d'assassinat, condamné à la guillotine. Sentence accueillie sans réagir. Les experts, le juge, les jurés, ne l'ont pas cru fou. Les communistes et les anarchistes ne l'ont pas défendu. Sa famille ne répond plus. Les femmes viendront le voir guillotiné.

Monsieur Le
Président de la République
Française
Paris

Marseille, le 13 juillet 1924

Monsieur Le
Président de la République

J'ai l'honneur de solliciter de votre haute bienveillance de bien vouloir faire faire une perquisition chez M: Poincaré chez qui l'on trouvera l'invention diabolique qui est le courant électrique car avec cette invention diabolique l'on ne cesse de faire des expériences avec mon cerveau et mon corps et je suis un véritable mannequin vivant que l'on ne cesse de tourmenter et de torturer alors

que je n'ai rien fait, l'inquisition n'est rien à comparer à ce que l'on fait contre moi depuis une dizaine d'années ce sont les inventions de la science au service de la Sorcellerie toutes mes pensées et mes moindres faits et gestes étant enregistrés vous trouverez ainsi dans les dossiers mon innocence car je suis victime d'un complot ourdi contre moi par des faux amis de mon sang d'un Assassinat qui aurait été commis à Marseille alors que j'en suis complètement étranger puisque je n'étais pas venu à Marseille depuis 1909.

Au cas où vous ne pourriez faire connaître toutes mes pensées avec les preuves de mon innocence je vous prie de faire mettre le courant électrique sur le nommé Volgt

... la nommée Marchand et ... inspecteurs de la police qui m'accusent et de leur faire dire la vérité.

De plus depuis que je suis à Marseille je ne peux correspondre avec ma famille — toute ma correspondance étant gardée par le Parquet.

Dans l'espoir que vous voudrez bien vous intéresser à ma pénible situation ne serait-ce que dans un but humanitaire

Le citoyen Français
Alexandre Coulon
Détenu
Aix-en-Provence

278

Monsieur Le Président de la République Française
Paris

Marseille, le 13 juillet 1924

Monsieur Le Président de la République
J'ai l'honneur se solliciter de votre haute bienveillance de bien vouloir faire faire une perquisition chez M. Poincaré chez qui l'on trouvera l'invention diabolique qu'est le courant électrique car avec cette invention diabolique l'on ne cesse de faire des expériences avec mon cerveau et mon corps et je suis un véritable mannequin vivant que l'on ne cesse de tourmenter et de terroriser alors que je n'ai rien fait, l'inquisition n'est rien à comparer à ce que l'on fait contre moi depuis une dizaine d'années ce sont les inventions de la Science au service de la Sorcellerie toutes mes pensées et mes moindres faits et gestes étant enregistrés vous trouverez ainsi dans les dossiers mon innocence car je suis victime d'un complot ourdi contre moi par des fauves assoifés de mon sang d'un Assassinat qui aurait été commis à Marseille alors que j'en suis complètement étranger puisque n'étant pas à Marseille depuis 1909.
Au cas où vous ne pourriez faire connaître toutes mes pensées avec les preuves de mon innocence je vous prie de faire mettre le courant électrique sur le nommé Polge sur Simone Marchand et sur les inspecteurs de la police qui m'accusent et de leur faire dire la vérité.
De plus depuis que je suis à Marseille je ne peux correspondre avec ma famille toute ma correspondance étant gardée par le Parquet.
Dans l'espoir que vous voudrez bien vous intéresser à ma pénible situation ne serait-ce que dans un but humanitaire.

Le citoyen Français Alexandre Couliou
Détenu, Aix-en-Provence

Monsieur
Le Procureur Général
Aix - en - Provence

Aix - en - Provence, le 28 Juillet

Monsieur Le
Procureur Général

J'ai l'honneur de
solliciter de votre bienveillance
de pouvoir entrer en possession
de ma montre en or et de ma
chaîne de montre en or saisi sur
moi lors de mon arrestation à
Paris en Janvier 1921.
Recevez Monsieur Le Procureur
Général mon profond respect
Coulion Alexandre
Prison Aix - en - Provence

Monsieur le Procureur Général
Aix-en-Provence

Aix-en-Provence, le 28 juillet

Monsieur Le Procureur Général,
J'ai l'honneur de solliciter de votre bienveillance de pouvoir rentrer en possession de ma montre en or et de ma chaîne de montre en or saisi sur moi lors de mon arrestation à Paris en Janvier 1921.
Recevez Monsieur Le Procureur Général mon profond respect

Couliou Alexandre
Prison Aix-en-Provence

AIX-EN-PROVENCE, JUILLET-OCTOBRE
Yves Couliou

C'est fini pour moi, je vais mourir. Ils m'ont eu. Quand je
l'ai vu entrer en costume, bien habillé, dans ma cellule, pour
moi c'était l'avocat. Alors j'ai tout dit. Deux ans sans parler,
deux ans à faire le fou avec les voix dans ma tête et la douleur, toujours, j'ai tout lâché. J'aurais pas dû, il fallait garder
la méfiance, rester dur. Je voulais qu'on me défende, j'aurais
dû compter que sur moi. Ils m'ont mis en prison, ils m'ont
piégé, un médecin à la place de l'avocat, la justice toujours de
leur côté, il fallait pas me faire attraper c'est tout. Juge avocat
médecin, tous des bourgeois, tous contre moi.

Au procès j'ai rien dit de plus. J'ai rien changé. Ils voulaient
ma mort de toute façon alors j'ai parlé des machines, j'ai parlé
des voix dans ma tête. J'ai parlé du complot contre moi, contre
ma vie. Ils veulent me voir mourir. Ils auraient aimé que je
regrette, pardon, pardon mais à quoi bon. J'ai rien avoué, j'ai
pas pleurniché ni demandé leur pitié. C'était leur procès pas

le mien, une mascarade. Alors j'ai fait à ma façon. Polge c'est pas pareil, Polge il avait une chance de pas mourir, alors je comprends. Je me fais pas de souci pour lui.

Je vais mourir, des fois j'en pleure, faut pas y penser, déjà les voix, les maux de tête. La guillotine. Je savais que je finirais sous la lame. J'aurais pu me faire tatouer, comme Duras, des pointillés sur le cou pour rendre facile la tâche au bourreau. J'aurais pu me mettre « pas de chance » sur le bras parce que j'en ai pas eu assez dans la vie. Je suis né je sais pas pourquoi. J'ai eu des femmes mais j'aurai pas de femme. J'aurai pas d'enfant, pour quoi faire, pour s'user à l'usine comme j'ai pas voulu, ou devenir vaurien comme je vais finir. La chiourme ou la potence, fameux choix. Au moins j'ai eu quelque chose quelque temps.

Finalement je vais mourir avant la mère, j'aurais pas cru. Je vais mourir avant tout le monde. Je veux ma montre en or pour la laisser à la mère. J'ai demandé à l'avocat. Prendre ma vie, ça leur suffit pas, ils veulent aussi ma montre. Ma seule trace sur cette terre.

J'ai écrit au juge, au procureur général.

Je l'aurais donnée à Germaine si elle m'avait attendu. Une garce comme elles sont toutes.

Plus de temps à perdre. Je me rase plus. Je pense, quand ma tête me laisse tranquille. Y a tout qui vient. Ma vie, mes souvenirs. Il y en a des beaux. Les mauvais font une danse à l'intérieur pour me tourmenter et c'est marre.

Qu'est-ce qu'ils croyaient, que j'allais chialer, regretter ? Ce que j'ai fait, c'est fait et si c'était d'autres, si c'était eux dans leurs beaux habits qui avaient été à ma place, ils auraient fait pareil. J'ai profité et tout ce que j'ai eu, on peut pas me l'enlever. Ma dernière vision, la guillotine, j'en rêve la nuit, quand je dors. Quand ma tête va rouler il paraît que je pourrai voir et penser encore quelques secondes. Pas longtemps, mais c'est toujours ça de gagné.

Je crois pas en Dieu, après ça sera fini.

Le verdict est rendu le 25 juillet, Couliou est exécuté le 31 octobre. Le jour de l'exécution, il est 4 heures du matin, il pleut à Aix-en-Provence, quand la guillotine est dressée sur la place publique. Le public est nombreux, surtout des femmes.

Yves Couliou insulte le greffier qui vient le chercher dans sa cellule où il ne dort plus et attend : « Garde tes boniments pour toi, sale bourgeois. » Il accepte une cigarette, un verre de rhum, plaisante car il lui laisse la bouche pâteuse.

Il est moins bravache quand il demande à son avocat d'écrire à sa mère, de lui dire que sa dernière pensée est pour elle. Il veut qu'on lui fasse parvenir sa montre. Il voudrait que ce soit le seul souvenir qu'elle emporte de lui, une belle montre savonnette avec une chaîne en anneaux dorés.

Il refuse le curé : « Je suis un anarchiste. » Il provoque : « Tout cela est bien long. On aurait bien dû me laisser dormir dix minutes de plus. Je faisais un si beau rêve ! » Passant dans les couloirs de la prison, il crie, pour Polge, pour les autres détenus, pour la gloire : « Adieu Albert, vive l'anarchie ! Mort aux bourgeois ! »

Malgré ses rodomontades, il a une minute de défaillance pendant qu'on l'entrave. Mais il se reprend quand on coupe sa chemise avec un rasoir : « Pour les cheveux, moi, c'est inutile. » Il demande au bourreau de pouvoir regarder la guillotine avant qu'on lui bande les yeux et qu'on l'allonge. Pour gagner du temps, ou pour défier une dernière fois la mort. Il crie très fort : « Vive l'anarchie ! Mort aux vaches ! » Le bourreau Anatole Deibler, dernier exécuteur public des condamnés à mort, le note dans ses carnets d'exécution, impressionné par son aplomb.

Couliou ne se cache plus, il n'a plus rien à perdre, il n'est plus fou, plus de complot, plus de machine diabolique, plus de détenu modèle qui espère la conditionnelle pour sa bonne conduite, plus de remords, plus de bon garçon, plus de regrets, plus de plus jamais ça, plus de dette envers la société, plus de « on ne m'y reprendra plus », plus de sœur chérie, encore un peu de Maman qui pleure, plus de Germaine avec qui il va se marier et qu'il ne faut rien dire à ses parents.

Il n'y aura plus de beaux jours.

Il reste seulement le défi aux bourgeois aux curés aux juges aux flics, au public qui regarde, aux femmes sauf sa mère et sa sœur et encore, sa sœur n'a plus écrit.

Le couperet tombe à 6 h 07.

En guise d'épitaphe, dans *Le Petit Marseillais*, une formule toute faite de journaliste, qui se veut édifiante, à la fois mot de la fin et morale de l'histoire : « Il est mort comme il avait vécu. En bandit résolu, déterminé. » Comme s'il fallait prendre au sérieux ses bravacheries d'avant-guillotine, comme si la peine capitale nécessitait un accusé à la hauteur, un ennemi de la société et non produit par elle, un homme de mauvaise vie et de mauvais choix. Un cou tranché pour un cou brisé, en guise de justice.

Nez-Pointu : ni Mandrin, ni Ravachol, ni Jules Bonnot. Beaucoup moins glorieux. Beaucoup plus trivial. Pas de quoi fantasmer. Attiré par ce qui brille jusqu'à s'y brûler les ailes.

Yves Couliou ne voulait pas mourir mais il est mort, sans sa montre, sous la pluie, sous la lame, sous les yeux de la foule, une vie et un homme de pas grand-chose mais quand même la vie d'un homme.

Épilogue

En redescendant de la Bonne Mère, la route était ardue. Il fallait résister, pousser sur les talons pour ne pas se laisser emporter par la pente, dans une course désordonnée en direction du Vieux-Port. Pourtant, elle aurait eu envie de courir, Yvonne. Comme une enfant, sans crainte de tomber, en riant, à perdre haleine. Une cavalcade effrénée sur le trottoir, sauter les marches trois par trois, dans les escaliers de la descente, éviter les obstacles, arbres, poteaux, passants. Se ruer vers la mer, sentir fort l'air chargé de sel. Tracer son chemin, sans faire attention à rien, ni aux convenances, ni au malheur qui guette. Faire comme si tout était simple.

Elle ne pesait pas grand-chose dans le cours du temps, malgré la misère, malgré les bonheurs, malgré les sentiments, malgré la guerre, malgré l'industrie, malgré les populations déplacées, même si elle avait fait partie de tout ça, elle parmi tant d'autres.

Ce jour-là pourtant elle portait en elle la joie, celle qui pousse les peuples à sortir de leurs chaînes, celle des conquêtes, celle des découvertes de soi et du monde.

Elle n'avait pas couru. Elle s'était retenue, pour ne pas semer Yvette, parce qu'elle n'avait pas de bonnes chaussures, pour ne pas s'embroncher dans sa robe. Parce qu'elle n'était plus une enfant, depuis longtemps, depuis qu'un jeune paysan à peine plus âgé avait voulu la prendre. Ou alors depuis que sa mère était morte. Peu d'années, en somme, mais des années lourdes, des années qui comptent, de celles qu'on vit pleinement car elles nous constituent.

Toutes ces raisons n'étaient pas les bonnes. Elle s'était retenue, surtout, parce qu'elle se voulait sauvée mais qu'elle n'osait y croire. Tiraillée entre ses désirs, ses espoirs spontanés et ce qu'elle savait du monde. Songeuse, soudain, craintes et souvenirs en semelles de plomb pour la coller au sol. Elle avait pourtant essayé. Le bel instant était passé.

ANNEXES

La plupart des rapports de police, procès-verbaux d'interrogatoires, lettres sont reproduits à partir des documents déposés dans le dossier 2 U2 1602 aux archives départementales des Bouches-du-Rhône, à Aix-en-Provence. L'orthographe initiale a été respectée. Leur choix, les coupes et leur disposition ne relèvent que de la volonté de l'auteur. Le titre du roman est inspiré d'un extrait de la chanson *Terrier* d'Orso Jesenska. Merci à lui pour le prêt et pour la suggestion.

Bibliographie

Philippe Artières, Muriel Salles, *Papiers des bas-fonds, archives d'un savant du crime, 1843-1924*, Paris, Textuel, collection « En quête d'archives », 2009.

Laura Lee Downs, *Histoire des colonies de vacances de 1880 à nos jours*, Paris, Perrin, 2009.

Pierre Fournier, Sylvie Mazzella (dir.), *Marseille entre ville et ports, Les destins de la rue de la République*, Paris, La Découverte, 2004.

Dominique Kalifa, *Biribi, Les bagnes coloniaux de l'armée française*, Paris, Perrin, 2009.

François Manchuelle, *Les Diasporas des travailleurs soninké (1848-1960), Migrants volontaires*, Paris, Karthala, 2004 (première édition Ohio University Press, 1997).

Sylvain Pattieu, « Souteneurs noirs à Marseille, 1918-1921. Contribution à l'histoire de la minorité noire en France », *Annales. Histoire, Sciences sociales*, n° 2009-6, novembre-décembre 2009.

Jérôme Pierrat, *Une histoire du milieu : grand banditisme et haute pègre en France de 1850 à nos jours*, Paris, Denoël, 2003.

Thucydide, *La Guerre du Péloponnèse*, V, 84-111.

Merci à ceux qui m'ont fait travailler
et retravailler, en accoucheurs.
Julien Rochedy, toujours là, sans relâche lecteur et relecteur.
Maya Michalon, pertinente et bienveillante.
Laureline Uzel, pour sa patience et ses impatiences.
Séverine Chauvel, première lectrice de la première version.
Jean Krivine, pour son sens de la précision.
Thibault Pattieu, pour son exigence.
Sylvie Gracia, enfin, grâce à qui
cette nouvelle aventure est possible.

Merci à René de Ceccatty qui m'a donné confiance.

Merci à mes lecteurs d'avant l'heure
Jakuta Alikavazovic, Jean-Michel Amitrano, Sophia Banoudi, Marie
Bat, Carole Bellanger, Patrick Bousquet, Marion Cavallo,
Sylvain Cherkaoui, Nadia Crespin, Sylvain Dautelle,
Anne de Boissieu, Charlotte de L'Escale, Irène Favier,
Christine Fourati, Jalal Haddad, Lyne Hervey-Passet,
Vincent Jolit, Lynda Lugaro, Élisabeth et Philippe Pattieu,
Marie-Pierre Ponpon, Perrine Prévost, André Raynaud,
Cécile Seguin, Christiane Uzel.

Merci à Elias Habchi, Carine Montarras,
Angelina Valiavanos, en souvenir d'un été grec.

Merci à Yann Kindo pour son sens de la ponctuation
Merci à Arnaud Charrier pour son prêt et ses suggestions.

Merci à Gabrielle Piquet et Yann Potin,
pour les projets inachevés qui en amènent d'autres.

Merci au personnel des archives départementales
d'Aix-en-Provence pour leur gentillesse et leur disponibilité.

Merci à Julie Giroud, Adèle Leproux et Brigitte Reydel
pour leur travail.

Merci aux libraires, aux enseignants, aux bibliothécaires,
aux élèves et aux étudiants, pour leur passion et les rencontres.

Ouvrage réalisé par Cédric Cailhol Infographiste

Achevé d'imprimer en juin 2013
par l'Imprimerie France Quercy à Mercuès.

Dépôt légal : août 2013
N° d'impression : 30777/

ISBN : 978-2-8126-0548-2

Imprimé en France

Rebel Power

A VOLUME IN THE SERIES

Cornell Studies in Security Affairs

edited by Robert J. Art, Robert Jervis, and Stephen M. Walt

A list of titles in this series is available at www.cornellpress.cornell.edu